제1회 한국노벨문학상 시상식 (신상성 2017)

차례

1. 묵불 5
2. 석굴 35
3. 삽살개 휘파람소리 59
4. 구파발 산까치 103
5. 근친상간 125
6. 늑대를 기다립니다 159

* 신상성 문학론; 고노에이찌 교수 257
* 작가연보 274

신상성 작가노트

세상은 사기와 배신의 악성무좀으로 덮혀있다. 이제 악한들은 확실하게 죄값을 받아야 한다. 선한자들이 피눈물로 생을 마감해선 안된다. 그래서 통래한 보복을 여기에서 보여줄 것이다.

양산 통도사 조실 스님의 낮고 낮은 목소리가 솔바람 소리로 외마디 장단을 친다. … 독사의 독이 몸에 퍼지는 것을 막는 것같이 분노의 불길을 잡아버린 사람은 이 모든 집착에서 멀리 떠난다. 뱀이 묵은 허물을 벗어버리듯 큰 소리에도 놀라지 않는 바람과 같이 무소의 뿔처럼 혼자 가리, 혼자 가라….

평생 낙서를 해오고 있지만 가슴에는 뻥 뚫린 바람소리만 들릴 뿐이다. 이제 세상을 놓아버리자고 해도 놓아지지 않는다. 좀비 같은 욕심 때문이다. 특히 온-오프라인 두 개 대학을 설립했지만 하나같이 강탈 당했다. 그것도 믿는 도끼에 발등을 찍힌 것이다. 서울문예디지털대학과 먼 나라 남태평양 피지(Fiji)에 세운 '수바외대' 이다.

세상의 배신과 분노, 철학가들은 거기에 절망하면서 불면에 시달려 왔을 것이다. 푸로이트, 라깡, 들뢰즈의 한숨 소리를 들으며 또 하나의 '절망노트' <복불>을 오랜만에 내놓는다.

2018. 초여름

애기똥풀 천지 탄천에서

| 단편소설 |

목 불(木佛)

신 상 성 (소설가·용인대 명예교수)

1.

법당 지붕 위에 핀 풀꽃들이 늦여름 땡볕에 졸고 있다.

뜬구름도 잠깐 멈추고 내려다보는 법주사 법당 뜨락엔 가사 자락들이 바쁘게 펄럭이고 있다. 아무리 바쁘게 움직여도 움직이는 것 같지 않은 정적이다. 그 바쁜 동작이 산중의 고요와 고독을 더욱 깊이 가라앉히는 것 같다. 그것은 혼자 있는 고독보다 군중 속의 고독이 더 고독하다는 현장일까.

정오 공양을 위해 방장스님을 앞세운 감색과 회색의 가사 행렬이 가까운 듯 먼 듯 길게 이어졌다. 그 줄 사이로 파란 눈의 서양 승려가 빨간 보자기에 싸인 밥주발을 들고 법당 안에서 도량하고 있었다. 그 밥주발은 손 귀한 아들을 부처님께 팔러 온 어느 중년여인의 발원이었다. 그미는 간절한 동작으로 108배를 하고 있다.

읍내 병원장의 후처인 그 여인은 이미 100일 가까이 기도가 이어져 오고 있어서 법주사 대중들은 거의 다 알고 있었다. 혜운(慧雲)은 관음전 유리창 너머 그미의 가녀린 목덜미를 응시하다가 천천히 고개를 돌렸다. 중생들의 목숨 건 발원이 어디 이 여인뿐이랴, 다시 대웅전 지붕 위에 핀 노란 풀꽃을 올려다 보았다.

지난 주보다 잡초 풀꽃이 모두 123개로 늘어났다. 노란꽃 87개, 하얀꽃 21개, 잡색 15개 모두 123개 풀꽃 얼굴들이다. 얼마 전 쏟아진 폭우 덕분에 오랜만에 갈증을 풀었는지 확 한꺼번에 피었다. 그들의 소곤대는 말소리도 들렸다. "용머리 왕좌에 제일 높게 자리 잡았던 왕 민들레 가족들은 독수리봉 산까치를 따라 날아갔대?"

이번 하안거(夏安居)에서 얻은 것이란? 해마다 여름, 겨울 안거를 거른 적이 별로 없지만, 그때마다 이렇게 지붕 위의 풀꽃이나, 뒤뜰 장독대 위에 숨어 있는 잔설(殘雪)조각 숫자만 찬찬히 헤아릴 뿐이다. 해제 법문도 벌써 끝났지만, 한나절 이렇게 바위 끝에 앉아서 일어설 줄 몰랐다.

'고타마 싯달타 설법이란 잿더미 속의 똥 막대기일 뿐이다....스스로 무릎 치지 못하면 ...' 스승인 통도사 조실의 할! 생각이 나자 순간 정신이 번쩍 들었다. 혜운은 할! 할! 할! 때마다 얻어맞은 등허리 죽비를 생각했다. 그 하안거 반장은 무슨 원수가 졌는지 다른 도반(道伴)들은 놔두고 혜운만 따로 불러내곤 했다.

방장도 아닌 일개 반장이 논산훈련소 내무반 반장같이 거쿨지다. 도량 밖 마루 끝에 무릎 꿇혀 놓고 등허리를 갈겼다. 그 밤나무 몽둥이는 혜운과 몇 명에게 피튀기는 찜질 전용물이었다. 하필이면 밤나무람? 나중에 안 사실이지만 벼락 맞은 밤나무는 고승들의 할! 신주(神柱)로 쓰인다고 했던가.

저녁 공양까지 잊은 채 위험천만의 벼랑 끝에 가부좌를 틀고 앉아 명상에 잠겨 있다. 잠깐 졸았다간 천길 낭떠러지 아래로 떨어진다. 더러 어설픈 초짜 수행자들이 해까닥하여 자살 아닌 자살로 뼈가루를 추려내기도 했다. 뜬금없는 빗줄기가 민머리통을 때리자 혜운은 비로소 어깨를 폈다. 부동의 자세로 굳어진 관절과 등뼈가 시큰하게 저려온다.

선방(禪房) 뒤쪽 연못으로 갔다. 데억진 연꽃 속의 황금빛 금붕어들이 보이는 듯 보이지 않게 지느러미 파도치고 있었다. 대낮 법당 뜨락과 같은 야밤의 연못 속 정중동이다. 연꽃 잎, 앞뒤에는 이미 어두움이 엉겨 있었고, 대웅전 한복판을 태극무늬로 휘돌아 흘러나가는 물소리가 귓가를 잡아당겼다. 잦은머리와 휘몰이가 반복되는 판소리로 절규하며 떠내려간다. 봉사 아베 눈 뜨는 심청가 장면 절정 가락이다.

혜운은 날캉, 법매 스님 생각이 났다. 그 물소리는 도반인 법매가 즐겨 뜯는 클래식 기타의 A쎄븐 떨림 같았다. 법매는 이미 하산했을지도 모른다는 생각이 들자 서둘러 요사채로 내려갔다. 역시, 법매는 없었다. 혜운은 걸망을 둘러메고 일주문을 급히 나섰다.

　같이 하안거에 동참했던 행자승 몇 명이 일주문에 비친 달그림자를 어지럽히고 있었다. 그들도 화두에 불면에 화엄에 지금 치를 떨며 환란을 겪고 있을 것이다. 사문의 승려와 보살들이 저녁공양을 하고 나오며 밤하늘에 대고 무작정 합장을 하는 모습도 보였다.

　'무무명'(無無明)… 빛이 없다는 생각 그 자체도 없어야 한다? 사부대중들은 대관절 밤 허공에 대고 뭣을 염원하는 것인가? 이 머꼬? 혜운은 불이문(不二門) 근처에서 법당에 그리고 그들의 등 뒤에 마지막 합장을 하고 돌아섰다. 깊은 산자락에 덮친 두꺼운 그림자로 인해 사찰 전체가 뜬금없이 바다 밑으로 가라앉는 적막강산이 되었다.

　선대고승들의 비석들을 휘휘 돌아 또 하나의 자기 그림자를 따라 층계를 내려섰다. 그 노란 풀꽃은 하필이면 썩어가는 지붕 위에서 필게 뭐람, 누가 봐주지도 않는데 왜 그렇게 여름이면 열심히 피우는 것일까? 풀꽃은 풀꽃대로 잔설은 잔설대로의 자연생태인데 자연은 또 왜 그렇게 열심히 살까?

　또한 인간들은 왜 자기 멋대로 의미를 부여할까? 새는 울어도 눈물을 보이지 않고, 꽃은 피어도 소리치지 않는다. 왜, 왜, 부질없는 짓이다. 금강경에선 결국 키워드가 '인생은 결국 허망한 것'이다. 머 이마에 면돗날을 긋는다. 그런데 화엄경에선 '그래서 인생은 살아볼 만하다'고 정수리를 도끼로 때린다.

결제 때면 혹시나 하는 어떤 기대가 해제 때면 역시나 하는 더 큰 절망만 거듭 안겨준다. 거미줄 같은 기대가 쇠사슬 같은 절망으로 왼 몸을 칭칭 감는 것이다. 우주 같은 허무? 허무 같은 우주? '무무명(無無明), 세상에 처음부터 빛이 없었으며, 빛이 없다는 생각조차도 없는 것이다'

이제 결제 같은 것은 다시는 안하리라고 또 다짐해 보지만, 이번 겨울 폭설이 내리면 또 번복하고 말리라는 것을 스스로 잘 안다. 현재로서는 결제 이상의 어떤 가학적 구속이 없기 때문이다. 그렇다고 또 법매같이 토굴 속에 마냥 잠겨 있기만은 세월이 아깝다.

사하촌(寺下村) 입구 마을에서 법매를 겨우 만났다. 고목나무 아래에서 스스로 멍 때리고 앉아있는 법매의 모습은 근처의 바윗돌과 같이 견고하면서도 무상한 애상감을 던져준다. 한참만에 시체가 눈을 뜨듯 멀뚱하게 빈 하늘을 훑었다.

「인자, 임자는 워디로 간당가?」

「글쎄, 탁발승이 갈 데가 따로 있능감?」

법매가 한참만에 운을 떼었다. 다시금, 깊은 침묵에 잠겼다.

「글쎄, 자네가 찾으려는 그 생짜 '자연음'은 포충망에 잡혔나?」

「참말로, 자네는 그 목불(木佛)을 체포했능가?」

「글쎄세, 이 걸뱅이 짓도 이제 열 손가락 하고 또 시작하는 판 아잉가, 자네나

나나... 손바닥에 잡은 게 머야. 손금 사이로 빠져나가는 바람 뿐이잖아?」

「안 그런능가? 내사 이제 4차원 신선세계에 입단하는 거 같긴 한데...이자, 그 진실한 자연음이란 외부에서 찾는 기 아이라, 내 내부에서 얻어야 한다는 걸 이번 하안거에서 무릎을 쳤네!」

「뭔 쌩과부 쏘시지 씹는 소리여? 나한테 사기치는 겨?」

「그 지극한 지상의 '소리'란 실제로 듣는 청각음이 아니고, 내 마음 깊이 숨어 있던 심각음(心覺音)같은 거! 마, 상징음 같은 거라 이기야...암튼 화두를 잡아봐야 안 되것나 잉?」

「대단한 일야, 십여 년 만에 시각에서 청각으로 다시 심각으로까지 도달했응께 말야...대오각성 발전이니?」

「발전이 아니라, 실패일지도 모르는 기라, 성공이니 실패니 카는 것도 머시 성공이야 앵? 다 마음먹기에 달린 거 아이라, 관념, 관념일 뿐이니...」

누가 먼저랄 것도 없이 산모퉁이를 접어나오며, 둘은 핏줄 쓰이는 우정으로 서로 눈동자를 눈도끼로 찍어냈다. 10여년 송광사 동안거에서 처음 만난 이후 벌써 열번 이상의 여름과 겨울을 놓쳤다. 삭발 이후, 가장 오랜 도반이지만 실제 같이 지낸 적은 거의 없다.

동-하안거 결제 때나 100일간 한방에 기숙해 보긴 하지만 만나도 별 말이 없었다. 단지, 서로 발원하는 대상이 우주적으로 묘하게 일치한다는 데에서 오는 막연한 동질감 같은 거 뿐이다. 혜운이 나무로 된 목각 '괴불'(怪佛)을 간절하게 보고 싶어하는 반면, 법매는 천상의 '자연음'을 듣고 싶어하는 것이다.

시각과 청각, 즉 구상과 추상의 차이일 뿐 어떤 가장 치열한 미학성을 갈구하는 것은 똑같다. 그 지상적인 것이 어떤 해탈이나 열반일지 모르지만 다른 스님과 달리 그 둘은 어떤 '추상적 구상' 이미지에 목숨 걸고 있다.

'구상적 추상?' 아직도 수양이 덜된 탓일까. 집착을 갖지 말라고 했는데? 인연을 두지 말라고 했는데? 불립문자(不立文字)! 혜운은 다시 치를 떨며 자괴하는 눈빛으로 법매를 돌아보았다. 4개의 눈동자가 허공에서 부싯돌로 튀겼다. 그 때문일까, 법매가 먼저 어둠 속으로 사라졌다.

법매는 '소리에 소리판'에 신들린 선무당 같다. 그의 손에 무슨 악기든 들려주면 그 악기 자체의 원재료 음을 냈다. 피리든 퉁소나 키타든 그 재질이 소나무면 소나무 소리를, 박달나무면 박달 바람소리를 원음으로 내었다. 그는 이 세상에 없는 소리까지 들려준다. 원래의 생태음으로 가곡에서부터 팝송까지 가살스럽게 불어준다.

달밤에 그가 부는 하모니카 소리를 들을라치면 발끝이 시리다 못해 환각에 빠진다. 나이롱 끈이건 팬티 고무줄이건 그의 손가락 끝에서 튕겨졌다 하면 세상에서 처음듣는 환상의 신비음으로 생산되었다. 혜운이 법매와 같이 행자승으로 전국 사찰을 도량할 때에 그 '원래의 생음소리' 때문에 숙소에서 쫓겨나기도 했다.

　요사채에 숨겨져 있는 가야금이나 관광객이 들고 온 키타를 법매가 치면 주지승이나 공양주스님에게 땡초라며 쫓겨나기가 일쑤였다. 법매는 자기가 튕겨내는 그런 생태음도 세속음이라며 진저리를 쳤다. 이런 혼탁음이 아닌 어떤 지순한 '자연음'이 분명 존재해 있을 거라며 온 세상을 헤매어 다니고 있는 것이다.

　산소리, 바닷소리, 우주의 숨소리, 그 생명음을 채집하러 다니는 것이다. 때로는 티벳 해골 골짜기에서, 때로는 갠지스강 화장터 잿더미에서 퉁소를 불고 있는 장면을 카톡이나 유튜브로 보내기도 했다. 그는 밤 소리, 낮 소리도 구분 할 수 있고, 지하수 물소리, 은하수 별빛 소리도 오선지에 옮겨 보냈다.

　환청같이, 환상같기도 하지만 그가 실제로 창조해 내는 오선지 노랫가락을 따라 키타 등으로 쳐보면 뜬금없이 온 몸을 감전시키곤 한다. 섬뜩한 칼날 위에서 춤 추는 무당이 성교하다 울부짖는 절정의 신음소리 같다. 그 누구도 내지 못하는 묘법연화경 염불소리 같기도 하다. 미친놈이다.

　신묘한 음계로 안국동 조계사 본사의 큰 스님 염제 때나 국가 차원의 문화재 영산회상 행사 때 범패 등에 불려다니기도 했다. 그러나 영산회상 같이 여러 명의 합주에는 전혀 화음이 안 되어 독주만 했다. 요사한 괴음이 섞여 있어서 주위에 있는 고승들이나 보살들의 사타구니나 겨드랑이에 곰보 같은 소름을 돋게 만들었다. 갈대 잎이나 대나무 잎 등으로 풀피리를 만들어 불면 더욱 절묘했다.

그렇게 그가 한바탕 곱추춤과 함께 풀피리, 퉁소, 통키타 등을 불고 나면 남녀노소 누구나 아랫도리가 축축하게 젖어 있다. 남자들은 오줌을 싸거나 여자들은 질물이 흐른다. 그래서 그를 신돈(辛旽) 같은 괴승이라고도 또는 무당땡초라고 멸시하면서도 속으로는 기절하게 좋아했다. 대개 핸폰으로 녹음하여 밤이면 혼자 틀고 앉아 지랄 발광도 했다.

2.
혜운은 동네 한복판의 자동차 길을 버리고 길도 없는 산길을 택했다. 날카로운 아카시아 가시와 도둑놈 갈쿠리가 좋았다. 그리고 정적… 이따금 여우와 늑대의 울음소리가 빗기는 중국 신쟝 우루무치 아가들 공동묘지 애장터 같은 깊은 적막이 좋았다. 그냥 이대로 밤새도록 산기슭을 타기로 했다.

이번 법주사 해제 때 법어가 생각난다. '절하는 무릎이 얼음과 같더라도 따뜻함을 생각하지 말며, 굶주린 창자가 끊어질 것 같더라도 밥 생각을 하지 말라. 암굴에 조응하는 메아리로 염불 삼고, 슬피우는 뭇 새들의 울음소리로 마음의 벗을 삼을 지어다… 아제 아제 바라아제 바라승아제 모지시바하.' 아, 갈공(喝恐) 스님, 아니 공갈 큰 스님한테 먼저 알현해야제?

벌써, 치매인가, 아니면 해제 전날 바로 이틀 전, 밤나무 몽둥이로 늑사하게 얻어터진 늑골이 아직도 기절해 있었는가? 스승이자 아버지이자 하나님인 갈공 스님을 깜박 잊고 있었다니? 해제 때면 문안 드리던 통도사 갈공 조실(祖室) 스님에게 일단은 인사를 드려야겠기에 골짜기로 바로 돌아서 내려섰다. 그 조실에겐 거의 십여년 문안 드리지만 늘 똑같은 문답의 반복이다.

「스님 혜운 문안입니다아!」 그것도 대여섯번 반복한 뒤에야, 나즈막히 「진작에 알고 있다. 이 땡초야! 그래 이번 안거에는 뭐 좀 얻었느냐?」

이럴 땐 대답을 안 하는 편이 차라리 낫다. 댓돌 위에 선 채로 몇 시간이고 합장하고 있어야지 눈썹이라도 꿈틀거렸다간 불호령이다.

「네에, 공갈 아니 갈공 큰 스님 아직도 공부가 미진한가 봅니다?」

「일월산의 괴불(怪佛)은 아직도 못 찾았느냐?」 이 단어만 나오면 불알 끝이 찔끔거린다.

「이 땡초야, 이젠 백두대간 쪽을 찾아보거라. 몇 년 저에 돌던 동 서 남 해안선 끄트머리와 뭐가 닿을 것이다. 그것을 찾아오너라! 이 새꺄, 어서 꺼져!」

「네에, 분부대로 하겠습니다. 그럼, 소승은 물러갑니다아.」

해마다 이런 식의 상면이다. 얼굴 한번 못본 채, 댓돌 위에서 방 안의 할베 조실과 대화이다. 지난 겨울에는 두어 시간씩 떨고 있어야 했다. 꼼짝없이 선 채로 비를 맞을 때는 슬그머니 도망치기도 했다. 발뒤꿈치를 돌리는 순간 몽니가 개새끼! 욕설과 함께 떨어진다. 강아지 훈련도 이 정도는 아니리라.

갈공 스님이 지시하는 대로 서해안, 동해안, 남해안 쪽의 크고 작은 사찰을 다 순례해야 했고, 이제는 지리산 줄기를 타고 소백산맥 등허리를 타는 내륙지방 육지를 돌 차례다. '생자필멸(生者必滅) 불생불멸(不生不滅)' 일진대 난 뭣 하러 태어나서, 쌍욕과 몽둥이 찜질만 반복적으로 당해야 하는가.

혜운은 눈썹 끝에 개새끼, 쌍팔자? 스스로 흔들어 보았다. 10여년 전 햇병아리 수행자 시절, 법매와 같이 갈공 조실에게 문안드릴 때 혜운이 몰래 문틈으로 방안을 들여다 보았다. 갈공이 대관절 무슨 태평양 군사령관 같기에 그 많은 스님들이 얼어 있나? 하고 들여다 본 것이다.

"이 새꺄! 좆 까고 싶어 얼릉 드르와!"

벼락치는 소리와 함께 창호지 문짝이 날캉 열리며 그 둘의 코 끝을 날렸다. 크윽! '등 뒤에도 눈깔이 달렸나? 느기미?' 같이 도망치면서 법매가 욕을 했다. 그 공갈은 가부좌한 채 문 쪽으로 등을 보이고 있었는데 어찌 앉은 채로 문짝을 쾅 여닫는가? 느기미!

작년에는 그래도 갈공의 주선으로 혜운은 인도 일대를 순방하고 왔다. 그를 대면하기가 지극히 까다롭기도 했지만 지극히 자상한 면도 있었다.

덕분에 네팔의 오지까지 들어가서 불상순례를 했지만, 역시 그곳에도 혜운이 바라는 괴불은 없었다. 고통스럽게 이그러져 있거나 전혀 엉뚱하게 찌그러져 있었다. 생경하고 이질적인 불상들의 이미지만 안고 돌아올 수밖에 없었다. 어지럽고 분산되는 눈동자만 가슴 속에 딱총으로 찍혔다.

그런 절망 때문에 조실이 다시 주선한 파리 루불 박물관 탐사 등 포기하고 말았다. 그가 말하는 '괴불'의 보물찾기엔 이제 지쳤다. 한국의 동.서.남해안에도 네팔의 석가모니 탄생지에도 없었다. 혜운 자신이 덕수궁 국전 이후, 그렇게도 만나길 원하는 목불이 바로 갈공 조실이 말하는 괴불과 일치할 지도 모른다는 어떤 기대감이 자꾸 허물어지고 있다. 본국에 없는 목불의 이미지가 외국에 나간다고 있을 턱이 없다.

덕수궁 현대미술관에 전시된 국전(國展) 조각전 속에서 혜운은 그 운명적 '목불'(木佛)을 만났다. 혜운이 삭발하고 나서 다시 찾고자 하는 것은 부처의 이미지를 전혀 새로운 것이 아니고, 단지 그 국전에서 한번 만났던 것을 다시 한번 보고 싶다는 것뿐이다.

그 목불 자체를 볼 수 없다면 그 비슷한 이미지라도 한번 찾아보자는 것뿐이다. 그냥 그것 뿐이다... 거기에 무슨 거창한 종교적 의미나 존재론 논리가 있는 것도 아니다. 그냥 한번 만날 수 있다면 이 머꼬? 하는 어떤 실마리가 그로 인해서 풀릴 수도 있을 것 같다. 내가 왜 숨 쉬고 있는가? 하는 의문의 실타래가 단박 풀어질 수도 있을 것 같다.

의미를 어려운 데서 풀지 말라. 순간적이지만 충격적인 그 이미지에서 어떤 대오각성이 터질 것이다. 갈공의 조용한 법어도 생각난다. 혜운은 실존 자체의 어떤 비의(祕意)같은 것에 눈도끼가 찍히면 정말 무릎을 칠 것 같다. 우선은 그런 기대로 숨 쉬고 있다.

덕수궁 국전 당시에 보았을 때는 별로 느낌을 받지 못했는데, 재수 끝에 대학에 입학하고 난 뒤부터 우연히 보았던 그 목불에 대한 집념이 이상하게 독버섯마냥 뻗어나더니 암세포 같이 혜운의 뇌수를 지배하기 시작한 것이다. 단두대의 이슬을 생각하며 시시각각으로 다가오는 죽음 앞에서 닫다가 한밤 중 잠이 깬 사형수는 달빛의 소리를 처음 깨달았다는 어느 조폭 사형수의 일기도 생각났다.

그날 혜운은 홀어머니와 가을 국전을 더듬고 있었다. 대학강사인 어머니는 5십 줄을 넘어섰는데도 늘 소녀와 같은 감상과 감각을 갖고 있었다. 국전뿐이 아니다. 음악회나 발레 심지어 최신 째즈 쇼 같은 것도 일부러 보여주었다. 당시 혜운의 애인도 같이 동반해 주었다.

6.25때 경찰인 남편을 일찌감치 여읜 어머니는 남은 혼자만의 여생 시간을 그렇게 잘게 쪼개어 즐겼다. 그날따라 약속시간이 두 시간 지나서도 나타나지 않는 애인을 포기하고 혜운은 어머니와 단둘이 토요일 오후 덕수궁 분위기에 취했다. 어머니는 추상회화 쪽을 주로 감상했고, 혜운은 조각들의 숲에서 존재론적 이미지들을 찾았다.

해마다 비슷한 조형과 색(色), 선(線), 형(形) 등에 짜증이 났지만 일부 작품은 구상과 제목이 대담하고 반어적 실험성이 강한 것도 있었다. 소재나 이미지에 비해 필요이상으로 크기만한 추상, 반추상의 목각들 속에서 뜻밖의 반팔 크기 입상(立像) 목불(木佛)을 발견한 것이다. 그것도 그곳을 두어 번 반복했던 걸음 끝에 눈에 띄었을 정도로 별로 주목할 만한 것도 아니었다.

그러나, 단박 발걸음을 옮기기에는 무엇인가 아련한 호소력이 발뒤꿈치를 잡아끌었다. 뒤돌아와 다시 자세히 뜯어보아도 그렇게 정치(情致)하다거나 예민하지 못했다. 여름 장마철엔가 언뜻 얼굴을 내밀다가 가엾이 허물어지는 구름 같은 이미지의 불상(佛相)이었지만 전체적인 영감이 강렬하고 날카로왔다.

그러나 그뿐, 어머니와 다시 대한문(大漢門)을 나서면서 까맣게 잊어버렸다. 그 후, 재수 때 학원 강의실 책상 앞에서 졸 때면 그 이미지가 선뜻 나타나곤 했지만 의식화까지는 못 되었다. 그런데, 그렇게도 원하던 동국대 인도철학과에 합격하고 본관 앞 캠퍼스 잔디밭에서 뒹굴기 시작하던 6월 언젠가부터 그 목불의 이미지가 집요하게 뒤통수를 다시 공중 폭격기로 출격하기 시작했다.

그것은 석조관 앞 한복판에 서 있는 청동입불상(靑銅立佛像) 부처의 깊은 음영 때문일지도 모른다. 나른한 오후 게으른 낮잠 속에서 청동 부처는 이따금 핵 미사일로 법문을 했다. 무슨 방언인지 산스크리스트어 원어인지 묘법연화경 귀절을 목탁소리를 배경으로 때렸다.
 아아, 덕수궁 목불! 한쪽 귀가 잘려나간 괴불? '신랑의 미소' 기왓장 절반이 잔인하게 잘려나간 나무조각상이다. 강의실을 나들명거릴 때마다 청동입불상 앞을 지나치려면 벼락이 떨어졌다. 이 머꼬? 귀창이 짖어질 정도로 칼질을 해댔다. 목을 조이는 답답함과 갈증이다.
 그렇다고 목불을 찾기 위해 중(僧)이 된 것은 결코 아니다. 어머니는 혜운에게 무슨 귀신 눈알이 씌었느냐며 무당까지 불렀다. '그런 쇠꼬리 고집불통은 어찌 네 아버지를 꼭 닮아 결국 자식까지 나를 버리느냐'고 어머니는 몇 번 기절도 했지만, 혜운은 결국 산 속으로 뒷걸음 쳐 버리고 말았다.
 6.25 때, 의정부 미군 후송병원에서 한쪽 팔을 갈쿠리로 대신하고 나온 아버지는 또 다시, 자원 입대하여 설악산 공비토벌에 나선 것이다. 당시 설악지구 경찰경비대 대장이었던 아버지는 의병 전역임데도 불구하고 퇴원하자 곧바로 백의종군하겠다며 다시 산 속으로 들어갔다.
 붕대로 칭칭 감은 한 손을 높이 쳐들고 오색약수터 골짜기로 뛰어 들어갔다. 어머니는 남편의 목숨을 건 조국애를 사랑했기 때문에 젊은 나이에 수절할 수 있었고, 유복자인 혜운을 위해서도 평생을 바칠 수 있었다고 했다. 그러나, 지금은 아들까지 산으로 올라갔다. 그때 남편의 뼛가루는 동해안 백두대간 태백산 꼭지에 묻었단다.

혜운은 어쩌면 이번 해제 문안 걸음이 갈공 조실의 마지막 모습을 보는 것일지도 모른다는 불안이 조여왔다. 지난 겨울 동안거 해제 때 뵐 때는 그 쩡쩡하던 평소의 몸집이 지푸라기처럼 무너져 있었으니까 말이다. 한번 넘어진 황소마냥 다시 일어나기 힘들어 보였다.

3.
요요한 달빛과 황황한 산 속, 새벽공기와 이슬로 몸과 맘을 씻어내며 팔공산 계곡 쪽으로 내려섰다. 멀리 새벽 첫 버스가 졸면서 다가왔다. 눈 못 뜬 새끼 강아지 같이 버스 안내양은 졸고 있고, 운전기사는 줄담배로 졸음을 끄집어내고 있었다. 앞 자리에 앉아 있는 손님들을 피해 뒤로 갔다. 절망을 선반에 얹고, 눈썹 아래까지 내려 쓴 밀짚모자를 벗었다.

「어머? 혜운스님 아니세요? 아니이, 이런 데서 만나다니... 아까 손을 들어 버스를 세울 때부터 어쩐지 어깨짓이 낯익은 모습이라고 생각했어요.」

혜운이 천천히 옆 좌석을 돌아다 봤을 때는 백합 같이 창백한 웃음이 환하게 다가왔다. 그 눈꼬리 끝에 연결되는 것은 '새미'라는 오랜 이름이다. 시커먼 토굴 속에 개똥참외같이 노오란 영양실조의 소녀 얼굴이 떠오른 것이다. 그러고 보니, 이 버스가 막다른 그 마을로 들어가는 노선이란 생각이 얼른 스쳤다. 행길 반대편에서 타야 하는 걸 깜박 잊었다.

「아니, 새미 보살 어쩐 일이세요?」

「보살이 아니라 숙녀아잉교, 나까지 처녀귀신 만들끼라요? 내사 어제 밤에 기차타고, 오늘 아침에 이 버스를 탔다 아이라예? 이거 아부지 약이라예...」

「아참, 달노인께선 편찮으시단 말 들었습니다만 요 몇 년째 못 가 뵈었군요. 그래 좀 어떻습니까?」

「글씨로 아부지는요? 정신이 사는 건지 혼령이 사는 건지 모르것다 안 카요. 맹물만 생키고 일주일이고 열흘이고 누워 있다가도 펄떡 일어나 또 칼질을 안 하능교. 무시라이...」

해안선을 따라 전국 사찰순례를 하던 어느 해인가, 산세가 유난히 돋보이던 지리산 쪽에서 몽유병자마냥 헤매던 적이 있었다. 산 새와 산 꽃에 취하여 저녁 해를 놓쳤다. 애장터 속을 뒤지다가 멀리 불빛을 발견하고서야 밤이란 걸 알았고, 비가 억수같이 쏟아지고 있다는 걸 느꼈다. 닫다가 오한과 공복이 엄습했다. 그 불빛에 자석 끌리듯 다가가 보니 암자 같은 토굴이었다. 낮이었다면 발견되지도 못할 오두막인데 야밤의 광솔불 때문에 발각이 된 것 같다.

이튿날 아침 공양시간에 습관적으로 눈이 떠졌다. 질척하고 냄새 나는 토굴 밖으로 나오니 나무조각 파편들이 어지럽게 동산을 이루고 있다. 나무결을 보니 참나무, 향나무, 오동나무 들이었다. 새벽 잔별 빛을 모아 오솔길을 따라 나섰다. 그 길목 끝은 낭떠러지였고 아침안개가 강을 건너오고 있었다.

 토굴 뒤로 해서 올라갔다. 고개를 하나 넘자 어린애들의 돌무덤들이 재잘거리며 누워있었고, 그 중에는 여우와 늑대들에게 파헤쳐져서 찢기워진 어린애 시체들이 드러나기도 했다. 어젯밤 폭우로 하얗게 씻기워진 뼈다귀들이었다. 공동묘지 한복판으로 해서 산중턱에 올랐다. 어디선가 폭포수 소리가 가슴 속을 냉갈령하게 씻어 내렸다.

 혜운은 가부좌를 하고 앉아있던 바위를 손바닥으로 때리며 '화엄경'을 소리쳤다. 신비하면서도 음습한 분위기가 가슴 속으로 뱀 또아리 틀 듯 파고든다. 반나절을 그렇게 앉아있다가 다시 토굴로 돌아왔다. 나무조각 더미 위에 앉아있던 소녀가 혜운을 보자 손을 덥썩 잡고 토굴 안으로 끌었다.

 「스님요, 공양 안 하능교? 울메나 기댜렸는디요...여게선 사람이 되기 그리운기라예...」

 토굴 맨 안쪽 벽에는 촛불이 가물거렸고, 이끼같이 배인 향냄새 뒤로 개금을 한 불상이 노려보고 있었다. 암자라기보다 폐광 같은 암울한 공기가 어떤 살기마저 띠었다. 미완성 목불상들이 여기저기 아무렇게나 어지러웠고, 크고 작은 조각칼들이 날을 세우고 있었다.

 개미굴같이 뚫려있는 방 가운데 맨 안쪽에는 어느 백발노인이 등을 돌린 채 밤나무를 조각칼로 뜯어내고 있었다. '울 아부지 아잉교!' 그 소녀가 울가망하게 말하며 아버지를 몇 번이나 불렸지만 노인은 들은 척도 안 하고 통나무만 밀가루 반죽하듯 열중하고 있었다. 거의 어둠 속인데 관솔불이 불상(佛相)의 개금에 반사되어 칼날에 섬광을 일으켰다. 도깨비 놀음 같은 반사광이 벽을 난자하게 어지럽혔다.

「울 아베는 언캉 안 저렇능교, 몇 달 가도 말 한마디 안 할 때도 있능기라예, 무시라…」

그 소녀가 약5년전 처음 만난 새미였다. 나는 무엇인가 강렬한 호기심에 끌려 며칠을 그 토굴에서 묵기로 했다. 걸망을 불상 옆에 밀어놓고 우선 부삽과 곡괭이를 들고 애장터로 갔다. 파헤쳐진 돌무덤을 원상대로 다스려 주었다. 곧 끝날 것 같은 애장터 작업이 며칠 걸렸다. 돌밭이라 어렵고 힘들었다.

거의 일주일 남짓 되도록 달 노인을 정면으로 만나지 못했다. 벼랑 위에 위태롭게 뚫려있는 토굴엔 길 잃은 산바람이나 몰려다니는 낙엽들이 유일한 방문객이었다. 이따금 겨우살이에 쫓긴 산토끼나 다람쥐들이 스며들기도 하고, 밤이면 야수들이 토굴입구를 어정거리며 울부짖기도 했다.

혜운은 산 속의 칡이나 열매를 따다 새미에게 주기도 하며, 토굴의 겨우살이 준비를 거들어 주었다. 새미는 경계하면서도 몹시 따랐다. 혜운이 벼랑에서 염불하거나 폭포수에서 목욕할 때면 느닷없이 나타나 벗어놓은 옷을 가지고 도망치기도 했다. 같이 돌아오는 길목에서 새미는 토굴생활의 신비를 하나씩 벗겨가며 옛날얘기를 해주었다.

처음 산에 들어와서는 화전민 같이 옥수수를 비롯하여 고추, 참깨, 고구마 등 오밀조밀 엮어서 자급자족 했단다. 일부는 달 노인 마을에 내려가서 곡식이나 소금 등 일용품과 바꿔오기도 했다. 산새 울음소리며 풀꽃, 여우 얘기 그리고 어머니 얘기도 늘어놓았다.

산자락을 휘감고 넘어가는 애장터 돌무덤도 많았지만 무엇보다 토굴입구의 찬바람이 마음에 걸렸다. 겨울나기 대비는커녕 식량준비도 속수무책이다. 예전 같으면 달 노인이 달랑 마을에 내려가 필요한 곡식이며 소금 성냥 등을 준비하는데 작년 겨울부터는 거동에 불편하여 그만큼 늦어진단다. 이제 목불상 조각일만 겨우 지탱하는 정도라고 했다.

새미는 도망간 어머니 얘기를 할 땐 눈물 같은 걸 적셔내기도 했다. 찢어지는 가난과 아버지의 고집으로 어머니는 3번째 가출을 했고, 4번째 나간 이후는 여태 돌아오지 않고 있단다. 한때 짐승의 젖이며 동네 아주머니의 동냥젖도 얻어먹었던 새미의 오빠는 5살 때 애장터에 묻혔다.

부산으로 다시 나가자는 어머니의 주장을 아버지가 고집으로 맞서자 어머니는 결국 가출했단다. 어머니도 부산 동아대 동양화과 출신이란다. 새미는 아버지의 영혼이 배여 있는 그 조각들을 어머니가 파는 걸 보지 못했다. 아들이 병 들었는데도 시내 병원에도 데려가지 않았다. 아무리 가난해도 아빠의 영혼을 팔 수는 없다고 했다.

이따금 안국동 화랑 주인들이나 화가 스님들이 찾아와선 푼돈을 놓고 가기도 했다. 혜운은 우선 이 가을 추수라도 해주고 떠나자면 여기저기 일궈 놓은 콩, 고추, 고구마 등을 거두어야겠다고 생각하고 서둘렀다. 새미와 출세간에 묘한 인연의 업보 같은 걸 헤아려 보다가 혜운은 머릴 저었다.

한밤 중 달만 뜨면 미친 듯이 나무를 파내는 달 노인의 모습이 거통스럽다. 달빛을 등지고 능엄경을 읊조리며 나무를 떡 주무르듯 하는 그의 모습 자체가 하나의 조각 같았다. 거문고 타는 듯이 물결쳐 나가는 그의 손끝에서 불사출의 음양 윤곽이 드러나기 시작했다.

마치 그 불상이 바닷 속에서 천천히 떠오르는 듯 황금빛으로 내비쳤다. 그것은 그가 조각을 하는 것이 아니고 파도가 요동치면서 자연스럽게 불상을 만들어 내는 것 같다. 그렇다고 달 노인의 작업이 꼭 밤에만 이루어지는 것이 아니었다. 어떤 때는 밤낮으로 몰두하기도 하고, 또는 계속 며칠을 눈 한번 안 뜨고 잠에 빠지기도 하고, 모가지만 내놓은 채 계곡 물 속에서 그대로 며칠을 뜬눈으로 지새울 때도 있었다.

초인인지 귀신인지. 어쨌든 미쳐 있는 것만은 분명하다. 이제는 정말 떠나야겠다. 혜운이 양잿물에 염의(染衣)를 빨고 있는데 달 노인이 뜬금없이 나타났다. 세탁하는 모습을 말없이 지켜보던 달 노인이 앞장서 나갔다. 처음으로 그의 비밀한 작업실로 안내했다. 지나면서 훔쳐보던 그 작업실 안쪽에는 또 조그만 토방이 있었다.

　그 아프리에에는 크고 작은 불상들이 어지럽게 널려있었다. 입상, 좌상, 와상 또는 웃는 모습, 찡그린 모습 등의 불상들이 많았다. 불상 외에 독수리, 호랑이, 늑대 등 야생 동물들도 있었다. 깜짝 놀랐지만 태연하게 그가 안내하는 대로 따라갔다. 느린 그의 동작 속엔 격렬한 몸부림 같은 게 흘렀다. 강한 것이 약한 것이고, 약한 것이 강한 것이라는 초극같은 거?

　그의 미쳐 있는 눈빛에 혜운은 어떤 전율을 감전 받으며 불상들을 찬찬히 훑어나갔다. 맨 안쪽 구석에 얼굴이 반쯤 잘려나간 목불을 발견했다. 아아, 손바닥 위에 올려보았다. 덕수궁 국전에서 보았던 그 목불이다! 기절할 것 같은 충격을 참아내며 등 뒤에 있는 달 노인에게 눈으로 물었다.

　그는 웃는 건지 우는 건지 꺼억! 호랑이 울음소리를 내더니 가지라고 손짓했다. 그 목불을 가지고 토굴 밖으로 가지고 나왔다. 갑자기 천근무게로 압박되어 도저히 발이 움직여지지 않았다. 겨우 제자리에 놓고서야 발뒤꿈치가 떼어졌다. 이상한 일이다. 목불을 전혀 움직이지 못하게 하다니?

　혜운은 식은땀을 훔쳐내며 달 노인의 뒤를 다시 따라나갔다. 멀리 간절곶이 보이는 바다를 내려다 보며 혜운은 달노인과 오랜만에 다시 마주 앉을 수 있었다. 농주병을 달게 비워가며 달 노인은 엉뚱한 심청가 창(唱)을 읊었다. 별빛 사이로 핏덩이가 흘러나오듯 응어리진 한 같은 것이 그의 목구멍에서 터져나왔다.

　달 노인은 자기의 무엇인가를 절규하며 몸부림쳤다. 도망간 아내에 대한 한일까, 시집 못 간 새미에 대한 한일까. 세상 사는 게 어디 한이 한 두 가지이겠는가. 더구나 예술에 미친 사람들은 마네 같이 모두가 자기 귀를 도끼로 찍어내고 싶을 것이다.

「혜운 스님이 찾아다니는 그 불상이란? 그냥 그림자에 불과합니다. 또 설사 그 괴불을 만난다 해도 또 그 이후 어떻게 할 것입니까?」

「글쎄요? 그 다음은 생각해보지 않았군요? 전 그냥 만났으면 좋겠다는 것 뿐이었습니다.」

「스님! 이 순간 그냥 만났다! 고 한번 생각해보십시오. 옛날 덕수궁 국전에서 보았던 그 불상을 지금 이 순간에 여기서 이렇게 보았다고 생각해 보십시오. 여기 그 괴불이 분명히 여기 놓여 있지 않습니까?」

　혜운은 하늘 끝을 올려보았다.

「내 얼굴을, 내 눈을 피하지 말고, 똑바로 보십시요. 대관절 당신은 무엇을 찾고, 무엇을 원하는 것입니까? 세상은 그림자일 뿐입니다. 목불도 한낱 이미지이지요. 돌아서면 인생 자체가 그림자 아닌가요?」

4.

그날 밤, 혜운은 반쪽이 날아간 목불이 언뜻 표범이 되어 자기의 얼굴을 물어뜯는 악몽에 시달렸다. 동이 트자마자 혜운은 걸망을 찾아매고 도망치듯 그 토굴을 빠져 나왔다. 그런 지 거의 오륙 년쯤 되었을까, 다시 새미를 만나게 된 것이다. 그 때의 소녀가 지금은 숙녀로 싱싱한 물이 올라있다.

첫 번째의 인연과 같이 이번의 해후도 다소 엉뚱하다. 우연이 필연이고 필연이 우연 아닌가. 태어나는 것은 죽어가는 것이고, 죽는 것은 다시 태어나는 것이다. 차를 이쪽에서 타든 건너편에서 타든 한 바퀴 돌아오는 원점은 같은 것이다. 동서남 해안의 끄트머리는 어디에 닿는가 태백산 꼭대기인가?

갈공 큰 스님이 내준 보물찾기는 어디에서 끝날 것인가? 갈공한테 해제 문안 드리러 가는 길에 엉뚱한 곳에 잡힌 셈이다. 우연히 새미를 만난 게 아니고 이미 새미가 혜운의 법주사 하안거 해제 일에 맞추어 와서 몰래 뒤를 따라온 것이다.

「아부지요. 지가 안 왔능겨, 퍼떡 일어나 보이소. 혜운 스님도 안 왔능겨?」

새미가 토굴에 들어서자마자 작업실로 달려갔다. 반듯이 누워 천장을 노려 보고 있는 달노인은 요동도 하지 않았다. 눈꺼풀이 푹 내려앉은 달 노인을 내려다 보고 있던 혜운은 합장을 했다. 곧 열반에 들 것 같은 해골이었다. 애장터 옆에다 다비식 준비라도 해야할 것 같은 생각이 들었다. 그러나, 달 노인은 그렇게 쉽사리 숨 넘어가진 않았다.

　새미가 얻어온 한약 뿌리 때문인지 조금씩 화색이 돌더니 사흘만에 자리를 차고 일어났다. 어디서 그런 철사줄 같은 힘줄이 뻗어나간 것일까? 달 노인은 목불 작업장을 아예 야외로 옮겼다. 폭포수 옆 절벽 밑은 평소 그가 폭주에 폭음에 폭소에 스스로 기절하곤 하던 곳이다.

　새미가 가리켜주는 바위굴 속에서 혜운은 밤나무 박달나무, 오동나무 등을 그 폭포수 절벽 밑 작업장으로 옮겨주었다. 그 속에 재여 있는 나무들은 간절곶 앞 바다 물속에서 3년을 재웠다가, 다시 햇볕에 말리기를 3년 그리고 이 바위굴 속에서 3년 도합 9년을 재이면서 달 노인이 하나씩 꺼내 쓴다고 했다.

　달 노인은 새미의 눈물 섞인 깨죽이나 밤죽도 날캉 물리치고, 바위틈에서 나오는 정하수만 받아 마시며 작업에 열중했다. 벼랑 끝 위험천만의 바위 위에서 가부좌한 채 명상에 잠겼다간 미친 듯 나무를 파내곤 했다. 불안했지만 누구도 접근하지 못했다.

　어쩌면 그가 이 세상에서 마지막 염원하던 불상을 남기려고 용을 쓰는 것 같기도 하다. 혜운은 새미의 손목을 이끌고 애장터를 올라가 손질해 주었다. 새미의 동생 5살짜리 무덤에 법주사 대웅정 지붕 위에 피던 노란 풀꽃들도 꺾어다 심어주었다. 산 속의 일이 끝나면 달 노인의 작업장을 멀리 들렀다가 내려오곤 했다.

　혹시 시체로 드러누워 있을지도 모르기 때문이다. 그가 깡술에 취해 있을 때는 몰래 숨어들어가 작업진행 상황을 살펴보기도 했다. 무엇이 그에게 죽음 이상의 혼불을 지펴놓는 것일까, 마지막 피맺힌 이슬 한 방울이라도 아껴 열중하고 있는 그의 불상조각들을 돌아볼 적마다 나는 왜 내가 직접 조각하는 것마냥 이렇게 흔들리고 있을까?

괜히 새미를 따라 온 것이 후회가 되기도 한다. 덕수궁 목불상 이후, 뼛속으로 스미는 전율 같은 것, 황혼 대 낮과 밤의 갈림길에서 던져주는 환희와 환멸과 법열이 춤추는 관솔불과 향 내음이 함께 악패듯 살아나온다.

「스님! 무엇을 그렇게 들여다 보십니까? 아무리 찾아도 그 속에는 괴불이 없습니다. 괴불은 어디에도 없고 스님 마음 속에만 있는 것입니다.!」

「네에? 나는 중이 아니고 땡초일 뿐입니다.」

「용서하십시오 스님! 나는 당신이 통도사 갈공 조실의 수좌라는 걸 진작에 알고 있었습니다.」 네에? 혜운은 자칫 헝클어지는 실타래 같은 낭패감으로 달 노인의 눈을 올려다 보았다.

「그 목불상이 덕수궁 국전에 입상하지 않았더라면 나는 이곳에서 이렇게 썩지 않았을지도 모릅니다. 나는 금상에 자만했습니다. 대작을 꿈꾸고 주위의 모든 것을 포기했습니다. 아내도 아들까지도... 나는 한국 최고의 조각가, 목불 무형문화재 승계자로 꼭 될 수 있을 것이란 거통을 가지고 있었습니다. 그러나 지금 이렇게 시간도 예술도 인간도 다 잃어버렸습니다.」

「무슨 말씀이신지요? 지금 이 작품도 제가 이제껏 보아 온 보물들 가운데 가장 생명감 있는 대작입니다.」

「아닙니다. 이 작품도 실패작입니다. 벌써 며칠 전부터 부정 타고 있습니다. 일전에 스님이 보신 그 반쪽 목불상이 바로 덕수궁 국전의 내 입상작이었습니다.」

먹구름 속의 그믐달이 숨바꼭질하고 있었다. 달 노인의 낮은 음성은 입술에서 나오는 것이 아니고 눈동자에서 소리 없이 소리치는 것 같았다.

「나도 한때 통도사 조실에게서 시퍼런 삭발도 하고 불침도 받으며 용맹정진 했습니다. 그러나 인간세상 인연이 뜨거워선지 실패했습니다. 조각쟁이로서 진실한 부처상(佛相)을 찾아 전국 절간을 찾았지만 결국 맨 처음 떠났던 이곳으로 다시 돌아오고 말았습니다. 지금 당신이 나와 비슷한 전철을 밟고 있는 것입니다.」

「네에 나도 한때 탱화와 전각에 좀 미쳐서 인도철학과를 다녔지만 쳤지만 지금은 다 버리고 그저 땡초일 뿐입니다.」

「아닙니다. 나는 사람들의 눈썹만 꿈틀거려도 척 압니다! 여기는 혜운 스님 외에도 서울에서 모모한 미대 교수들이 몰려오곤 합니다. 그리곤 여기 이미지들을 훔쳐다가 국전에 비슷하게 내밀곤하지요… 우습지요. 인간의 욕망이란게.」

새미가 칙 즙을 짜낸 한약을 즉 아버지에게 드렸다.

「그러나, 스님, 나는 이제 한계점으로 주저 앉았습니다. 어떤 진상(眞像) 이미지를 승화시키지 못하고 있습니다. 그래서 도끼로 찍어버렸습니다. 그런데, 그 남아있는 그 반쪽이 오히려 시퍼렇게 살아서 나를 계속 몰아부치고 있었던 것입니다.」

 통도사 갈공 조실의 오도송(悟道頌)이 바람결에 들리는 것 같다. '보현보살 털구멍 속으로 깊이 들어가 문수보살을 붙잡아 패배시키니 대지가 한가하더라, 동지에 볕이 나니 소나무는 스스로 푸르고 석인(石人)은 학을 타고 청산을 지나가네.'

 이제서야 까마득하던 그 의미를 조금 인지할 것도 같다. 혜운은 다시 합장했다. '아제아제 바라아제 바라승아제 모지사바하…' 그런 일이 있는 후 며칠이 지났다. 새벽 공양을 위해 새미를 앞세우고 폭포수 절벽에 갔던 혜운은 그 자리에 멈춰섰다. 달 노인이 평소의 가부좌 자세로 열반에 든 것이다.

 가벼운 사람가죽 타는 비릿한 기름냄새가 코끝을 스쳤다. 달 노인은 나무에 기름을 먹일 때 쓰는 기름통을 머리끝에서부터 거꾸로 붓고 스스로 관솔불을 당긴 것이다. 새미는 이미 예견한 듯이 흐트러짐이 없이 등신불(等身佛) 아버지 앞에 합장을 했다.

 달 노인의 육신은 쇠붙이 같은 기름 덩어리로 남았다. 신라 왕자가 중국 산동성에 등신불 지장보살로 남아있다. 근처 폭포수 바위에는 달 노인의 혈서도 빨간 구렁이 같이 살아서 기어가고 있었다. '木佛不渡火 土佛不渡水 金佛不渡爐' 가소롭다. (木佛은 불에 갈 수 없고, 土佛은 물에 갈 수 없으며, 金佛은 용광로에 갈 수 없으니...)

결국, 나무는 불에 타고, 흙은 물에 무너지고, 쇠붙이는 용광로에 녹아버리고 마는 게 아닌가. 뒤돌아서면 그냥 한낱 그림자에 불과한 걸… 무엇을 바라고 목숨을 걸고 욕망을 헛되이 해왔는가. 혜운은 등신불 달 노인 앞에 꿇어 앉았던 무릎을 폈다. 먹구름이 다시 하늘을 가렸다.

--- 내가 그렇게 찾으려던 목불이란 바로 달 노인의 그 반쪽이었구나. 목불을, 목숨을 밖에서 찾는 게 아니고, 바로 내 마음 안에서 찾아야 하는 것을! 아니, 그 이미지를 마음 속에서 스스로 만들어 내야 한다는 것을! 영원한 목불이란 없다. 세상 모든 게 사물이 아니고 정신이 아닌가?

혜운은 달 노인의 다비식을 끝낸 다음 애장터를 마지막으로 돌아보았다. 갈공 조실이 몰아부친 '괴불'이 바로 그곳에 있었다. 정수리가 번쩍 번개를 쳤다. 아찔하다. 때마침 쏟아지는 폭우로 달 노인의 육신과 목불상과 혈서는 냉갈령하게 씻겨져 골짜기 폭포수와 함께 떠내려갔다.

혜운의 마음 속엔 오히려 달 노인의 혼령이, 진언(眞言)이, 깨달음이 시퍼렇게 살아서 배꼽에 꿈틀거렸다. 혜안(慧眼)이 뻥 뚫렸다. 새벽 별, 이슬 같은 삽상함이다. 다음 날, 혜운은 걸망을 메고 토굴 앞에 섰다. 새미가 따라 나왔다.

「혜운 스님, 이제 저도 머리를 깎고 다시 통도사 뒤 가사암(袈裟菴)으로 들어가겠습니다. 용맹정진 후, 돌아와 아버지의 흔적을 제가 다시 일으켜 볼 생각이에요. 이 토굴을 지키고 싶어요.

아프리카 수단에서 아직도 그림 그리고 있는 엄니도 모시고 올 거예요.」

혜운 스님은 골짜기를 내려가는 새미의 걸망 뒤를 한참 내려다 보았다. 아, 맞았어!

내가 목숨 걸고 찾았던 '목불'은 바로 달 노인의 얼굴이었어! 아니 내 마음이었어! 혜운은 무릎을 쳤다. 모든 게 공(空)이 아닌가?

목불이란 허상도, 달 노인이란 실상도 뒤돌아 서면 한낱 '그림자'이다. 새미의 흔들며 내려가는 크나큰 엉덩이를 보고 대오각성하다니? 통도사 갈공 조실에게 이번에는 무엇이라고 인사를 드려야 할까? 어금니 새로 웃음이 삐져나왔다.

(끝)

> **작가 노트** 스님과 수녀와의 절실한 사랑 이야기이다. 혜운 스님과 콜롬바 수녀는 원래 한 마을의 소꿉친구로 오랫동안 약속한 사이였지만 지독한 가난은 결국 두 사람을 각각의 수행자로 만들었다. 그러나 그 뜨거운 불씨는 두 사람이 다시 만나게 되지만 승려복과 수녀복은?

석 굴(石屈)

1

안개비가 내리는 산골짜기는 목어(木漁)소리로 해서 더 깊은 적막으로 잠겨들고 있었다. 가을로 접어들면서 이곳 월악산 줄기는 깊은 산 속이라 늘 안개비가 흔들렸다. 바닷속 같기도 한 적막한 전혀 딴 세상 같다. 아무리 둘러보아도 사찰 같은 곳이 없는데도 독경 소리는 끊어질 듯 이어지고 있고, 아리아리한 향내도 사라지는 듯 코 끝을 맴돌았다.

동해안 고속도로변에서도 두어 시간 비탈길을 올라와야만 중세 스위스의 성벽 같은 이 곳에 이를 수가 있기 때문에 일년 내 인적이 거의 없다. 별로 알려지지 않은 외지 산 속을 일단의 수녀들이 기어오르고 있었다. 이마까지 덮인 수녀복을 입은 채 빗물을 머금은 이끼 낀 바위 벽을 탄다는 것은 해학적이면서도 위험천만한 모습이다.
　그래도 그네들은 재미가 있는지 까르르 도토리 같은 웃음 소리를 바위 뒤로 굴러 내리며 열심히 오르고 있었다. 평소의 검정 가방과 구두 대신에 검정 배낭과 흰 운동화만 다를 뿐 근엄한 수녀 복장은 그대로다.
　"아이고오, 콜롬바 언니, 나는 더 이상 못 올라가겠어요. 우리는 여기서 기다릴테니 언니 혼자 갔다와요."
　"아니, 바로 조 위에 있는 석굴(石屈)인데 또 주저 앉으면 어떡허니, 바로 눈썹 위 아냐? 영웅적인 자매들이여, 나를 따르라!"
　"언니는 바로 눈썹 위, 눈썹 위! 하고 여기까지 왔는데, 언니 눈썹은 대관절 몇 층이유? 이젠 속눈썹 위라고 해도 나는 못 움직여요. 종아리가 후들후들 떨려 걸을 수가 있어야죠?"
　콜롬바의 뒤를 따르던 여섯 명의 수녀들이 한마디씩 떠들며 전부 주저앉았다. 고인돌같이 생긴 바위 위에는 등산객들이 버리고 간 듯한 라면 봉지와 버너불 그을림 같은 것이 얼룩져 있었다. 여기저기 비스듬하게 누워 있는 수녀들은 날 잡아 잡수 하고 콜롬바의 재촉에도 요지부동이다. 한동안 망연히 절벽 아래를 내려다보며 운무(雲霧)를 헤아리고 있던 콜롬바는 이제는 안 되겠다 싶었는지 혼자서만 절벽으로 오르는 쇠 난간을 다시금 붙잡았다.

"경건한 이 산중에 웬 속세 사람들이 시끄럽게 떠든답니까? 이 회나무 위에서 며칠째 임신중인 산까치가 놀라겠습니다 그려." 그때 혜운(慧雲)스님이 쇠난간 저쪽에서 이윽히 보고 있다가 마중 나오며 조용히 꾸짖었다. 짐짓 농담이다. 여기저기 엉거주춤 기대어 있던 수녀들이 놀라 일어나 성호를 긋자 혜운은 호탕하게 웃으며 정중하게 합장을 했다.

"스님두... 멀리에서 찾아온 손님을 그렇게 구박하시는 게 아녜요. 그리구 우리가 속세 사람이라뇨? 같은 법복을 입은 처지에 차별하지 맙시다."

"아니 우리가 여기 있는 줄은 어떻게 아셨습니까? 우리는 콜롬바 언니만 남겨 놓고 소리없이 사라지려고 했는데."

"이 경내에선 두더지가 땅 파는 방향까지 알고 있습죠. 수녀님들께서 오전 10시쯤 산사 입구에 나타나 동쪽 능선을 타고 오르다가 길을 헤매어 북쪽으로 갔다가 다시 이곳으로 오기까지 5시간이나 돌아다녔다는 것도 알고 있습니다."

"그러니까 소승이 일부러 마중을 안 나간 거지요. 헤매어 다니다가 지치면 나머지 수녀님들은 이렇게 지쳐서 주저앉을 것이고, 콜롬바 수녀님만 기를 쓰고 오를 것이란 걸 잘 알고 있었지요. 콜롬바 수녀만 처음부터 나타났더라면 벌써 시외버스 정류장까지 가서 내가 기다렸을 겁니다."

"스님과 수녀와의 사랑? 뭐 지구가 도는 것 같은 제목 아녜요? 우리는 이만 자리를 비켜줘야겠어요. 3년 전인가 왔을 때는 스님이 그렇게 냉랭했는데 이제는 좀 도통한 모양이지요?"

"하아, 그렇습니까? 그건 괜한 소리이고 진짜는 정말 콜롬바 수녀님만 올라오기에 제가 이렇게 내려온 겁니다. 처녀 총각만 저 빈 방에서 마주 앉아 있으면 어떻게 되겠습니까? 만약 우리 둘이 일을 그르친다면 싯달타와 그리스도가 서로 제자 교육을 잘못 시켰다고 멱살을 쥐고 싸울 게 아닙니까? 그것을 미연에 방지하기 위해 제가 저번마냥 아예 숨어 버릴까 하다가 이렇게 나타난 겁니다. 천상에서 싯탈타와 그리스도가 싸우는 꼴을 보인다면 지상의 사부대중들은 이제 더욱 믿을 게 없잖겠습니까?"

"시끄러워요. 우린 지금 배가 고플 뿐예요. 스님이 수녀들을 앞혀 놓고 설법을 하던 설교를 하던, 그게 불교식으로 말하면 싸우는 것이 싸우지 않는 것이고, 싸우지 않는 것이 싸우는 것이다 하는 논리인가요?"

"아하, 죄송합니다. 지금 이 길도 정반대로 잘못 들어선 길입니다. 이길로 들어오시면 오늘 밤 밤새도록 걸어도 못 찾아 올겁니다. 시장하실 텐데 자아, 우선 제가 안내하겠습니다."

혜운은 또 한번 골짜기가 쩌렁하도록 웃더니 휘적휘적 앞장서서 걷는다. 그때까지 콜롬바는 혜운의 눈동자가 움직이는 시선만 따라다닐 뿐, 한마디 말도 꺼내지 않았다. 조금 전의 명랑함이 혜운의 출현과 함께 돌변해 버렸다. 공중에 떠 있는 까치밥마냥 절벽 한 복판에 뚫려 있는 석굴에 이르자 향내가 더욱 진하게 진동하고 황금빛으로 개칠한 불상은 더욱 찬란하게 비쳤다.

수녀들은 사찰의 불공 음식인데도 즐겁게 먹었다. 의식주 일체를 혜운 혼자서 마련할 수밖에 없는 이 석굴은 전체 길이가 약 15미터 정도인데 기역자로 구부러져 있다. 조금 넓은 절벽 입구 쪽에 6명의 수녀들이 앉아 발 디딜 틈도 없게 되었다. 반찬이라야 산나물뿐이고 간이라야 소금을 약간씩 뿌리는 정도가 전부이다. 물은 돌 틈으로 방울방울 떨어지는 석간수를 양동이로 받아 쓰고 있었다. 가난한 토굴이다. 점심 겸 저녁 공양을 끝내고 희미한 관솔불 아래에서 혜운 스님에게 한 수녀가 물었다.

"천주교와 불교는 다른 종교들에 비해서 유난히 비슷한 소도구가 많은 것 같아요. 안 그래요. 스님? 염주와 묵주가 그렇고, 비구와 신부, 비구니와 수녀의 혼인 조건이 그렇고, 제복의 회색과 검정색이 동일 계통이잖아요."

"마리아 수녀 언니 말이 맞는 것 같아요. 교황이나 고승들이 가지고 다니는 구부러진 지팡이까지 상징적으로 일치하고 있어요. 뭔가 두 종교의 유사점이 동양 종교와 서양 종교라는 개념에서 보면 시사하는 바가 크다고 생각해요."

"잘 지적한 것 같습니다. 그것은 눈에 보이지 않는 대도구(?)까지도 일치하고 있어요. 예를 들면 보시 개념이나 사랑의 개념은 근원적으로 같은 맥락에서 출발되고 있습니다. 중요한 것은 가시적인 것보다 불가시적인 가르침이 더 중요하다고 생각합니다."

"콜롬바 언니! 누구 땜에 여기까지 목숨 걸고 왔는데, 뭐라고,

얘기 좀 해요. 그렇게 혼비백산 허수아비마냥 잠자코 있지 말고..”

가을비는 밤에도 계속 추적거리며 내렸다. 로켓을 타고 달 표면을 떠난 우주인들이 지구를 내려다보는 기분이 이럴 것이라고 수녀들은 석굴 밖을 내다보며 한마디씩 던졌다. 아까의 날 잡아 잡수하는 피곤은 어디로 가고 새로운 세계에 대한 경이감에 들떠서 밤 깊은 줄 모르고 가을비에 빠져들었다.

혜운은 슬그머니 빠져나왔다. 인연을 끊었는가 싶었던 속세에 대한 미련이 콜롬바의 출현으로 다소 흔들리기 시작한 것이다. 아직 젊은 승려로서 혜운은 잡목 숲을 헤치며 화두(話頭)를 잡으려고 애썼다. 잡아채는 가지에 가사가 찢기고 밤비에 속옷까지 적셨다. 떨쳐 버리려고 애를 쓸수록 어린 시절 일이 새삼 떠올랐다.

2

어린시절 지매(之梅)와는 담 하나 사이로 바로 이웃간이었다. 지금은 ‘콜롬바’라는 세례명을 받았지만 지매는 마을에서 이따금 화제의 대상이 되곤 했다. 어머니 없이 술주정뱅이 아버지를 모시고 남동생을 잘 건사해 주었기 때문이다. 그러면서 지매 자신은 근처 봉제공장에 나가면서 그 회사에서 운영하는 야간 학교에 다니고 있었다.

바다를 근거지로 해서 생활해야 하는 조그마한 어촌 마을은 죽음과 가난, 병고와 싸움의 연속이었다. 그러면서도 마을에서 무슨 일만 생겼다 하면 마을 사람 전체가 끈끈한 애정으로 녹아내리곤 했다. 따져보면 밀양 박씨 집성촌이 다들 멀고 가까운 친척들이기도 하지만, 무엇보다 서로가 불행을 한 줌씩 옆구리에 끼고 있어서 그러한 불안 강인한 연대감으로 잠재되어 있었던 것 같다.

그러한 연대감은 혜운의 형이 죽었을 때도 역시 마을사람 전체가 똑같이 애통해 하는 모습에서도 나타났다. 굿은 며칠째 계속되었다. 바다를 향해 낚싯대같이 긴 장대를 드리운 그 끝에는 혜운의 형이 평소 입던 속옷 등이 걸려 있었다. 그날도 이렇게 가을비가 추적거렸고 무당의 얼굴은 빗물인지 진땀인지 횃불에 반사되어 귀신같이 흔들렸었다.

마을 사람들은 이제 저 무당은 효험이 다했으므로 마을에서 쫓겨내야 한다고도 했고, 또 어떤 사람들은 쌍학산(雙鶴山) 산신령의 분노가 이번에는 쉽게 가라앉지 않을 것이어서 어떤 무당의 효험도 소용없을 것이라고도 했다. 그 산신령의 분노라는 것은 산신령의 가슴에 고요히 잠자고 있는 죽음의 혼령들을 거의 절반이나 파내어 버렸기 때문이다.

몇 년 전 마을 앞으로 동해안 고속도로가 뚫리면서 쌍학산 앞자락에 있는 공동묘지 정지작업으로 밀려나간 것이다. 그 가운데 소위 명당이라고 불리우는 곳이 있는데 그곳을 말하자면 혜운의 할아버지를 비롯한 몇 사람의 무덤이 있었던 것이다. 무당의 말대로 혜운의 아버지가 무덤을 세 번이나 파 옮겼으므로 이제 그 두 번째 희생이 나타난 것이라고도 했다.

웃통을 벗은 채 젯상 앞에 무릎 꿇고 앉은 혜운의 아버지에게 무당은 칼춤을 추며 호통을 쳤다. 바다에 빠진 둘째 아들의 혼백이 건져지지 않는 것은 전부 아버지 탓이라고 했다. 혜운을 비롯하여 가족들은 또 아버지 뒤에 역시 무릎 꿇고 빌었다. 무엇이 잘못인지도 모르고 무당이 하라는 대로 무조건 빌라면 빌고, 곡을 하라면 따라 했다. 그렇게 정성을 다하는데도 낚싯대 끝에는 혼백이 건져지지 않았다.

혜운의 둘째 형도 천재였다. 첫째 형도 마찬가지로 서울대에 합격했으나 단지 경제적인 문제로 포기하고, 아버지의 고기잡이 일을 거들면서 입대 날짜를 기다리고 있었다. 첫째형은 서울공대에 수석으로 합격하여 장학생으로 공부하고 있지만 서울 유학에 따른 하숙비, 책값 등을 영세 어부로서 뒤를 대기에는 너무나 벅차다는 것을 둘째 형은 잘 알고 있었기 때문이다.

그날도 둘째형은 경운기를 타고 읍내에 가서 자기가 따로 기르던 돼지 두어 마리를 팔고 돌아오던 길이었다. 쌍학산 모퉁이를 돌아 마을 입구로 들어서는 낭떠러지 길을 돌다가, 둘째 형은 경운기와 함께 바다에 빠져 버린 것이다. 그 길은 낭떠러지이긴 하지만 널찍한 길이어서 위험한 곳이 아닌데도 떨어진 것이다.

술을 먹었다거나 졸았던 것도 아니라는 것을 둘째 형과 함께 경운기를 타고 왔던 마을 할아버지가 증언했다. 할아버지가 고함을 지르는데도 둘째 형은 자꾸 낭떠러지께로 경운기를 몰더라는 것이다. 그 순간 할아버지는 뛰어내려 무사했고 형은 그대로 잠겨 버렸다.

그러나 한편 곰곰히 생각해 보면 형은 필사적으로 빠져 나오려고 하는데 그 어떤 힘에 의해서 형은 낭떠러지께로 자꾸 빨려 들어 갔다고도 할아버지는 증언부언 했다. 마을에서 일 년 새에 벌써 4명이 죽어나가는 괴변이 일어나고 있었다. 그 해에도 혜운의 둘째 형 외에 2명이나 장례를 치러야 했다. 고목이 넘어져 압사당한다거나, 엉뚱한 바윗돌이 굴러떨어져 낮잠 자고 있는 사람이 당한 것이다.

죽음을 당한 사람들은 대개 명치 부근에 조상의 묘를 썼다가 이장한 가족들이었다. 혜운이네 가족의 첫번째 희생은 큰형이었다. 서울에서 아무 일없이 학교에 잘 나가고 있던 형에게 이변이 생긴 것이다. 형의 하숙집주인에게서 전보가 왔다. 서울 지리를 잘 모르는 아버지를 모시고 혜운이 그 하숙집에 뛰어들었을 때, 형은 신문지를 조각조각 내어 씹고 있었다.

신문지뿐이 아니고 방안의 책이며 옷 등이 전부 조각나 있었다. 아버지가 얘야, 하고 얼굴을 만지는데도 형은 비실비실 웃으며 계속 종이를 씹어 대기만 했다. 밥도 안 먹고 한밤중에도 종이를 찢거나 불도 안 켠 채 벽에다 낙서를 하곤 해서 하숙집 아주머니는 무섭다고 했다. 그러다가는 부엌에 몰래 들어가 걸신

들린 사람마냥 밥을 훔쳐 먹는다고도 했다. 알 수 없는 일이다.

　마을에서 몇 십 년만에 수재가 나왔다고 해서 마을잔치를 했고, 인근 마을에서도 가장 큰 기대를 걸고 있던 큰형이 아무런 이유가 없이 정신이상을 일으킨다는 것은 알 수 없는 일이다. 혹시 신문에서 이따금 떠드는 것과 같이 형도 소위 말하는 운동권에서 뛰다가 심한 고문으로 부작용이 난 것이나 아닐까 하여 혜운이 아버지 몰래 형의 지도교수와 평소에 친했던 형의 친구들을 찾아다니며 수소문해 보았다.

　형은 오로지 책과 실험실밖에 모르는 공부버러지였다는 일치된 애기밖에 들을 수 없었다. 평소에 신경질적이거나 신경쇠약 증세 같은 것은 있었지만 그렇게 심한 증세가 나타나리라고는 정말 몰랐다며 오히려 형의 가까운 친구들이 놀라와했다. 아버지에게 이끌려 집에 돌아온 형은 고삐 풀린 망아지마냥 함부로 쏘다녔다.

　쌍학산 상상 바위 뒤에서 아슬아슬하게 웅크린 채 잠자고 있는 형을 아버지가 찾아오기도 하고, 공동묘지 폐총된 무덤 속에 들어가 히히덕거리고 있는 형을 마을 사람들이 데려 오기도 하고, 바닷가 폐선(廢船)된 배 속에 엎드려 있는 형을 지매가 앞세워 오기도 했다.

　그러다가도 형은 꺼이꺼이 울면서 어머니에게 용서해 달라며 머리도 깎고 옷도 갈아입고 언제 그랬냐싶게 제 정신으로 돌아오기도 했다. 가족들은 오히려 그럴 때가 더 무서웠다. 혹시 자살하지나 않을까 해서 말이다. 그래서, 낮에는 둘째 형이 감시를 하고 저녁이면 학교에서 돌아온 혜운이 감시하는 등 집안사람들이 신경이 모두 큰형에게 집중되어 있었다.

그러한 겹겹의 감시망 속에서도 큰형은 어느 새 탈출하여 산이고 바다고 헤매어 다녔다. 집에서 쉬는 공휴일이나 일요일에는 지매가 적극적으로 형을 보살펴 주었다. 지매는 형을 감시하는 것이 아니라 회복시켜 주려고 애썼다. 형을 데리고 시냇가로 가서 카세트를 틀어놓고 같이 노래를 불렀으며, 줄넘기가 배드민턴을 같이 했다.

그럴 때면 혜운도 같이 어울렸는데 지매의 정신은 혜운의 식구들보다 더 눈물겨운 데가 있었다. 한밤 중 큰형이 잠 못이루고 종이를 찢거나 울부짖고 있으면 조용히 사립문을 밀고 들어와 형 옆에서 성경을 읽어 주거나 찬송가를 불러 주었다. 그때는 지매가 크리스찬이 아니었으면서도 단지 큰형의 마을을 안정시키는 방법이라면 갖가지 방법을 다 시도해 보는 것이다.

백약이 다 소용없이 큰형의 정신병은 두 해째 접어들자 집안 식구들조차 지쳐 버려서 어머니 이외는 거의 만성이 되다시피 되었는데도 지매의 정성은 변함이 없었다. 그러한 지매의 지극한 정성은 어려서부터 혜운네와 이웃으로서의 정에도 있었지만 실은 혜운에 대한 연정에서 비롯된 것이다. 혜운과 같이 있는 시간을 마련하기 위해서 큰형을 핑계대고 셋이 같이 있을 수 있는 게 마을 사람들에겐 공개적이면서도 비밀한 기쁨이었다.

마을이 작은 데다가 한 집 건너 친척이어서 누구네 집 막내가 밤에 이불에다가 오줌 쌌다는 일까지도 소문이 되는 동네였다. 그러나, 지매는 본의 아니게 시집을 가야 했다. 지매에게 청혼을 한 것이다. 지매의 아버지는 물론 동생의 대학 진학까지 뒤를 봐 주겠다는 속보이는 조건이었다.

그러나, 지매는 알코올 중독에 간경화 증세로 누워 있는 채 주사 한대 못 맞고 있는 아버지를 생각할 때 전혀 현실적인 문제를 외면할 수만은 없었다. 혜운에게 대한 순정도 좋지만 일종의 소녀가장으로서 현실 쪽을 택한 것이다. 마을 사람들은 열녀에다 효녀가 났다고 또 한번 시끌벅적 했지만 지매나 혜운 본인들로서는 걸레 씹는 얼굴이 아닐 수 없었다.

그때쯤 혜운은 큰형의 일로 휴학하고 있던 학교를 다시 복학하여 공고 2학년에 다니고 있었다. 혜운도 삭발하기 전의 속명(俗名)은 '하목'(河目)이었다. 혜운이라는 법명은 한곡 선계(仙界)의 법통인 경허스님이 내려준 것이다. 하목은 이미 고교 진학부터 둘째 형도 진학을 포기했듯이 아예 인문계보다는 대학에 안 가도 취직이 되는 공고에 진학하여 공부보다는 운동에 열중했다.

다른 애들과 같이 교실에 들어가 그렇게 공부가 하고 싶었지만 하목은 강당 지하에 있는 복싱도장으로 가서 샌드백을 때렸다. 그 학교에는 복싱부 훈련단이 있어서 복싱부에 가입한 것인데 밑천 없이 돈 벌기에는 복싱만한 것도 없다며 혜운은 남몰래

야심을 갖고 샌드백을 때렸다.

혜운은 고교2학년이지만 실제 나이는 같은 또래 학생들보다 서너 살이나 위였다. 그것은 지매의 경우도 마찬가지이지만 그곳 어촌마을 출신 학생들은 중.고교를 다니면서 대개 두어 번씩 휴학을 하며 졸업하게 된다. 그것은 단지 학비를 제때에 조달하지 못하기 때문이다. 바다에 나간 배들이 태풍을 만났다거나 하면 어김없이 일 년을 그대로 앉아 쉬어야 했다.

그러나 밭농사를 짓는 산 너머 학생들은 더 나았던 것 같다. 어촌마을에서도 배를 갖고 있는 선주(船主)의 자녀들인 경우는 물론 또 달랐다. 고교 졸업반 때쯤이면 전국체전 포항시 대표로 출전할 수 있었다. 남몰래 운동하던 것이 세상에 알려져 링에 올라서자 아버지와 마을 사람들은 경악했다. 공부로서 두각을 나타내는 줄 알고 있었는데 운동을 해왔던 것이다.

더구나 복싱을 한다는 사실에 고개를 갸우뚱거렸다. 그러나 어머니만큼은 이해를 하고 또 남몰래 지원을 해주었다. 때로 꼬깃꼬깃 접은 용돈도 손에 쥐어 주며 곰탕이라도 사먹으라고 했다. 하목의 특기는 작전이었다. 말하자면 두뇌 플레이다. 상대방의 장단점을 빨리 포착하여 그 헛점을 적절하게 이용하여 공략하는 것이다. 대개의 복싱선수들은 신인일수록 힘으로만 밀부치려고 든다. 그러나 3라운드쯤에 가서는 제 힘에 스스로 말려 허둥대게 되는 것이다.

그때 둘째형의 시체가 썰물에 밀려 보름만에 해변에 도착하자 가매장했던 장례를 정식으로 치르고 무당의 명령에 따라 수장(水葬)으로 지냈다. 총각귀신인데다 쌍학산 산신령이 품에 들어오는 것을 허락하지 않는다는 것이다. 장례식이 끝나고 한숨 돌리자 큰형이 없어졌다. 마을이 발칵 뒤집어졌지만 일부에서는 차라리 잘 되었다고도 했고, 누군가 일부러 열차를 태워 멀리 떠나보냈을 거라고도 했다.

다소 차도가 있던 형은 지매가 시집을 가버리고 마을에서 보이지 않자 광폭해지기 시작했다. 남의 집 헛간을 불 지르기도 하고, 어린애를 업고 산속으로 달아나기도 했다. 그럴 때면 형은 모질게 얻어맞기도 했고, 그 집의 부모들은 하목의 집에 몰려와 소동을 벌이기도 했다. 새벽녘에 둘째 형의 시체를 맨 처음 발견한 것은 바로 첫째 형이었다.

페선 속에서 밤새 웅크리고 자는데 둘째 형이 불러서 나갔더니 악수를 청하면서 걸어 나오더라고 첫째형은 옛날 얘기하듯 웃으면서 얘기했다. 그럴 때는 첫째 형이 멀쩡하다. 마을 사람들의 전언에 어머니랑 하목이 달려가 보니 정말 첫째 형은 둘째 형의 시체를 해변에 앉혀 놓고 악수를 한 채 계속 손을 흔들고 있었다. 장례식 후 둘째 형도 아주 없어지자 큰형은 더욱 발작 증세가 심하여 이제는 낫이나 쇠스랑 같은 걸 들고 다녔다.

마을 사람들은 저녁만 되면 일찌감치 문을 꼭꼭 잠그고 있었고 문 앞에는 몽둥이를 하나씩 준비했다. 대낮에도 부녀자들은 어린애들 때문에 늘 공포에 떨었다. 그럴수록 하목은 큰형의 뒤를 바짝 따라 다녔지만 큰형은 귀신같이 사라지곤 했다. 큰형은 주로 해변가를 자주 맴돌았는데 작은 형의 시체가 발견되고부터는 쌍학산 공동묘지를 헤매기 시작했다.

형이 없어졌다하면 공동묘지로 찾아나섰다. 그곳에서 형은 남의 무덤의 잡초를 뽑던가 뼈다귀가 튀어나온 폐총에 손으로 흙을 떠다가 덮어 주던가 하기도 했다. 알 수 없는 일이다. 큰형이 없어진 마을은 다시 평온과 안식을 되찾았지만 무엇인가 모를 불안과 공포는 씻을 수가 없었다. 그것은 십 년 앓던 어금니가 빠진 속시원 함이지만 그 시원함 다음 순간에 느껴지는 허전함과 무엇인지 모를 죄책감이다.

그 시원한 빈 터에 고이는 새로운 공포는 다음 차례는 누구냐 하는 마을 사람들의 심리적 전염병이다. 정작은 큰형이 없어졌다는 시원함보다는 큰형의 변고가 없어짐으로 해서 대치되어야 하는 어떤 변고를 두려워하는 것이다. 무당의 말대로라면 아직도 산신령의 노여움은 풀리지 않았고 금년을 넘기기까지는 몇 사람의 제물이 더 필요하다는 것이었기 때문이다.

그 우선 순위가 하목이라고 했다. 아버지가 구덩이를 세 번 팠으므로 첫째 형이 미쳐 나갔고, 둘째 형이 비명횡사했고, 이제 세 번째는 하목의 차례가 돌아온 것이다. 그렇잖으면 가족 가운데 어머니나 아버지, 아니면 늦게 둔 막내 누이동생밖에 없다. 마을 사람들은 겉으로 전혀 내색을 하지 않으면서도 논두렁 길에서라도 하목을 만나면 소스라치게 놀라 멈칫거렸다.

이제 마을에선 하목뿐이 아니고 특히 젊은 청.장년을 가진 부모들은 전전긍긍 했다. 그것은 멀지 않은 시일에 자기들 가정에도 산신령의 화가 미칠 것이라는 불안 때문이다. 마을 사람들은 무당을 무시하고 저주하면서도 무당의 말이 더러 적중하자 더욱 불안해진 것이다. 그래서 불행을 면해보고자 일찌감치 지원 입대시키거나, 날품을 팔더라도 근처 대도시로 쫓아 버리는데도 때가 되면 객지에서 시체가 되어 돌아오는 데에는 기가 질리지 않을 수 없었다. 알 수 없는 일이다.

3

동해안 고속도로 착공일자가 발표되면서 마을에는 이장(移葬) 명령이 몇 달 사이를 두고 계속 재촉되었다. 이장비용은 정부에서 일부 보조를 해주기 때문에 마음만 먹으면 어려운 일은 아니지만 보수성이 강한 이 마을에선 쉽게 진척이 되질 않았다. 무엇보다 마을 이장과 어협 공판장 일을 맡고 있는 하목의 아버지가 솔선해서 모범을 보이지 않으면 안 되었다.

마지막 최고장이 날아들고부터는 면장 군수에서부터 파출소장 경찰서장까지 번갈아 나들명거리며 닥달을 했다. 수협회장까지 마을 어업자금 어쩌고 하며 독촉을 했다. 하목의 아버지는 어쩔 수 없이 조부와 증조부의 무덤을 파헤치고 도로공사에서 지정한 산 너머 산, 깊숙한 묘지로 옮겼다. 그러나 옮긴지 반년도 안 되어 다시 옮기지 않으면 안 되었다.

그곳은 지리상 배수가 잘 안 되는데다가 모래 산이어서 여름 장마에 무덤들이 쓸려 내려간 것이다. 아버지를 따라 무덤을 옮긴 사람들은 더욱 언성이 높았다. 포크레인이 움직이는 도로 한복판에 가서 드러누운 마을 사람들의 시위에 굴복한 도로공사 측에선 다시 더 깊숙한 국유지를 지정해 주었다. 그곳은 교통이 더욱 불편하지만 조상들만 양지바른 곳에 묻어 준다면 이깐 불편쯤이야 못 참겠느냐고 울며 겨자먹기로 옮겼다.

그러나 그곳은 토질과 배수는 그런대로 좋지만 북향인다가 경사가 심해서 옮긴 지 석달도 안되어 그 쪽 산골짜기 자체가 산사태로 함몰되어 버렸다. 손도 쓰지 못하고 겨우 내내 방치되어 있다가 이듬해 해빙과 더불어 복구 작업을 벌이지 않으면 안되었다. 그 사방 공사라는 것이 산 아래쪽부터 시멘트 콘크리트로 근본적인 작업을 하지 않으면 산 위쪽이 부분적인 작업만으로는 도로아미타불이 되는 상황이었다.

마을 사람들은 눈이 뒤집혀 산 속의 생나무 가지를 꺾어 들고 도로공사 현장 사무실로 쳐들어갔다. 애초부터 좌청룡 우백호를 가려서 명당 묘지를 차지하지는 못하리란 것을 예상했지만 처음에 이장하면서 지쳐버린 주민들은 대개 화장을 해버렸지만 손이 귀한 하목의 집에서는 미련도 있고 해서 조부와 증조부의 시신을 끝까지 모시고 다녔다.

증조부의 시신은 이제 형체조차 알 수 없이 녹아버려서 치아 부분과 두개골 일부의 뼈다귀만 남아 있을 뿐이다. 어금니일 듯한 금니 한 개가 유난히 반짝거렸는데 하목의 아버지는 그것을 신주 모시듯 온몸을 사시나무 떨듯 하면서 이장할 적마다 두 손으로 떠받치고 다녔다. 어머니의 눈빛이 더욱 어두워지고 만나는 사람들마다 더욱 주춤해질수록 하목은 그깐 미신은 일소에 부쳤다.

하찮은 무당의 말에 불안해 할수록 그 쪽으로 우습게 기울어지는 것 같기 때문이다. 하목은 동네의 용감한 청년 몇 사람과 복싱부 출신고교 동창 몇 명을 규합하여 미신의 근원지인 산신령을 잡아 없애자는 데 뜻을 같이했다. 어차피 하목의 차례가 되어 희생되어야 할 운명이라면 목숨을 걸고 운명과 도전을 해 보겠다는 생각이었다.

밤이면 산신령이 출몰한다는 쌍학산 뒤켠 대나무 숲을 뒤지고 일부는 공동묘지를 탐사하고 다녔다. 만일을 위해 정말 산신령인 호랑이가 습격할 것에 대비, 사냥총과 학교 화공과 실험실에서 만든 화염병 등도 각자 분담해 가지고 다녔다. 어둠 속에서 붉은 헤트라이트 같은 두 개의 불빛만 번쩍했다 하면 화염병을 던지고 신탄총으로 갈겼다. 그러나 번번히 헛탕치고 한 달만에 잡은 것이라고는 늙은 여우 한 마리와 그 일가족이었다.

마을에선 이따금 송아지나 돼지새끼 등이 산 속으로 물려가 없어지기도 했는데 하목의 패거리가 행동개시 이후는 일체 그런 일은 없어졌다. 하목 등이 울러메고 온 여우 일가족의 시체를 확인하고 난 마을 사람들은 그들의 공포의식을 조금씩 지워내기 시작했다. 뿌리깊은 미신일수록 그 실체를 드러내놓고 보면 우습게 나타나기 마련이다.

여우 일가족과 늑대 등속을 소탕하고 난 뒤 정말 그 이듬해에는 아무런 변사 사고가 없었다. 풍랑 사고가 한번 일어나긴 했지만 그런 일은 어촌에서 일상적인 일이었고, 더구나 선박만 난파당했을 뿐 인명 피해는 없었다. 그래도 전전긍긍하던 마을 사람들이 공포의식을 완전히 씻을 수 있었던 것은 하목의 큰형이 돌아오면서부터이다. 한동안을 죽은 귀신이 돌아왔다고 법석을 떨 정도로 말짱하고 멀쩡하게 돌아왔으며 더욱 희한한 일은 지매도 친정으로 돌아온 것이다.

친정이라야 이미 술주정뱅이 아버지는 돌아가신 뒤였고, 남동생도 서울의 대학 기숙사에 있으므로 폐가된 오막살이만 덩그러니 남은 집채뿐이었다. 큰형의 귀가도 뜻밖이었지만 지매의 귀가도 더욱 의외였다. 더구나 그미는 남편과 이혼하고 돌아온 것이다. 본처가 있었던 남편은 애초부터 경제적 지원을 미끼로 지매의 미모를 산 것이다. 서울에 있는 본처 모르게 현지에서 약식 결혼식을 올리고 동거생활을 하다가 2년만에 들통이 난 것이다. 지매의 옛 집을 마을 사람들이 새롭게 단장해 주었다.

혜운은 온몸에 비를 맞으며 가부좌를 한 채 깊은 명상에 잠겨 있었다. 그 바위는 혜운이 참선할 때마다 즐겨 찾는 곳이기도 하다. 줄곧 뒤를 따르던 콜롬바가 스니임, 하고 나직하게 불렀다.

아까부터 그 소릴 몇 번 듣고 있었으나 혜운은 일어서질 않았다. 석굴 속에서는 수녀들이 아직도 산 속의 비경에 들떠 떠들고 있을 것이다.

콜롬바는 추위에 거의 쓰러질 것 같았다. 거의 하루 종일 산 속을 걸어온데다가 허기가 져 있었다. 아까 공양 때도 다른 수녀들은 줄기차게 먹었지만 콜롬바는 입맛이 당기질 않았다. 억지로 몇 술 떴지만 이내 토해내고 말았다. 입맛 뿐이 아니고 살맛이 없었다. 그미는 수녀원 생활 5년이 넘었는데 아직도 확신을 못 갖고 있다. 그미가 혜운을 찾아나선 것도 요즘의 절망적인 상태에서 다소 탈출해 보자고 떠난 것이다.

그렇다고 혜운이 무슨 존재론적 해결을 제시해 줄 것이라는 기대를 갖는 것이 아니라, 단지 혜운이 보고 싶었던 것이다. 그러한 망상을 제거하기엔 최근의 사건이 너무나 절박했다. 그것은 자기와 같이 세례를 받은 동료가 지난 달에 파계를 했기 때문이다. 근5년간이나 찾아다닌 애인의 집념에 흔들려 그 동료는 수녀복을 벗어버리고 결혼을 한 것이다.

어쩌면 있을 수도 있는 이런 형태의 파계가 자기와 단짝 수녀에게서 단행되었다는 사실에 내심 충격을 받은 것이다. 수도의 길은 끝이 없고 인간적인 고뇌 또한 이렇게 끝이 없는 것인지, 사실 지매는 정이 그리웠다. 어려서 어머니를 여의고, 술주정뱅이나마 아버지마저 여의었으며 마지막으로 의지하려던 남편에게까지 배신을 당하자 진정한 애정에 굶주렸던 것이다.

생각 끝에 고향으로 돌아온 것도 어린 시절부터 속 깊게 사랑해 왔던 하목을 먼 발치에서나마 볼 수 있으리라는 단 하나 기대로 친정 없는 친정으로 돌아온 것이다. 또 돈푼은 있지만 막상 갈 곳이 마땅치 않았던 것이다. 그러나 어느 날 새 집이다시피 말끔히 꾸민 옛집에서 새벽녘에 일어나 옛날같이 약수터에 가서 물을 길어오다가 겁탈을 당한 것이다.

옛날에는 병든 아버지를 위해 아무도 손을 안 댄 첫 샘물을 받아왔지만 이제는 하목의 건강을 위해 남모르게 받아다가 뒤꼍 장독대에 놓고 천지신명에게 절을 했던 것이다. 그 동안 아이를 낳지 않았다는 것을 천만다행으로 생각하고 모든 괴로움을 하나씩 지워가며 고향 생활의 옛정을 다시 추슬리면서 새로 태어나는 기분으로 마음을 잡아가고 있었다.

그냥 순수하고 가벼운 마음으로 하목의 행복을 빌면서 말이다. 물동이를 이고 아직은 어두운 새벽공기를 헤쳐 나오는데 목을 조이며 덮친 것은 하목의 큰형이었다. 전혀 엉뚱한 큰형에게 짓밟혔다. 더러 발작 증세가 보이긴 했지만 가출하여 어디 가서 무얼 했는지 씻은 듯이 정신을 세수하고 온 큰형이 지매를 그림자같이 따라다니고 있었다.

이내 그러한 사실을 하목이 눈치 채고 있었다. 한밤 중 지매의 방문 앞을 어슬렁거리다가 하목의 제지를 받곤 했으니까 말이다. 지매를 놓고 큰형과 하목과의 은근한 삼각관계는 오래 전부터의 묘한 대립이었다. 큰형의 정신 이상도 어쩌면 쌍학산 산신령의 노여움이 아니라 지매에 대한 남모르는 사랑이 결행되지 못하고 하루하루 시간을 놓치다가 터져 버린 것일 게라고 하목은 혼자 추정하고 있었다.

그러다가 지매 회사 모 과장의 경제적 지원이 표면화 되면서 큰형은 일상적 싸이클이 틀어져 버린 것이다. 지매에 대한 큰형의 사건이 다시금 마을 사람들의 입에 오르내리자 큰형은 바다에 투신해 버렸다. 작은 형이 경운기의 조작 잘못으로 빠져버린 그 자리에 큰형이 벗어 놓은 구두짝만 남았다. 그 길로 하목은 산으로 들어가 버렸다. 지매에 관계된 묘한 사건 때문에 산으로 들어간 것이 아니다.

실은 늙은 여우와 그 일가족에 대한 죄책감을 떨쳐 버릴 수 없었던 것이다. 하목은 화염병에 의해 참혹하게 타 죽은 늙은 여우와 5마리의 그 어린 새끼들의 시체는 동물일망정 섬뜩한 모습이었다. 눈과 코, 등가죽에는 핏물이 고여 흘렀다. 시커멓게 탄 가죽 위에는 뻘건 핏물이 얼룩진 채 어미는 5명의 새끼들을 결사적으로 끌어안고 죽어 있었다.

하목이 운명과 대결한 것이 또 다른 살인이었다. 그것도 6마리나 죽이는 일가족몰살이었다. 어미 여우의 등가죽은 하목의 패거리가 쏜 산탄 총알로 벌집같이 구멍나 있었다. 밤이면 새끼들을 살려내라는 늙은 여우의 울부짖음과 그 여우의 시뻘건 어금니 사이에서 식은 땀을 흘리며 가위눌리곤 했다. 마을을 공포의 도가니에서 구출한 대신에 얻은 또 다른 죄책감이다.

그러자 2년만에 형이 돌아오고 지매가 돌아왔던 것이다.. 세상은 고통과 환난의 연속이다. 하목이 입산을 결심한 것은 늙은 여우 일가족을 참살했을 때부터 진작에 예비되어 있었던 것이다. 혜운은 콜롬바의 간절한 부름에 천천히 일어섰다. 그리고 추위에 참새같이 떨고 있는 콜롬바의 수녀복 위에 자기의 가사를 벗어서 덮어 주었다.

이미 밤새 밤비에 젖어 축축한 가사이지만 콜롬바의 마음을 따뜻하게 덮어준 것이다. 콜롬바의 어깨에 손을 얹은 채 혜운은 다시 석굴로 내려왔다. 석굴 입구에는 수녀들이 가지런히 잠자고 있었다. 어느 새 햇살이 구름 사이로 희미하게 비치는 새벽인데도 수녀들은 피곤하게 쓰러져 있었다.

혜운은 황금빛으로 빛나는 불상 앞에서 염주를 잡고 '아함경' 첫장을 다시 팔리어 원어로 독경하기 시작했다. 출가 이전 인도 뉴델리 대학에서 산스크리스트어를 공부할 때를 굳이 연상했다. 때가 되면 스리랑카 동굴로 들어가 석가모니 살아생전 초기산중 생활을 할 것이다.

'세상 모든 것은 처음처럼' 아, 그때 한국소주도 사갔던가? 목탁 대신에 염주를 잡은 것은 수녀들을 깨우지 않기 위함이다. 혜운 옆에서 콜롬바도 묵주를 두 손에 모으고 '묵시록'을 암송했다. 혜운과 콜롬바의 화음은 자장가같이 골짜기를 조용히 흔들며 내려갔다.

(끝)

> **작가 노트**
>
> '나'는 세계적인 한국의 사이버대학을 설립했다. 한국뿐만 아니라 전세계 불우한 청년들을 위한 디지털대학이다. 그러나 가장 믿었던 후배에게 뒤통수를 얻어맞고 대학을 강탈 당한다. 그 후배는 붉은 띠를 동여매고 교직원들을 선동하여 학교를 차지해 나갔다. 은인을 배신하는 늑대인간의 악마성 DNA 문제가 어떻게 전개되는가 보자.

삽살개 휘파람 소리

1.

안양 구치소, 그 음습하고 섬뜩한 원한은 원액이 되어 땅속에 깊이깊이 배어 있는 것 같다. 이 앞길을 지날 때마다 옆구리에 송곳 끝이 찔리는 추억들이 묻어나온다. 끈적끈적 달라붙는 원한의 피 튀김 때문에 일부러 이쪽 길을 피하고 뺑 둘러 다닌다.

배신과 보복, 사기와 원한, 시기와 모함 등 인간 쓰레기장이다. 하지만 그런 나의 전과(前科) 내막을 모르는 이 개똥녀는 굳이 이 길을 고집한다. 학교로 출근하는 지름길이기 때문이다. 운전할 줄 모르는 나는 개 끌려 다니듯 어쩔 수 없지만 때로 불길한 예감에 소름 돋히기도 한다.

끼이익! 내 이마가 앞 유리창에 쾅! 심하게 부딪혔다. 유리창이 찌익 금 갔다. 이마를 쓰다듬었다. 손바닥에 선홍빛이 묻어나왔다. 개똥녀가 하필이면 이 구치소 정문 앞에서 급 브레이크를 밟을 게 뭐람?

뒷다리가 하나 잘려나간 삽살개 한 마리가 절뚝거리며 천천히 지나간다. 나는 뛰쳐나가 그 삽살개의 배 떼지를 크게 내질렀다. 그 놈은 공중에 붕 떴다가 떨어지더니 발랑 뒤집어졌다. 임신 중인지 늘어진 8개의 검붉은 젖통이 하늘을 보고 발딱 분노하고 있었다.

"뭐하는 거예요? 비상 회의소집 콩 까먹었어요?"

개똥녀가 등을 거칠게 떠밀었다. 갤로퍼 찝차에 다시 올랐다. 구치소 정문을 굳이 안 보려고 해도 크게 확대되어 다가왔다. 대여섯 번 나들명거린 기억 때문일까, 심장 떨어지는 그 쇠자물통 소리는 지금도 자다가 벌떡 일어나게 만들곤 한다. 주로 간통 죄목이었지만 공문서위조죄, 부동산 사기죄, 횡령죄 등도 겹쳐 따따불로 옥죄이기도 했다.

내 어깨에는 별이 4개나 된다. 4성 장군, 육군 참모총장급이다. 앞으로 별 하나만 더 추가되면 최고사령관으로서 대통령과 같은 원수급이다. 제기랄. 어쩐지 마누라가 요즘 아침 저녁으로 쇠바가지 타령이다. 나이 쉰이면 쉰세대라고 했던가. 쇳소리나는 쇠바가지,

그 도금한 어금니가 부딪히는 쇳소리는 구치소 철문 여닫히는 소리와 같아 불에 달군 송곳같이 찔린다. 마누라의 어금니 쇳

소리는 요즘 유난히 날카로워졌다. J대학 여제자 강간사건의 어머니가 합의금 문제로 또 전화가 왔단다. "그 일로 이미 콩밥 먹고 떼웠잖아?" 나는 알루미늄 현관문을 더 큰 쇳소리로 걷어차고 나왔다.

음색은 다르지만 다시 개똥녀의 쇳소리를 듣게 되니 오늘 아침은 따따불로 재수 옴 붙은 셈이다. 나 같은 4성 장군도 전과를 숨기면 버젓이 교수가 되는 세상이다. 그러나 이 사실을 아는 일부 학부형들의 항의가 요즘도 심하게 들어오고 교육부에서도 나를 '적당히 조치하라'는 공문이 학교로 득달같이 내려오지만 일단 전임교수로 발령이 나면 한국사회는 철밥통이다.

여차하면 내가 학교에 대고 '부당해고' '인권침해' 라는 단어로 고발장을 날리면 간단하다. 교육부 교원재심청구에서부터 노동부 노동심판소, 법무부 행정소송 1-2-3심 그리고 헌법재판소까지 판결이 나오려면 십여 년이 걸린다. 정년까지 '안흥찐빵'이 아닌가. 법망을 철저히 악용하는 것도 민주주의이다. 재미있는 세상이다.

더구나 지금은 내 손아귀 속에 숨죽이고 있는 강하늘 총장은 나를 어쩌지 못하고 있다. 주객전도가 되어 쿠데타 계엄사령관이 된 내가 이제는 강 총장의 목숨을 좌지우지하게 되었다. 그래서 학기초부터 계속 날아든 왕십리 좀약국 국장의 원한 투서도 그냥 종이쪽지에 불과하게 되었다.

애꾸눈 그 약국친구 때문에 사기횡령 죄목 등으로 영등포 구치소에서 별을 하나 더 달아 중장이 되었다. 나보다 더 독사 같은 악마성을 가진 놈이다. 그는 내가 가는 직장마다 어떻게 냄새를 맡는지 포인터 사냥개 같이 찾아내어 투서질이다.

90년대초 한국문협에서 주관한 용인시 문인주택 땅 분양 개발사업에 내가 총무를 보았다. 당시 좀 장난했기로서니 감옥에 처넣다니? 자기 집 몇 채가 나 때문에 날라갔다고 길길이 날뛰고 다닌다. 그 시인 국장은 문인 피해자 대책위 공동대표를 자진하여 법정에 좇아 다니느라 신경성 당뇨까지 앓았단다.

백내장에 실명까지 걸렸다고 나를 '공금횡령 그리고 사문서 위조 및 부동산 사기죄' 등으로 콩밥 먹인 것이다. 소위 대형약국 약사가 자기의 당뇨병 하나 치료하지 못하고 나에게 겹치기 죄를 뒤집어 씌운다는 것은 좀 억울하다. 악비나는 일이다.

어디 그 애꾸눈만 재산손실이 되었는 감? 당시 문인들 약250여명이 비슷한 피해를 입었는데 다들 점잖게 침묵하고 있지 않은가. 같은 문인 처지에 말이다. 어쨌든 애꾸눈은 이런 구체적 판결문 내용까지 적시하여 '이런 부동산 사기꾼이 어찌 대학교수가 되어 학생들을 가르칠 수가 있느냐?' 며 청와대 교육부 심지어 국민고충위원회 등 마구 투서질이다. 재수없는 놈이다.

아마 애꾸눈은 내가 무덤 입구에 들어갈 때까지 계속 투서질할 것이다. 그 대가로 이미 몸으로 때우고 나오지 않았는가? 그래도 그 애꾸눈의 저주는 계속되고 있다.

그 뒤집어진 삽살개를 뒤돌아 보았다. 지나가던 사람들이 몰려드는 모습이 차량 밖 거울에 멀리 비쳤다. 내 이마의 피는 하얀 휴지를 더욱 새빨갛게 물들였다. 차량 안 거울로 다시 보았다. 누군가 우리 갤로퍼 뒤 차량번호를 담뱃값 위에 급히 적는 군인 아저씨 모습도 가깝게 비쳤다.

같은 거울인데도 차량 안과 밖의 유리창은 거리 감각이 훨씬 다르다. 세상의 안과 밖, 우리 마음의 안과 밖은 전혀 다르다. 동일한 사물인데도 바라보는 시각에 따라 하늘과 땅 차이다. 같은 고물 장농이래도 시골농가 마루에 놓인 것과 강남 펠리스 고급 아파트 안방에 놓인 것과 처지 차이다.

치과의사는 사람만 보면 먼저 썩은 이빨부터 찾아내곤 저걸 언제 뽑나아? 고민하고, 산부인과 의사는 임산부만 보면 저걸 언제 출산하나아? 걱정이다. 부동산 업자는 땅만 쳐다보면 저걸 어떻게 사기치나아? 검사나 경찰관은 요놈을 어떻게 족치나아? 지하철의 꽃따기는 요놈의 지갑을 어떻게 빼먹나아? 색골들은 요런 여자는 어떻게 조지나아? 제각각 골몰한다.

길거리에 지나가는 똑 같은 사람들인데도 쳐다보는 사람에 따라 또는 직업적 사고방식에 따라 제각각의 시각과 냄새로 생각하고 판단하고 결정한다. 무섭다. 그리고 재미있다. 사진기가 맨 처음 발명되면서 세상의 피사체를 확실하게 찍어내자 화가들의 할 일이 뜬금없이 없어졌다.

그래서 인상파 세잔 등은 시간과 빛의 이동에 따라 움직이는 피사체를 생각해냈다. 태양을 파랗게 색칠하고 나무를 빨갛게 물들여서 황혼빛에 넘어가는 '살아있는 마을풍경'을 그렸다. 거기에 다시 입체파 피카소는 '생각하는 입체그림'을 창안해냈다. 그 이전 미켈란젤로의 과학적 인체해부도에 의한 성화(聖畵)들은 수학과 기하학을 뛰어넘는 명화들로 우리들을 깜짝 놀라게 했다.

세상의 겉과 속, 안과 밖, 양극단을 다 포용했다. 지금 21세기 나노 과학으로 분석해도 정확하게 일치하는 데쌩들이다. 서양화가 사실화이면 동양화는 상상화이다. 사실적 상상화이다. 우리들의 삶 자체가 사실적이면서 환상 속에서 산다. 기독교적 사유는 눈에 보이는 것만 인정하고 불교적 사유는 눈에 보이지 않는 것도 인정한다.

'존재와 비존재'는 똑 같은 하나로 일치하며 공존한다. 두 개가 아닌 하나다. 빛이 그림자이고, 그림자가 빛이다. 생사(生死)도 하나로 일치한다. 살아간다는 것은 죽어간다는 것이고 죽는다는 것은 또한 다음 세상에 태어나기 위한 잠깐의 휴면기이다.

윤회설(輪廻說)이라던가. 선과 악도 과연 하나로 일치하는 것일까? 나는 늘 내 왼쪽 팔뚝에 끼고 다니는 염주를 크게 흔들어보았다. 신은 존재하는가, 아니 존재했던가? 과연 석가, 예수, 마호멧은 살아있었던가. 나는 때로 이런 엉뚱한 망상에 사로잡히곤 한다. 스스로 우습다.

토종 삽살개는 휘파람도 분다고 했다. 내 고향 논다니골에도 늙은 삽살개가 있었다. 눈이 안 보일 정도로 털이 많고 늘 똥 범벅을 하고 다녔다. 똥을 좋아해서 동네 뒤깐은 다 뒤지고 다녔다. 해마다 새끼도 많이 낳았다. 그러다가 봄 가을 당제(堂祭) 때면 동네 늙은이들의 보신탕용으로 삽살개 일가친척들 남녀노소가 큰 가마솥에 집단 학살되기도 했다.

그러나 평소에 삽살개는 늘 동네사람들 발 길에 채이고 버림받았다. 그래도 삽살개들은 바람 부는 날이면 휘파람을 불며 온 논다니골 마을을 휘젓고 다녔다. 휘영청 달 밝은 보름날 밤이면 온통 삽살개 축제이다. 죽은 처녀귀신 곡하는 소리도 내고, 시베리아 벌판을 휘달리는 백두산 호랑이 포효소리도 내지르며 달렸다.

얼마나 빨리, 얼마나 살벌하게 온 동네를 휩쓰는지 그럴 때는 동네사람 누구도 감히 밖에 나오지 못했다. 동물세계에도 질서와 예의범절이 있는가 보다. 그 무리 중 가장 나이 많은 숫놈이 맨 앞에 달리고 그 다음엔 반드시 당제 때 집단 학살당한 유가족 자제가 뒤따른다.

인간이 어디까지 잔인해질 수 있는가. 나도 모르는 내가 내 안에 있다. 나 자신이 제어할 수 없는 반쪽이 분명 음습하게 옹송그리고 있다. 그 반쪽이 나로 하여금 남을 철저하게 배신하고 죽이라는 명령이다. 사지가 떨리는 쾌감명령 선이다. 누구에게나 가슴의 반반은 선과 악으로 나뉘어 있는 것 같다.

중국의 측천무후(測天武后)는 자기에게 반대하는 신하들을 잡아다가 펄펄 끓는 기름 항아리 속에 처넣었다. 그 신하들을 잡아다가 나무기둥에 묶어놓고 북한 김정일식 공개 자아비판을 시킨 후, 사우나탕만큼이나 큰 쇠항아리 위에 기름먹인 통나무를 하나 걸쳐 놓는다.

그리고 그 위를 걷게 한다. 비틀비틀 걷다가 시뻘건 기름통에 빠져 허우적거리면 자지러지게 즐거워한다. 손뼉을 치며 환장하는 것이다. 버벅대며 죽어가는 그 마지막 장면을 그미는 만끽하는 것이다. 아마 논다니골 가마솥보다 1백배는 더 넓었으리라.

폭군 네로는 기독교인들을 잡아다가 운동장 한복판에 몰아넣고 사자들과 대결시켰다. 어머니 앞에서 어린 아기의 얼굴이 사자의 어금니 속에 뜯겨 들어가는 모습도 있었으리라. 남녀노소 맨손의 가족들이 야수들에게 찢어 먹히는 모습을 보며 네로는 포도주 잔을 높이높이 들었다.

임신한 아기들의 모습은 어떻게 생겼을까, 하고 그는 산모를 산채로 잡아다가 사지를 붙들어 매놓고 직접 배를 갈라 들여다 보았단다. 그뿐인가, 한밤 중 로마 시내 전역에 휘발유를 팍팍 부어서 불을 질렀다.

연득없이 불길과 독가스에 휩싸인 로마 시민들은 옷에 불길을 붙인 채 밤새도록 아우성쳤다. 일가족이 끌어안고 불에 타 죽어가는 시민들을 내려다보며 네로는 섹스 같은 절정을 맛보았을 것이다. 뇌꼴스럽다. 내 전생은 네로 또는 측천무후일지도 모른다는 생각이 든다. 우습다.

"오늘 교수들의 '공개질의서' 회의의 변수는 그 늙은 칠칠이 여우예요. 그가 조종하는 총학생회장 있잖아요? 구로공단 목욕탕 감금탕 사장 말예요. 그가 이번 주말에 이 사이버 대학을 최종 인수할 거라고 설치고 다니던데요? 벌써 시내에선 그가 이사장이 되었다고 소문이 쫙 퍼져있어요."

"우리 학교 옆 건물 그 7원어치 그 칠칠이 말이야? 그 영감이 지난 주에도 우리 교수협의회가 작성한 16가지 학교비리를 자기의 주간신문에 대빵으로 실어준다며 또 돈을 요구하던데? 그 영감은 분명 우리 편이라고 했어. "

"그게 다 고도의 수작이에요. 우리 교수협의회가 돈이 없다는 것은 칠칠이가 더 잘 알고 있잖아요? 자기의 신문이면서 또 무슨 돈 요구예요? 그 영감은 강 총장과 원숭이 기획처장 쪽에도 착 달라붙어서 양다리를 걸치는 거예요."

"골치 아픈데? 어쨌든 당신만 믿어, 대신 남편의 그 스탈린식 강성노조 프로그램은 이번 우리들의 탈취전략에 대단히 유효한 작전이야. 그 스탈린식 투쟁방법이 90년대 거대한 항포조선 사장을 무릎 꿇린 것 아냐? 우리 대학은 거기에 비하면 입으로 촛불 끄기 정도지 뭐? "

"우리 남편이 하라는 대로만 하면 골치 아플 것 없어요. 이런 로또 같은 사이버 대학을 하나 거저 먹는건데 이 정도 골치야 뭐 접시에 물 튀기는 정도죠? 60년대 중국의 문화대혁명 때의 홍위병 있잖아요. 그런 식으로 밀어붙이면 됩니다. 지금 세상에 뭐

양심은 다 꿔다 논 보릿자루예요. 죽기 아니면 뻗기죠? 그건 그렇고 내 자리는 어떻게 되는 거예요. 보상문제 말예요?"

"또 그 보직얘기, 찜 쪄 먹는구먼? 어휴 또 그 입 냄새, 똥 냄새…"

우리는 갤로퍼를 학교 옆 길가에 그냥 내버려두고 회의실로 뛰어올라 갔다. 노사대결로 양편이 서로 눈도끼를 찍으며 잔뜩 찌푸리고 있었다. 얼굴이 반쪽이 된 강하늘 총장과 학교측 처장급들 그리고 여유만만한 교수 편들이 팽팽한 활시위를 당기고 있었다. 그래 봐야, 이미 며칠 전부터 기울어진 판국이다.

이 자리에서는 그저 근엄한 표정관리만 하면 된다. 벌써 두 달째 똥침을 맞고 있는 강 총장은 반쪽 얼굴에 피똥색이 되어 있었다. 금방 쓰러질 것 같다. 그 죽어가는 색깔을 나는 눈을 감고 잠시 음미해 본다. 아침에 8꼭지 젖꽃판을 하늘에 대고 분노하던 안양구치소 정문 앞, 그 늙은 삽살개의 눈가에 흐르던 피눈물도 생각난다.

내 발길질에 채인 그 뱃속의 새끼들은 괜찮을까. 논다니골 펄펄 끓는 가마솥 앞으로 강제 끌려오던 삽살개 일가족들도 기억난다. 뒷골이 뻐근하다. 나는 천정을 올려다 보았다. 세잔, 마네, 모네 그리고 샤갈의 '눈 내리는 언덕'도 보인다. 초등학교 미술책 표지에 있어서 늘 보던 반 고흐의 귀 짤린 '자화상'도 보인다.

강하늘 총장은 나를 이곳 A사이버 대학 교수로 전격 발탁시켜 준 은인이다. 과거 J대학의 여제자 강간사건 때문에 쫓겨난 내가 몇 년간 빌빌대면서 강남 백화점 문화센터 문학강좌나 기웃거리고 있을 때였다. 그런 반 양아치 신세의 나를 철밥통 전임교수로 임명해 주었으니 아마 내가 평생 모셔야 할 은인이자 대학 선배일지도 모른다.

같은 문학가이기도 한 강하늘 선배와는 벌써 2십여 년을 형이야, 아우야 하며 절친하게 지내오기도 했다. 그런 내가 학기초에 강 총장으로부터 교무처장에다가 부교수 발령장을 받자마자 돌변하게 되었다. 본능이랄까, 음험한 욕망이 내 가슴 반쪽에 용솟음치기 시작했다. 아니 처음부터 나는 치밀한 장기작전을 기획했던 것이다.

'첩으로 들어오면 안방 차지하고 싶은' 게 동물적 본능이라던가. 가문의 영광인 총장을 한번 해먹고 싶은 것이다. 그러자면 현재의 강 총장을 쿠데타로 내쫓고 고향 논다니골의 대지주인 사촌형을 이사장으로 영입하는 것이다. 간단한 문제이다. 전두환식 쿠데타의 성공을 위해선 우선 교수들을 장악하고 학생모집부터 철저하게 방해해야 한다.

개교 초기의 학생모집이 잘 안 되면 학교운영 자금이 막히게 되고, 그 파이프 라인이 막히면 손을 들게 마련이다. 학교설립 자금으로 사채까지 끌어다 쓰고 있는 강 총장으로서는 간단히 두 손을 들 수밖에 없을 것이다. 그렇게 되면 헐값에 학교를 처분할 수밖에 없을 것이고, 그쪽 처장급 일당들은 철수할 수밖에 없을 것이다. 스스로도 기특한 이 극비기획은 현재 착착 진행되고 있다.

다만 생각보다 기회가 빨리 도착된 것뿐이다. 여기에 기름칠 하게 된 것이 금속노조 고급간부인 개똥녀 남편의 스탈린식 피 묻히는 기획 프로그램이다. 21세기로 넘어오면서 뜬금없이 인터넷 세상으로 돌변되었다. IT 강국인 한국 교육부에서도 발빠르게 '사이버대학인가'를 처음 시도했다. 멀티미디어 디지털 교육기술이 새롭게 개발되면서 다소 혼란도 있었다.

교육부 평생교육분야 공무원들조차 생소한 사이버 교육 전파 송출 기술문제로 우왕좌왕할 때였다. 혼란도 있었지만 개척자로서 공무원과 사이버 교육 개발자들이 서로 협력하고 연구해 가면서 노력했다. 그래서 지금도 디지털 교육방송 동영상 기술분야 등은 한국이 세계에서 가장 앞섰다. 다만 행정적으로 운용문제가 폐쇄적이어서 세계화 보급에 뒤지고 있을 뿐이다.

A사이버대학 학교재단과 대학설립 초기부터 깊숙이 관여해 온 나는 강 선배의 인간적 강약점을 너무 잘 안다. 아니 2십여년 간을 한솥밥 먹지 않았는가. 이 대학의 재단인가는 첫해에 성공되었지만 대학인가는 두 번째 해에야 합격했다. 첫해에는 H 사이버대, K 디지털대, S 사이버대 등 기존의 대형대학들만 제1차로 먼저 인가 도장이 나왔다.

개인의 재단법인은 여기 한 곳뿐이었다. 황야 서부사막의 쌍권총 케리쿠퍼 마냥 강하늘은 탱크마냥 혼자서도 불모지를 무식하게 헤쳐나갔다. 돈은 없지만 인맥이 좋았다. 1십여명 대학이

사들이 거의 다 교육부 전 장.차관 또는 전.현직 대학총장 출신들이었다. 사실 교육적인 철학과 의자가 강한 천생의 교육자들이었다. 이점을 교육부에서도 인가과정에서 낙낙하게 낙점한 것이다.

그러나 교육용 기본재산과 멀티 교육용 기자재 등 막대한 자금이 2년 동안 계속 들어갔다. 강하늘은 그 이전 6년전부터 사이버 교육기술 노하우를 터득하고 있었다. 90년대 중반 '천리안'의 포털의 탄생과 함께 '사이버 고구려문예대학'을 웹상에서 운영해 오고 있었다. 역사적으로 최초의 '사이버 문학강좌'의 시작이었다.

그는 몇 번의 시행착오로 자금낭비도 심했다. 사이버 강의개발 기술을 위해 선금을 준 기업체들이 몇 억씩 떼먹고 달아났다. 언발에 오줌 누듯 소리 없이 돈이 들어갔다. 심지어 강하늘의 M고교 후배라는 난장이 IT 개발회사 사장은 약3억여원 중도금까지 갉아 먹고 홍콩으로 날랐다.

교육부의 인가 현장실사를 한달 앞두고 튄 것이다. 그 때문에 강 선배는 다시 1년을 재수해야 했다. 교육용 기본재산도 확대하고 디지털 교육장비도 점차 대폭 업그레이드 했다. 주변의 친구와 친척들 똥 묻은 돈까지 끌어다 대었다. 나는 그의 심복으로서 오른팔 역할을 했기 때문에 그 모든 비밀을 꿰차고 있었다.

심지어 청와대와 여의도 정치계 거물들 그리고 교육부 담당 고위 공무원들과의 밀착관계도 손바닥 보듯 읽고 있었다. 그러나

이들의 밀착은 한국의 디지털 교육혁명을 위해 협조한 것이다. 선후배간 의리로 도와준 것이지 결코 수표가 오간 것은 없다. 그렇게 초창기 디지털 교육기술 개발을 위해서 오히려 젊은 공무원들이 퇴근 후에도 일부러 사무실에 와서 도와줄 정도였다.

그러나 강 선배와 관련 공무원 누구와 만났다는 사실 하나만 폭로해도 대중들은 '역시나' 하고 상상력을 발휘하고, 언론은 침소봉대로 휘갈긴다. 나중의 이런 모사를 위해 나는 큰 건이 됨직한 것은 6하 원칙에 의해 착착 작전메모 해두는 것도 잊지 않았다. 4성 장군이 되도록 교도소에서 배운 교과서 모음집이다.

그래서 4성 장군쯤 되면 변호사는 몰라도 법무사 사무실쯤은 해먹을 수 있는 훈련이 되어 나온다. 법망을 악용할 줄 알기 때문이다. 주먹쟁이는 주먹으로 망하고, 법쟁이는 법으로 망한다던가. 3성에서 J대학 여제자 강간사건 때문에 별이 하나 더 늘어 4성 장군 드디어 대장이 된 것이다.

더구나 나의 오른팔인 장신배 교수는 그 모든 자료들을 치밀하게 복사하여 분류해 두거나 필요한 경우, 야밤에 강 총장실에 몰래 들어가 서랍 속의 비밀문건 등을 휴대용 복사기로 돌렸다. 깡 심장이다. 그런 도둑 자료들이 이번 16개 항목 '공개질의서'에서 낱낱이 폭로되어 있다. 안산의 지역신문사 칠칠이 사장이 무료로 1만장을 만들어 뿌려주었다.

교육부에도 찌라시와 함께 16개항 공개질의서 문건이 이미 투서로 몇 차례 날아갔다. 그런데도 거의 두 달째 답변이 없다.

소위 386인 주요 멤버인 개똥녀 남편이 소속된 시민단체에서도 교육부 관련부서에 'A 사이버 대학감사'를 하도록 압력을 넣기도 했지만 소식이 없었다. 재미없는 봄날 시간들이 쌓여갔다.

2.

장신배 교수가 회의 중에 한쪽 눈을 찡긋하며 손가락으로 승리의 동그라미 싸인을 보내준다. 지난 달에 본 대학 창설기념 기획행사로 실시했던 '제1회 전국 청소년 백일장대회'가 개판으로 끝났다. 창 교수는 일부러 개최장소를 몇 번 바꾸었다. 관할 A시의 시장 및 국회의원 그리고 지역 기관장과 도지사까지 초대해 놓고 이유 없이 대회를 무산시킨 것이다.

백일장 현장에서 강 총장 등 학교측에 비난이 쏟아진 것은 뻔한 예상이다. 그뿐인가 지방에서 올라온 학생들과 학부모들의 항의전화가 교무실을 공포로 몰아넣었다. 학교에서 하는 모든 일을 철저하게 방해해야 한다. 그래야 이 학교는 손가락질 당하게 되고 학생모집도 중단되는 것이다.

창 교수 녀석은 나보다 더 표독한 데가 있다. 같은 D대학 후배이다. 나와 같이 IT 기술에 대해선 컴맹인 주제에 때로 나를 무시하고 자기가 교수들의 대장 노릇을 하려고 한다. 술집에서 몇 대 갈겨보기도 했지만 씨알이 먹히지 않는다. 쳐다만 봐도 구역질 나게 덴덕스러운 놈이다.

대학인가를 위해서 1년을 다시 재수할 때는 막막했다. 또 재수 후에 대학인가가 꼭 나온단 보장도 없었다. 그렇다고 달리 갈 곳도 없었다. 나는 강 선배에게 애걸했다. 일단 '사이버청소년상거래' 사이트를 운영하면 확실한 수익사업이 된다고 꼬드겼다. 사무실만 얻어주면 모든 운영은 내가 책임질 것이며, 수익이 날 때까지 월급도 안 받겠다고 강조했다.

결국 나는 선릉역 근처에 사무실을 얻어서 7명의 직원까지 채용하여 육갑을 떨었지만 육 개월간 계속 적자만 났다. 늘 자금 조달로 바쁘게 허벅대며 뛰어다니는 강 선배는 이따금 확인 차 사무실에 나타나기도 한다. 나는 근엄한 표정으로 그 '청소년상거래' 사이트를 보여주며 곧 수익이 날 거라며 침을 튀긴다.

그는 고개를 갸우뚱 했지만 나를 쇠말뚝 같이 신임하기 때문에 수고한다며 어깨를 두드려 주고 서둘러 내려가곤 했다. 나는 그 웹 사이트의 접속 건수와 광고 등을 적당히 조작해서 보여주곤 했다. 사실은 그 사이트도 내가 뒤에서 전부터 몰래 운영해 오던 개인 사이트였다.

창 교수는 방배동 노동사무소에 오히려 강 선배를 달랑 고발했다. 7명의 노동자들 생계위험이 매우 심각하고 어쩌고 하면서 고발장을 직접 작성하여 넘겼다. 그 직원 들 가운데 팀장 아버지는 자기가 안기부에 있다가 퇴직했다며 강 선배를 불러 협박했다. 월급을 두 배로 부풀린 '채무확인서'도 강제로 받아냈다.

그것도 노동부에 제출하도록 창 교수는 뒤에서 조종했다. 실은 수익을 낼 때까지 나와 직원들이 전부 무료로 근무하겠다고 했지만 나는 오리발을 내밀었고 창 교수는 강 선배를 법적으로 조진 것이다. 나와 창 교수는 이따금 선릉 사무실에 나와서 오전에는 신문 한 장보고 점심에는 지정 구내식당에서 외상 긋고, 오후에는 구두 한번 닦아신고 나오는 노름방 사무실에 불과했다.

그것도 모르는 강 선배는 노동사무소에서 '6개월 밀린 생계형 고용임금' 어쩌고 하면서 구속 운운하는 공문을 내가 보여주자 얼굴이 하얗게 질렸다. 그는 며칠 후, 친척들의 신용카드를 8장이나 빌려와서 카드 깡으로 우선 7명 직원들의 6개월 월급을 일시불로 지급했다. A사이버대학 개교 1년 전 희극이다. 재미있지 않은가.

내 옆구리로 쪽지가 또 전달되었다. '아까 수원지법에서 가서 강하늘 총장 소환장을 복사해 가지고 왔습니다. 날짜가 이달 말로 잡혀 있습니다. 우리 아버지를 통해 충분히 조치해 놓았습니다. 그 짜~아식 곧 불려가 또 혼이 날 것입니다아… 우리 해방군 대망의 목적을 위해 파이팅! 당신의 신하 개원정 교수' 내 옆줄 끝 쪽에 앉아 있는 그를 돌아다 보았다.

시커먼 얼굴에 비굴한 웃음이 한낮의 유리창 햇빛에 파도처럼 반사되어 밀려왔다. 징그럽다. 녀석은 걸핏하면 무슨 안기부, 기무사 단어를 캠퍼스 건물 안팎에 함부로 바람개비 같이 날리고 다닌다. 신하? 피식 웃음이 새어 나왔다. 녀석도 우리와 피장파장 쓰레기 인간이다.

개 교수가 신임교수로 채용될 때 본교에 제출한 주요서류에는 미국과 일본의 무슨 대학과 무슨 연구소 등에서 연구교수로 근무했다는 화려한 경력 등이 나열되어 있다. 나는 그것을 매우 중요시 여겨 붉은 줄을 그어가며 채용을 결정한 것이다. 그러나 나중에 허위 날조된 서류로 들통이 났다. 신임 교수채용 구비서류에서 중요한 교수경력과 증빙서류 등을 위조해 제출한 것이다.

나도 속아 넘어갈 정도로 감쪽같다. 사기꾼이 한 수 위 사기꾼에게 당한 셈이다. 최근에 전국을 발칵 뒤집어 놓은 신정아의 학력 위조수법에다가 김경준의 사기수법을 덧칠한 고도의 개원정 수법이다. 여기에 비하면 창 교수는 무지한 김대업 수법이다. 김대업 같은 타이어 얼굴 가죽에다가 같은 아프리카 하마 눈깔이다.

개원정은 그러면서 오히려 강 총장을 '명예훼손 및 사문서 위조' 등으로 벌써 세 번째 고발장을 날렸다. 교육부 재심 청구에서부터 수원지법에다가 엉뚱한 형사고발까지 했다. 곁에만 오면 내 옆구리를 징그럽게 휘감을 것 같은 검은 비단 능구렁이 같은 눈웃음이다. 나는 머리를 흔들었다. 자다가도 소름 끼치는 놈이다.

그는 단어만 몇 개 고쳐서 반복적으로 고발하는 고발꾼 왕도사다. 한국사회가 재미있는 것은 누구나 고발장만 제출하면 검-경찰은 데꺽 상대방을 일단 호출하여 조지고 본다. 피의자 신분으로 무조건 조진다. 죄가 없어도 그들이 사정없이 두드리는 컴퓨터 워드단어 하나가 사람들의 다리를 오사바사하게 만든다.

고발꾼은 돈 한푼 안들이고 경찰과 검사를 앞세워 상대를 피 말리게 괴롭히는 것이다. 상대방은 소환장을 받으면 외국에 있 다가도 날짜에 맞추어 서둘러 귀국해야 한다. 아무 죄가 없어도 무조건 조지다 보면 인지사항도 나타나게 된다. 검-경은 뜻밖의 검거실적을 올리기도 하게되는 기똥찬 고발장이다.

  개 교수의 경력서류가 명백하게 위조라는 증거가 확인되자 녀석은 지금 좌불안석이다. 그래서 나에게 '신하'라며 읍소하는 것이다. 녀석은 과거에 청주 무슨 지방대학에 있을 때도 지금과 같이 학생들을 선동하여 '총장퇴진, 이사장퇴출' 쿠데타를 일으켰다. 실패하고 쫓겨나 빌빌대고 있다가 나를 만나 횡재한 것이다.

  나를 황제로 모시고 자기를 신하라고 무릎 꿇을 만도 하다. 이번 교수채용 때 나는 녀석에게 두툼한 수표도 받았고, 저녁이면 이쁜 여자 조달도 심심찮게 받고 있다. 현재 10여명의 개교 초임교수들은 내가 다 선발했다. 강 총장은 나에게 교무처장으로서 학교행정권은 물론 막강한 교수채용 권한까지 일체를 위임했다.

  그래서 교수들은 내 말에 절대 복종해오고 있는 것이다. 이렇게 나는 총과 실탄까지 확보해 놓은 후, 2년 전부터 기획한 쿠데타를 전개하고 있는 것이다. 지금은 계엄령 중이고, 오늘은 11번째 계엄령 특별회의로서 '강하늘 총장 공개 인민재판'인 셈이다.

  어디선가 삽살개 휘파람 소리가 들렸다. 피눈물 소리일까? 두 눈이 불 쇠꼬챙이에 찔리는 고통소리일까? 꿈 속인가 지긋이 눈을 떴다. 이번 쿠데타를 결심하게 되면서부터 논다니골 삽살개의 원한이 되살아 났다. 캉캉캉! 도금한 어금니 쇳소리 같은 섬뜩한 소리가 귀청을 찢었다. 나는 화장실 가는 척하고 일어섰다.

복도에는 5월 아카시아 향기가 늦봄 바람을 타고 귓볼을 간질였다. 화장실 창문을 확 열어젖혔다. 드넓은 앞 공원에는 똥개 한 마리 없었다. 멀리 숲 속에서 하리한 감색 점박이 포인터가 주인이 던져주는 원반을 공중에서 받아 보이는 묘기만 보일 뿐이다.

이명(耳鳴)일까? 며칠 전 영등포 구치소 앞 출근길의 절름발이 늙은 삽살개 신음소리 같기도 하다. 몇 번의 발길질 끝에 푹신하게 감기는 구두 끄트머리 물컹했던 감각은 그 뱃속의 새끼들 몸통 같기도 하다. 탱탱하게 검붉은 젖꽃판, 하늘을 향해 분노하던 피눈물의 눈동자, 에이 재수없게! 나는 누런 가래를 창밖으로 택! 뱉었다. 이맘 때 황사는 어김없이 황해를 건너 내 콧속까지 비집고 들어 온다.

어려서부터 알레르기성 비염을 앓고 있는 나의 뒷골을 이쑤시개로 쑤셔온다. 이럴 땐 만사가 귀찮아지고 때로 자살충동도 겹치는 어두운 시간들이다. 화장실에서 공연히 콧속만 몇 번 씻고 다시 복도로 나왔다. 교무실 복도 끝에 웬 검정돼지가 설핏 보였다. 회의내용을 몰래 엿듣던 칠칠이 영감이다. 그의 여우 짓은 이번뿐이 아니다. 나는 일부러 다가갔다.

"아아, 야한기 교수협회 회장님이시군요. 마침 급히 전달할 서류가 있어서유!"

나는 그 자리에서 일부러 확 뜯어 보았다. 또 그 감금탕 사장의 협상 내용이다. 이번에 학교인수 문제가 성공하도록 도와주면 보직과 재단지분을 주겠다는 사탕발림이다. 칠칠이는 이곳 A시에서는 현금을 가장 많이 갖고 있다는 감금탕 사장을 앞세워 이 학교를 탈취하려는 수작을 부려오고 있다.

그 감사장은 현재 본교 총학생회장이기도 하여 여간 신경이 쓰이는 게 아니다. 사이버 대학이라 구로공단 사장들과 전국 시도의원들이 유난히 많다. 감금탕 총학생회장이 앞장서서 '무능 교수' '재단비리' 단어로 회칠하여 학생들을 싸잡아 선동하면 또한 간단하다. 이 지방 본바닥 토호세력인 그들과 합세하여 칠칠이가 이런 단어들을 나열하여 자기 신문에 또 뻥 튀기로 두드리면 사회문제로 비화될 것이다. 지방신문이지만 일단 활자화되면 복잡해진다. 내용이야 어떻든 학교가 피칠하게 되고 1학기 학생모집 실패에다가 2학기 학생모집도 어렵게 된다는 것은 뻔한 순서이다. 골치 아프다. 자칫하면 그들의 농간에 꼬이는 수도 있다.

막판에는 지난 달 여의도 대선 때와 같이 범여권 단일화를 해야 할지도 모른다. 그 사장단 일부는 이미 본교에 차기 재단이사 선임을 조건으로 학교 긴급운영 자금을 공개적으로 내놓았다. 겉으로는 지역의 대학을 살려야 한다는 명분이지만 속으로는 학교를 강탈하려는 음험한 한쪽 다리를 뻗어 놓고 있는 것이다. 마피아 賻금 같이 언제 뇌관으로 폭발할지 모른다.

    교수들이 필요이상 건성으로 크게 떠드는 소리가 복도에까지 확성기로 들렸다. 홍위병 강성노조 교본에 의해서 개똥녀 남편이 짜준 뻔한 스토리이다. 거기에는 제1단계에서부터 제15단계까지 치밀한 파괴작전이 빨갛게 그어져 있다. 기존 기득권자에 멱살잡이 방법이다. 독살 폭력 폭약 사용방법까지 그림으로 안내되어 있다. 벌써 점심도 거른 채 오후에도 시간 낭비 핑퐁 게임이 계속되고 있다.
    "본 사이버 대학 인가과정에 관련했던 교육부 담당 K국장과 청와대 교육 문화 담당 수석에게 강 총장이 노란색 봉투를 주었다는데 사실입니까?"
    개원정 교수가 책상을 두드리며 게거품을 물었다. 강 총장은 공무원의 '공'자만 나와도 입술이 파랗게 질린다. 자기로 인해서 관련 공무원들이 다칠까 봐 자지러지는 것이다. 실제로 봉투가 건네지지 않았지만 뒤집어 씌우기 물귀신 작전이다. 오히려 교육부 쪽에서 먼저 새로 시작하는 사이버 대학들을 헌신적으로 도와주었다.
    산자부의 기술융자금까지 정부가 나서서 보증해 주었다. 나는 그의 유약한 성격을 너무나 잘 읽고 있다. 그는 만에 하나라도 잘못되면 모든 책임을 혼자 뒤집어 쓰는 싸나이 기질이 강하다. 도덕적 강점이 이런 난장판에선 치명적 약점으로 돌변한다는 걸 왜 그는 몰랐을까. 폭소가 나오는 걸 참았다.

"지금 우리 교직원들은 지난 달 월급도 또 못 받고, 애기 우유값도 못 대고 있는데 무슨 돈줄로 그런 거액을 공무원들에게 뇌물로 줄 수 있단 말입니까? 학교회계 장부와 대차대조표를 지금 당장 내놓으씨요? 내가 누굽니까? 내 입이 한번 뻥긋하면 북한 김정일 핵폭탄보다 더 무섭습니다. 여기 앉아 있는 여러분들은 다 감옥에 갈 위선자이며 횡령범들입니다."

장신배 교수가 거들며 일어섰다. 그는 총장실에서 그 동안 몰래 복사해 모아 놓은 서류들을 강 총장 앞으로 홱 뿌렸다. 뒤쪽에 몰려서 있던 직원들이 일제히 박수를 쳤다. 직원들까지 실세인 우리 줄에 섰다. 그렇지 않으면 우리들의 무자비한 무력공세에 당장 내일 아침부터라도 출근하지 못할 처지가 되기도 하기 때문이다.

수틀리면 그 직원의 책상을 창문 밖으로 던져버리면 끝장이다. 실제로 서울의 K명문대에서 1십여년간 행정업무를 보았던 총무과장도 지난 달에 나갔다. 우리들 조직적 물귀신 작전에 견디지 못한 것이다.

"자아, 이성을 갖고 차분하게 다시 이야기 합시다. 지금 개교 초창기에 우리가 힘을 합해서 이 대학을 살려야 할 게 아닙니까? 지금 아래층에는 추가모집 신입생들이 줄을 서 있어요. 왜들 이러십니까 아? 학교를 살려 놓아야 여러분들 월급도 나갈

게 아닙니까? 자아, 진정합시다 자아자."

"웃기고 있네! 개떡 같은 게, 어디다 대고 훈계야, 훈계가 아, 당신이 총무처장이요? 위장 취업자요? 월급장부에는 왜 당신 이름이 없고 위장다른 이름이 올라가 있습니까? 전과자로 이름을 속이는 거 아녜요? 당장 나가씨요? 안 나가면 바로 위장취업 사기범으로 경찰서에 고발하겠슴다.."

그가 머쓱하게 주저 앉았다. 쿠데타는 목숨을 걸고 하는 것이다. 실패하면 역적이 되는 것이다. 우리는 철저하게 총장과 처장들을 죽여갔다.

"왜들이래요? 여러 교수님들이 결국 어쩌자는 겁니까? 나 기획처장으로서 마지막으로 선언합니다. 이 학교를 적당한 사람이 있으면 빠른 시일 내에 넘길 것입니다. 나도 이 학교에 돈을 투자해 놓고 아주 골머리 썩히고 있어요? 내 돈만 찾으면 나는 끝입니다. 당장 내일이라도 나는 이 개판 학교를 떠날 것입니다."

옳소! 옳소! 누군가 박수를 쳤다. 그 타이완 원숭이 기획처장은 사실은 우리 편이다. 우리가 선릉역 근방에 사무실을 얻었을 때에 임대료 등을 몇 달간 조금 보조해 주고는 이제 이 학교의 절반은 자기 소유라고 착각하고 있는 원숭이다. 그 역시 학과는 다르지만 나의 대학 선배이다. 학교운영이 이제는 어렵다고 지레 판단한 그는 지난 달엔가 나를 가만히 불렀다. 자기 친척에게 이 대학을 넘겨주는데 협조해주면 나를 총장 겸 상임이사로 앉혀 주겠다는 제안이다.

그러면서 그는 본교가 임시로 쓰고 있는 현 건물 주인에게 강 총장을 고자질하도록 했다. 현재 강 총장이 살고있는 아파트에 '경매로 바로 넣지 않으면 나머지 건물 잔금을 못 받게 될 거'라고 사주한 것이다. 나는 또 창 교수에게 그대로 지시했다. 아마 지금쯤 경매가 진행되어서 다음 달이면 강 총장 일가족이 길거리에 나앉을지도 모른다.

이제 강 총장은 독 안의 쥐새끼 신세다. 그동안 대학설립 자금으로 재산도 날리고 총장직에서도 퇴출도 당하는 것이다. 신둥부러지게 재미있는 진행순서이다. 그 총무처장도 기획처장과 같이 다들 같은 대학선배들이다. 학교 재단창설 시기에는 어쩔 수 없이 같이 고생했던 식구들끼리 모이다 보니 대개 D대학 선후배들이 주요보직을 맡게 된 것이다.

그는 여기에 오기 전 서울에서 중견 건축회사를 제법 크게 꾸리던 사장이었다. 의외로 소형 아파트 분양이 부진하면서 부도가 났다. 신용불량자 리스트에 올라가 있어서 빚쟁이들이 알면 월급을 전부 차압해 간다. 그래서 월급통장 이름을 잠시 동생 이름으로 차용하고 있었던 것이다. 창 교수는 훔쳐온 학교 회계장부를 조사하여 그런 극비정보까지 빼내었던 것이다.

아무리 우리들이 게릴라식 파괴전법으로 날뛰어도 총무처장이 떡 버티고 있었기 때문에 학교행정이 그나마 유지되고 있는 것이다. 그는 새벽 5시면 학교에 나와 직접 화장실 청소까지 했다. 밤 11시가 되어야 퇴근을 했다. 자기 일만 했다. 나중에 교육부 감사가 나왔을 때도 그의 이러한 성실성과 투명한 회계 장부정리로 손톱 끝 하나 걸린 것이 없었다.

다만 일반회사 회계체계와 달리 학교회계라 항목계정이 좀 달라서 가벼운 오류 시정지시를 받았을 뿐이다. 이런 선배를 창 교수는 위장 취업이라며 그의 얼굴에 똥바가지를 퍼부어 대고 있는 것이다. 우리가 살아남기 위해선 대학 선배고 은인이고 없다.

오로지 이 대학을 탈취해서 내가 총장으로 취임하는 굴뚝같은 목적 밖에 없다. 이번에 이들 대학 선배들을 일괄 총살시키는 셈이다. G 동창회보의 토픽 감이다. 앙감질 게임이 넘어질 듯하면서도 잘 지탱한다. 속 쓰리게 즐겁다. 느기미.

3.
개똥녀는 동부간선도로 방향으로 U 턴하기 위해 지하철 다리를 끼고 돌았다. 못 먹는 술을 오늘 저녁에는 내가 좀 억지로 목구멍에 처넣었다. 강하늘 총장과 단 둘의 만남은 사실 양심에 조금 찔렸다. 스스로 자책감도 찔리고 캉캉 이명(耳鳴)인지 환청도 할퀴고 해서 정신없이 퍼 마신 것이다.

모나리자 눈동자 위에 검은 안경을 씌운 것 같이 한없이 선량하기만 한 강 선배의 눈동자를 사실 나는 똑바로 쳐다볼 수 없었다. "야한기 교수, 자네 왜 이러는 거지?" 한참만에 간단하지만 정곡을 찔렀다. 내가 이제와서 무슨 말을 할 수 있는가. 술병만 자꾸 거꾸로 들었다.

"마지막 방법은 없을까?" 그말에도 답변할 수가 없었다. 아니 못했다. 강 총장도 말없이 술잔만 비우다가 그냥 일어섰다. 여기까지 와서 어쩔 것인가? 다만 그는 마지막 한마디 남겼다. '남을 피눈물 나게 하면 언젠가 자신도 더 심한 피눈물을 흘리게 될 게야' 나는 그 눈동자 앞에서 무릎 꿇고 싶었다.

그러나 그렇게 되면 내 심복인 장신배부터 나를 자근자근 씹어먹을 것이다. 그 또한 내 약점을 너무나 잘 알고 있다. 우리 둘 사이는 병 속의 두 마리 독지네이다. 서로가 으르렁거리지만 결코 누구도 먼저 공격하지 못한다. 누구든 먼저 물었다 하면 동시에 물려 다 죽게 된다.

더구나 내 가슴 한쪽의 극악한 근성은 나를 보고 피식 비웃는다. 니가 그런다고 그 동안의 니 죄과가 없어지는 거 아냐? 니 죄는 부엌칼로 가죽을 벗겨내도 이 세상에선 없어지지 않을 게야. '걸레는 빨아도 걸레야' 나 아닌 나가 내 속에서 소리친다.

개똥녀가 강하늘 총장과의 극비회동이 끝나도록 저녁 내내 옆방에서 기다렸다. 다시 나를 태우고 우리 집으로 갤로퍼를 몰았다. 더럽게 고마운 년이다. 아침에는 서부간선 도로로 돌고, 저녁에는 동부간선 도로로 돈다. 돌고 돈다. 서울을 한 바퀴 도는 셈이다.

아침에는 그미의 초등학교 6학년 딸을 학교에 태워다 주어야 하기 때문에 멀리 서부간선으로 도는 것이다. 그년은 이미 내 비서실장이나 마찬가지이다. 몸도 주고 맘도 주고 때로 쇠푼도 찔러준다. 가운데 검은 구멍도 잘 돌린다. 남한강 잠실대교 근처 이 네거리 건널목은 항상 정체구역이다.

차가 신호등에 받혀 서 있는 동안 개똥녀는 내 사타구니에 손을 찔러넣고 내 물건을 빨래하듯 주물러대었다. 나를 이렇게 출퇴근시켜 주기 때문에 나는 서비스 해주는 셈치고 내 물건을 그미에게 온통 내맡기곤 했다. 잘 빨아잡슈! 그년은 이따금 길가에 차를 세워 놓고 대낮에도 내 배꼽 위에 올라탔다. 무서운 색골이다. 무슨 노인심리학을 공부했다지만 전공도 애매하고 신정아 마냥 박사학위 증서도 구린내가 물씬난다.

자칫 개원정 짝이 날지도 모르지만 이번 쿠데타에서는 일등공신이다. 이번에 성공하면 교무처장 자리를 약속해 놓았다. 나는 총장으로 올라가고 그년은 내 자리를 주는 것이다. 그 자리를 탐내는 장신배 교수가 분명 해꼬지 하겠지만 어쩔 것인가. 엄연히 양심적으로 실적의 공과를 자로 재는 수밖에 없다.

개똥녀를 처음 알게 된 것은 얼마 전 천호동에 새로 생긴 백화점 문화센터 강의실이다. M 전문대학 그 말대가리 여학생과의 강간사건 일이 잘못되어 이사장한테까지 알려져 학교가 발칵 뒤집어졌다. 그 이사장은 나와 같은 집안 친척이기도 하여 무마시키려 했지만 그 말대가리의 어머니가 대학현관 앞에서 '강간교수 야한기' 어쩌구 라고 쓴 피켓을 들고 사생결단 1인 시위를 벌렸다.

그미의 아버지는 교육부에 전화질을 해대었다. 그렇게 기름불을 지핀 원인은 그 말대가리가 임신한 내 아이를 굳이 낳겠다는 데에 문제가 더 커졌다. 언젠가 학기말 야간강의가 끝난 후, 그녀가 먼저 나를 유혹했다. 강의실 문을 잠그고 스스로 속옷을 벗었다.

아, 보름달 빛에 감싸였던 그미의 나체는 우유빛 양귀비 살결이었다. 르노아르의 '목욕탕 여인'이었다. 나는 그냥 올라탔을 뿐이다. 그런 장면이 그 후에도 열렬히 반복되었다. 그런데 어느 날 뜬금없이 강간이라며 고소장이 날라온 것이다. BBK 사건 김경준 일가족같이 가족 전부가 총 공격을 했다. 더욱 괘씸한 것은 내 마누라까지 그들 편에 서서 도금한 어금니 쇳소리로 나를 몰아세웠다.

역시 세상은 나 자신 외에 믿을 게 없었다. 결국 나는 '혼인을 빙자한 간음죄'로 영등포 구치소에 들어갔다. 그 철문 앞에서 나는 삽살개 휘파람 소리를 밤마다 다시 듣게 되었다. 그 말대가리가 어느 날 밤에 자기 친구를 데려와 옷을 벗겼다. 1:2로 쌍간을 한 것이 잘못되긴 했다.

그년이 왜 자기 친구를 반강제로 옷을 벗겼는지 나도 모른다. 아니 내가 벗겼을지도 모른다. 덕분에 육군 소장에서 대장으로 진급하게 된 실적이다. 개똥녀 같이 백화점 문화강좌에 나오는 여자들 가운데 일부는 한량녀들도 있다. 돈은 많고 갈 데는 없고 유식한 무식쟁이들이다.

아파트 회백색 자기집 빈 공간에 혼자 휑하니 앉아 그냥 빈 시간을 살해하기 보다 그래도 문학합네 하고 거들먹거리는 편이 주변에 과시하기에도 괜찮은 방법일 것이다. 내가 짐짓 우울한 표정을 짓고 한용운, 서정주, 하이네 등의 싯귀 몇 구절을 암송해 들려주면 그미들은 금방 서정주가 되고 하이네가 되었다.

시 감상법이랍시고 흑판에 하얗게 '미라보 다리 아래 세느강은 흐르고…' 어쩌고 난장부리면 그미들도 곧 전염이 되어 환상적 낭만의 포로가 된다. 그 중 개똥녀가 '사랑이란 두 글자는… 어쩌구 하며 사추기(思秋期) 연애편지를 내 뒷주머니 속에 찔러주곤 했다. 강의가 끝나면 양수리 팔당 카페에서 밀회도 즐겼다. 개똥녀가 처음에는 깨끔질하며 새침데기로 우아알 척했다.

어두운 비 오는 겨울날, 그미의 고급 밍크 스커트 밑으로 내 가운데 손가락을 날캉 찔러 넣었다. 내 주특기다. 뜬금없이 푸욱 들어갔다. 그렇게 절구통 같이 무뚝뚝하던 그미의 눈이 똥그랗게 떴다. 그러나 다음 순간 내 손은 그미의 뜨거운 두 손바닥에 곱게 싸여 졌다. 차돌이 금방 불덩어리로 달아올랐다.

그 다음 순서는 그 카페 화장실에 함께 들어가는 일만 남았다. 내가 겪어본 여자들이란 개똥녀 뿐이 아니고 대개 가운데 손가락 하나로 하릴없이 허물어졌다. 돈도 안 들고 간단한 여성저격 방법이다. 차돌같이 차갑고 근엄한 척해 보아야 오래 굶은 호박 덩어리이다. 지리산 사찰 강원의 여승 주지도, 직장동료 친구의 마누라도, 고교시절 내 짝꿍 친구의 어머니도 가운데 손가락으로 하나로 간단히 넘어갔다.

그러나 그 다음이 더 문제였다. 오히려 여자 쪽에서 더 찰거머리 같이 달라 붙으며 밤낮 없이 '날 죽여라' 할 때면 내 막대기가 로또 복권 같아 쓰다듬어 보기도 했다. '허허허 그놈 참 기특하다아' 내 가난한 지갑 주머니 수입원이기도 하다.

그 후, 내가 이곳 A사이버 대학으로 전격 발령이 나자 몰래 끌고 온 개똥녀이다. 그미는 몽짜리 몽땅뚱땅 해서 앉았는지 일어섰는지 구분할 수 없는 난장이었지만 앙팡진 엉덩이 맷돌은 끝내주게 돌렸다. 내 막대기 가죽이 한꺼풀 홀렁 벗겨질 정도로 왼쪽 오른쪽 슬로슬로 퀵퀵 동서남북 상하로 잘 돌렸다.

4.

본교에서는 어느덧 7월 여름방학도 되었다. 학교와의 대결상태는 교착에 빠졌고 모두들 지쳐있었다. 어쨌거나 교수협의회와의 화해도 할 겸 기분전환도 겸해서 중국으로 관광이나 가자고 했다. 마침 본 대학부설 사회교육원에서 실시하는 '중국경제최고위과정' 인솔단장을 내가 자청했다.

전두환마냥 내 어깨에 내 맘대로 계급장을 달고 서안(西安)으로 도망쳐 온 것이다. 지난 6월초에는 교육부에서도 감사가 내려와 회계사까지 동원하여 5일간을 싹 뒤졌지만 우리가 요구한 16가지 비리 항목에 단 하나도 지적사항이 나오지 않았다. 결정적인 기회가 무색하게 끝났다.
　처음에는 눈에 쌍심지를 돋우고 조지던 교육부 감사원들도 재단과 학교 쪽보다 오히려 우리들 교수협의회 행패를 노골적으로 비난하고 돌아갔다. 장신배 교수가 고발장을 지속적으로 작성하고 행동대원 개원정 교수가 경찰서로 검찰청으로 열나게 뛰어 다녔지만 강하늘 총장 등 학교관련 문제는 전부 '무혐의' 또는 '불기소' 등으로 종결되었다.
　교수들도 지쳤다. 사실 우리가 처음부터 학교측을 괴롭히고자 작정한 것이지 학교측의 비리는 없었다. 초창기에 마누라 똥 묻은 팬티까지 팔아서 돈을 마련해야 하는 판국에 무슨 횡령할 돈이 있겠는가? 다만 이렇게 극도의 혼란에 빠뜨려 놓으면 강하늘 총장이 손을 들고 학교를 넘길 줄만 알았던 것이다.

　화칭띠(華淸池), 화려하면서도 조악하다. 양귀비가 목욕하던 그 옛날 화칭띠는 당 현종과 헐레를 붙던 그 뜨거운 열기가 지금도 뜨겁게 느껴진다. 가장 살기 좋던 태평성대 시절이기도 했다. 아이러니컬한 역사이다. 당 현종은 며느리인 양귀비를 독차지 하기 위해 자기 친아들인 수왕(壽王)을 멀리 귀양 보내어 결국 처형시켜 버린다.
　그러나 그는 심복인 안녹산의 쿠데타로 무릎을 꿇고 양귀비는 안녹산의 품에 빼앗기는 비참한 말로가 되었다. 양귀비도 삽살개를 길렀을까? 삽살개의 원산지는 시베리아라고도 했다. 극도로 추운 지방이어서 털이 길고 많다고 했다. 인간의 지저분한 욕망이란 어디 당 현종뿐이랴.

측천무후는 황제가 되기 위해 자기 친아들도 죽이고 나중에는 정부(情夫)를 시켜 자기 남편도 독살시켜버린 독부(毒婦)가 아닌가. 그리고 밤이면 남자들을 갈아대었다. 막대기가 시원찮으면 이튿날 새벽 시체가 되어 나오곤 했다. 〈한서〉 또는 사마천의 〈사기〉에도 나온다.

거기에는 더불어 이씨(李氏) 성을 가진 당 태종 이시민부터 당 현종, 안녹산, 측천무후가 다 흉노족 또는 몽골계 후손이라고 했다. 결국 고조선 단군자손들이다. 일부 재야 사학자들의 독설(毒舌)도 재미있다. 우리민족은 정신적 육체적으로 탁월한 족속인가 보다. 세계에서 가장 추운 동북방 시베리아 벌판에서부터 이렇게 타클라마칸 사막 끝, 파키스탄 국경선 천산산맥 끝까지 줄기차게 달려와 싸움질을 했다.

리고 우승기를 꼽고 영토를 확장해 나갔으니 말이다. J대학에 있을 때 국제 바이칼 학회가 주최하는 여름 세미나에 참석했다가 올혼 섬 입구 선착장 마을에 뛰어다니는 우리동네 삽살개를 보고 놀란 적이 있다. 한국의 토종과 착각할 정도였다. 앙가르역에서 우르쿠츠크까지 오는 동안에도 나는 많은 우리동네 논다니골 삽살개를 만날 수 있었다.

화칭띠 뒤뜰 붉은장미 밭에서는 뱀 혓바닥 같은 장미꽃들의 매혹적인 웃음소리가 여름하늘 나른한 구름떼를 불러 모으고 있었다. 그 떠들썩한 장미꽃들의 폭소와 함께 경상도와 전라도 사투리도 비빔밥이 되어 귀청을 때렸다. 뒤돌아보니 어느 새 한국인아줌마, 아저씨들이 같은 노란색깔의 모자를 쓴 채 삼삼오오 몰려다니고 있었다.

나는 그들 사이를 비집고 다니며 우리 팀을 찾았다. 내 왼쪽 팔을 자기 젖꽃판과 사타구니에 자꾸 끌어당기며 걷는 개똥녀 때문에 좀 짜증이 났다. 화칭띠 서편 공중화장실에서 방금 붙었던 헐레의 자세를 떠올리며 그미는 아직도 그 여운을 음미하고 있는 모양이다. 그러고 보니 우리가 너무 오래 붙었나 보다.

이 개똥녀는 오층에서 떨어진 메주 덩어리가 같은 '오메' 쌍판과는 달리 사타구니 하나는 예민한 피아노 건반이다. 내 막대기가 그 동굴 입구에 머리만 디밀어도 간드러진 소프라노 옥타브가 미리 터진다. 도레미파솔라시도도도…그 구멍 째지는 소리가 너무 커서 얼른 두 손으로 그미의 입과 코를 막아도 그 신음 소리가 새나가곤 했다.

그래서 때로 화장실 지킴이 아저씨에게 들켜서 팬티가 반쯤은 내려진 채로 끌려 나오기도 했다. 그미는 길을 걷다가도 아무 건물이나 화장실로 나를 끌고 들어가기도 했다. 잽싸게 들어가 그미를 벽에 세워 놓고 물레방아를 돌린다. 호텔비도 안 들고 간편해서 좋긴하다.

그미의 거통스런 손목을 빼서 베르사체 짝퉁 시계를 들여다보니 벌써 1시간 넘어 절반을 달리고 있다. 4십여명 어른 학생들은 눈알이 걸레쪽이 되어서 목을 빼고 있는 모습이 선하다. 특히 수원 빵빵 의류업체 사장부인은 유난있 오리주둥아리여서 올 때부터 여간 불평이 많지않았다.

그들은 학생 명칭이지만 최고위과정 중소기업체 사장들이다. 돈은 많지만 빤듯한 학위가 없는 그들은 학력 컴풀렉스에 걸려 있다. 그들의 자존심을 채워 주는 방법은 '대학'자가 들어가는 총장 명의의 '수료증'이다. 적당히 강의 듣고, 적당히 관광하고, 적당히 이렇게 해외 현장학습에 출석을 하면 황금색 도금 수료증이 그들의 사무실에 걸리는 것이다. 감금탕 사장도 예외는 아니다.

관광버스가 1백여대쯤 사열하듯 늘어져 있었다. 그 버스들 앞 유리창에는 제주도 무슨무슨 요식업협회 등의 글자들이 보인다. 중국인 여행사 직원이 한글을 보고 그린 것인지 삐뚤빼뚤하다. 시안의 화청지뿐이 아니고 중국 전역의 관광지는 이제 90%가 한국인들이란다. 조선족 가이드가 우리를 발견하자 눈알을 부라리며 대놓고 욕을 했다. 우리가 버스에 오르자 사장님 학생들의 눈도끼가 일제히 꽂혔다.

"야한기 교수님! 명색이 인솔단 단장이며 대학 교무처장으로서 이게 뭡니까? 우릴 뭘로 봅니까, 기본적인 예의도 없습니까?"

"귀국하면 당장 등록금 돌려주씨요! 느기미!" 와글와글, 이런 짓이 어디 한 두 번인가, 나는 날짱거리며 기사에게 출발을 명령했다. 조선족 가이드가 손님들을 다둑거리기 시작했다.

"멀리 한국에서 시안까지 오셨으면 그래도 스트레스는 풀고 가셔야지요? 히히 요즘 한국에선 이명박 대통령의 당선표가 50%가 넘도록 압도적 지지로 끝났다지요? 며칠 전 CCTV에서 보았습니다. 그러나 금년 5월 국회의원 선거 때는 다시 야당이 시퍼런 칼을 갈겠지요? 시끄럽죠? 그렇게 시끄럽지만 우리도 투표란 걸 한번 해보았으면 원이 없겠습니다. 참, 이 자리엔 한국당 감금탕 전국구 의원님도 계시죠? 실패했습니다. 제가 말 실수를 좀 한 것 같아요. 용서해 주세요."

그 청년 가이드는 푸로 근성을 보였다. "요즘 한국에서 떠도는 개그가 있어요. 한국에선 축구가 최고 인기이지요. 그러나 여성분들은 축구선수를 좋아하지 않아요? 왜 그럴까요? 축구선수는 90분 내내 꼴대 앞에서 왔다갔다 약만 올리다가 겨우 한두 번 구멍에 들어오고 마니까요…이런 얘기 해도 괜찮을까요? 여기 싸모님, 동무님들 말예요. 그러나 마라톤 선수는 깜질나게 좋아하지요. 한번에 1시간여 동안 48Km나 달려주니까요."

그러나 좌석 뒤쪽의 아줌마 부대들에게는 썩은 냄새가 난다. '저 야한기 친구 고도의 사기꾼이야, 근엄한 척하면서 아주 저질이야, 저 연놈들은 변태야 변태! 우리가 공중변소에서 나오는 걸 봤다구.' '교무처장이란 작자가 근엄한 척 팔목에는 염주나 걸고, 청바지 무릎은 일부러 찢어서 다니고오, 강의실에서는 릴케니 쇼펜하우얼이니 떠드는 꼴을 보면 구역질이 넘친다니까?' 어쩌구, 그년들은 개똥녀와 나를 번갈아 보며 노골적으로 손가락질 해댔다. 그래봤자 내 가운데 손가락 하나면 폭 고꾸라질 년들이다. 재미있다.

5.
우리가 다시 귀국했을 때, 우리의 점령지는 이미 다른 사람에게 절반은 넘어가 있었다. 우리가 중국에 나가 있는 동안 강하늘 총장이 다른 사람에게 학교를 전격적으로 넘긴 것이다. 그 동안 호시탐탐 눈독을 들이던 감금탕 사장도, 개똥녀 오빠도, 음흉한 칼을 남몰래 갈아대던 타이완 원숭이도 모두가 닭 쫓던 개마냥 하늘만 쳐다보는 꼴이 되었다. 나도 예외는 아니다.

우리의 교수직과 보직은 이미 박탈되어 있었고, 새로 취임한 여주파 이사장 측에 의해서 우리는 교수재임용 절차를 받아야 했다. 말이 교수재임용 심사이지 실은 독버섯 같은 우리의 모가지를 짤뚝 자르고 새롭게 출발하자는 속셈이다. 아마 칠칠이가 또 고자질 했을 것이다. 90년대 사직동 특별수사대 팀장으로 이름을 날렸다던 전직 형사가 심사위원장이랍시고 우리를 차례로 하나씩 불렀다.

심사가 아니고 심문이었다. 지난 A 학교와 재단에 대해서 집단난동을 부린 사건내용과 가담 정도를 가려내는 작업이었다. 아, 내 대학총장의 꿈은 어떻게 되는 것일까.

꿈에도 그리던 우리 사촌형이 재단이사장이 되지 못하긴 했지만 그래도 우리의 목적은 달성한 것이나 다름없다. 강하늘을 축출했으니 말이다.

　우리는 돼지털인지, 디지털인지 아무튼 교수협의회 이름으로 축하 현수막을 건물 전면에 덮었다. '축!! 성공, 강하늘 총장퇴진, 전 보직처장들 총사퇴' 우리는 A시를 돌면서 확성기로도 떠들었다. 교수협의회의 승리를 교가로 합창했다. 수도권 신흥도시 A시에는 소문이 금방 뻥 돌았다.

　살고 있는 아파트가 경매에 넘어가 길거리에 나앉은 강 선배 가족들의 모습이 떠오른다. 영등포 구치소 앞 삽살개의 신음소리도 들린다. 그리고 멀리 논다니골 삽살개들의 집단 휘파람 소리도 귀청을 찢는다. 이제는 강 총장이 아니라, 그냥 강 선배라는 호칭이 알맞을 것이다.

　그동안 학교에 투자한 많은 빚쟁이들에게 시달리는 강 선배의 더욱 누렇게 뜬 똥색 얼굴도 업그레이드 되었다. 짜릿한 쾌감이다. 세상은 이런 정신적 살인의 맛으로도 사는 멋도 있어야 한다. 악한도 있어야 선한도 있는 게 아닌가. 그래서 세상은 음양이 있게 마련이고 우주조화가 이루어 지는 것이다. 천당이고 지옥이고 그건 나와는 전혀 상관이 없는 그 다음의 문제이다.

　얼마 후, 우리는 다시 제2차대전 전의(戰意)를 가다듬었다. 새로 들어온 여주파 재단을 다시 때려부수는 것이다. 장신배 교수는 새 이사장의 아파트를 수소문하여 직접 방문 읍소하였다. 개원정 교수는 과거 안기부 제2차장으로 근무했다는 자기 아버지 라인을 통해서 새 이사장과 새 총장의 검은 이력서를 입수했다.

냄새 나는 먼지를 낱낱이 분석했다.
 털어서 먼지 안 나는 주머니가 있는가? 첫 번째 첩보는 새 이사장이 부동산 사기꾼 전과가 있으며, 지방의 C 대학을 사기쳐 먹으려다가 오히려 콩밥을 먹었다는 흔적도 나왔다. 더욱 재미있는 것은 옛날 강북지역 김두한 사단장의 수석 참모였다는 사실이다. 재미있게 전개될 것 같다.

 내 고향 논다니골에는 맑은 실개천도 있고 상여를 모셔두는 귀신 당집도 있었다. 내가 짝사랑 하던 그년은 우리 집과 담을 경계로 했다. 대지주인 그 집안 자녀들은 모두 대전 대처에서 학교를 다녔다. 그 중 중학교 졸업반인 막내 딸년은 라파엘 조각 속의 그리스 여인 같은 깊은 눈동자를 반짝이고 다녔다.
 몇 번 역전에 숨었다가 귀가하는 그미에게 다가가 연애편지도 주곤 했지만 그년은 내가 보는 앞에서 짝짝짝! 찢어버렸다. 얼마 후, 나는 확실하게 보복했다. 논두렁에 숨어있다가 그미를 강제로 끌어안고 뒹굴기도 했지만 번번이 실패했다. 그 후, 그미의 오빠가 늘 경호원으로 바짝 붙들고 다녔다. 기회를 잃어버렸다.
 다른 보복작전을 폈다. 그미가 늘 품에 안고 다니는 새끼 삽살개를 엿보았다. 상여를 보관해 두는 당집에 몰래 잡아다가 불에 달군 젓가락으로 한쪽 눈을 푸욱 찔러버렸다. 이튿날 애꾸눈 피투성이가 된 그 새끼 삽살개를 끌어안고 그년은 나뒹굴어졌다. 온 동네가 발칵 뒤집혀졌다.

그 사건이 잊힐만 해졌을 때, 나는 다시 그 어미 삽살개를 당집에 끌고 와 그 눈도 똑같이 젓가락으로 조졌다. 불에 달구지 않아 눈구멍이 잘 들어가지 않았다. 억지로 팍팍 쑤셔대다가 내 온 가슴에 피가 튀겼다. 그 앞 두 다리의 관절도 돌멩이로 짓이겨 부러뜨려 놓았다. 녀석은 입에 자갈이 물려있어서 짖지도 못했다.

또 다시 온 동네가 들끓었고 형사도 다녀갔다. 결국 당집 상여 밑에 파묻어 둔 내 피 묻은 상의가 발각되었다. 나는 서울로 튀었다. 몇 달 후, 나는 야밤에 다시 내려가 나머지 삽살개 새끼들의 모가지를 낫으로 전부 댕강댕강 잘라놓았다.

중국에도 복수의 귀신이 있다. 서한(西漢) 때의 여치(呂雉)는 황제인 남편을 죽이고 자기의 아들까지 미치게 하고는 여황제가 되었다. 전왕의 총애를 받던 척(戚)부인을 '돼지인간'으로 만들었다. 그미를 잡아다가 대머리를 만들고, 두 눈알과 혀를 도려내었다. 다시 두 팔과 두 다리도 반쯤 잘라내었다.

그리고 목에 개사슬을 걸어서 변소깐에 가두어 두었다. 여치 여황제는 자기 친아들을 강제로 앉혀놓고 척부인을 돼지인간으로 만드는 참혹한 고문과정을 확실하게 보게 했다. 그 아들이 온전할 리가 없다. 미쳐버렸다.

몇 년 후, 어느 날 사냥에서 돌아온 척부인의 아들이 그 변소깐에서 소변을 보게 되었다. 머리가 산발한 채 엉거주춤한 네 다리로 돼지같이 마구 밥그릇을 흔들고 있는 이상한 동물을 곯고 깜짝 놀랐다. 나중에 안 사실이지만 그 동물이 바로 자기의 친어머니란 사실을 알고는 역시 미쳐버렸다.

척부인은 눈은 멀었지만 목소리로 자기 아들을 알아보고 자기를 알리려고 밥그릇을 굴리며 몸부림친 것이다. 그러나 혀 잘린 목구멍에서는 전혀 소리가 되어 나올 수 없었다. 인간의 끝없는 욕망과 배신의 이런 장면은 언제나 재미있는 명화다. 여치도 삽살개를 길렀을까? 한국에도 막가파가 있었다.

그들은 '인간 바비큐'를 했다. 길거리에 지나가는 여자들, 특히 고급 명품이나 명차를 몰고 다니며 잘난 척하는 는 여성들을 잡아다가 홀랑 벗겼다. 그리고 나무 십자가 위에 묶어놓고 그 밑에서 장작불을 지폈다. 인간 바비큐이다. 산채로 며칠을 시뻘겋게 불지펴 놓으면 기름이 자글자글 빠진다.

그 암놈 성기를 그들은 생선회 뜨듯 회칼로 떠서 술 안주를 했단다. 이런 원한의 명화 장면들을 나는 강의노트에 상상의 그림을 그려가며 곱씹어 본다. 짜릿한 쾌감이다. 그 막가파 녀석들도 나와 같이 구치소를 거쳐서 군포 교도소에서 좀 썩다가 형장의 이슬로 사라졌을 것이다.

김대중 전 대통령들과 같이 사형제도 반대론자들 때문에 그들은 아직도 살아있을지 모른다. 그들의 '잃어버린 집권 10년 간' 사형집행이 없었다니까 말이다. 만약에 살아있다면, 그들은 아침에 눈만 뜨면 하루 종일 독방에서 죄책감의 탁구공으로 사방 벽에 튕겨 지낼 것이다.

또한 밤에 눈만 감으면 목에 무거운 밧줄이 걸리는 악몽 속에서 밤새 뒤척일 것이다. 밤낮 죄악감의 핑퐁 속에서 겨드랑이를 긁었을 것이다. 검게붉게 피멍이 패였을 것이다. 차라리 이 세상에서 없어지는 게 본인과 가족들에게 더 평안한 일일지 모른다. 반복되는 악몽에서 해방되는 것이 더 나을지도 모른다.

11월 초겨울 찬바람은 어김없이 내 겨드랑이에도 파고 들었다. 가을인지 겨울인지 애매한 경계선 시간이다. 출근길이다. 나는 본교 현관에서 어느 가족 잠바에게 손목이 잡혔다. 가락떼이는 일이다. 날캉 내 손목에 은팔찌가 들어왔다. 나는 뒤돌아 보았다. 잽싸게 튈 궁리였다. 개똥녀가 저만큼 비켜서서 비웃고 있었다.

사복형사는 체포영장을 내 손바닥 위에 펼쳐주었다. 무고죄, 공갈협박, 절도강도 방조죄 또 무슨 활자들이 그 아래로 휠휠 춤추고 있었다. 아, 그 단어들로 보아, 장신배와 개원정이가 공모한 합작품이란 걸 직감으로 알 수 있었다. 그들은 살아남기 위해 새 이사장과 빅딜 커넥션을 모의했을 것이다. 알만하다.

장신배이가 개똥녀를 통해 나에 대한 비리정보도 이미 수집했을 것이다. 그미는 장신배에게도 양다리를 걸치고 있었던 모양이다. 그미도 삽살개를 기르고 있다고 했던가. 어떻게 생겼을까? 출소하면 제일 먼저 찾아가 인사해야지. 나도 별 하나 더 달

면 국가원수가 될 것이다. 별 다섯 개, 느기미,

　음지냐 양지냐의 차이는 있지만 원수(怨讐)는 원수(元帥)다. 시작하면 끝이 있고, 끝나면 다시 시작이다. 흥이 길면 망하게 되고, 망이 길면 흥하게 되는 게 세상이다. 흥망성쇠는 우주의 섭리이다. 선과 악은 종잇장 한 장 차이다. 반복되는 것뿐이다. 논다니골 삽살개들! 보름달 밤이면 온 동네를 날아다니며 휘휘휘 휘파람을 불었댔지,

　아, 그 휘파람 소리도 다시 들린다. 나는 은팔찌 낀 두 손을 높이높이 흔들었다. 배신자 위에 배신자. 나는 놈 위에 기는 놈이 있다고 했던가. 재미있다.

　(끝)

작가 노트 쥐새끼 사십기의 폭력은 가정 폭력에서부터 사회폭력까지 거침이 없다. 배신과 모함으로 주변 친지들의 돈을 갈취하여 용인에 섬유공장까지 차려놓고 일본으로 수출까지 하는 등 키워간다. A 사이버대학 재단에도 약 5천만원 투자해 놓고 주변 악마들과 학교까리를 결탁하여 5억원 이상을 갈취해 간다. 그러나, 자기의 소아마비 딸에게 공장이 방화를 당하고 만다.

구파발 산까치

하나.

퍽! 눈알이 튀어 나갔다. 또 퍽! 어, 이번은 오른쪽 눈알인가, 그리고 나는 두 눈을 감싸고 뒤로 벌러덩 쓰러졌다. 머리통이 쇠뭉치 같은 것으로 튕겼다. 아니 이게 아닌데, 나는 옆으로 잽싸게 돌면서 벌떡 일어났다. 녀석은 철봉으로 무자비하게 휘둘렀다. 내 왼쪽 눈 가장자리로 눈물인지 핏물인지 흘렀다. 얼굴을 쓸어보았다. 검붉은 피가 손가락 사이로 굵게 흘렀다. 어딘가 피부 깊이 찢어진 검은색이다.

"야, 쌩쥐야, 이 정도하래이, 좀 더 지켜보고 손 좀 봐야 안 것나 잉?"

멧돼지 같은 근육이가 막아서는 데도 쌩쥐는 왕년의 당수도

선수같이 붕붕 날며 내 머리통을 집요하게 철봉 칼춤으로 난타했다. 허연 거품을 내뿜으며 미친개같이 물어뜯었다. 날렵한 그의 공격에 피할 틈도 없이 머리통도 대번 깨졌다. 대나무 쪽 같이 신경질적으로 말라빠진 녀석의 품새는 멧돼지와 대조적이다.
 "이 새꺄, 내 지분을 어캐 할겨? 잉, 왜 질질 끄능겨, 이판에 캭 쥑이 뿔텡께!"
 수원 민속촌 근처인가, 학교 퇴근 무렵, 저녁이나 하자고 근육이가 앞장서서 그냥 무턱대고 따라온 것이다. 식당 안에는 쌩쥐가 이미 와서 기다리고 있었다. 소주가 몇 잔 돌았다. 안주깜으로 요즘 시끄러운 우리 'A 사이버대학' 운영문제로 다소 다툼이 있었다. 이 사이버대학은 이제 신생대학이라 새로운 교직원들이 의욕적으로 신입생 모집을 해야 하는 데도 초장부터 반란군으로 돌변했다.
 일부 교직원들이 반란을 일으킨 것이다. 벌써 두 달째 농성 중이다. 각급대학들은 2월이 신입생 모집 황금시기이다. 그런데도 우리대학은 대학은 교육부의 설립인가 승인 후, 첫 현관문을 열자마자 뒤집어진 것이다. 4월말이 한참 지났는데도 빨간 머리끈을 잡아맨 교직원들은 '등록금 횡령 이사장 성삼문 물러가라!' '교육부는 낮잠자냐? 빨랑 감사나와라!' 검은색 리본 팻말을 들고 신생대학 파괴에 핏대를 올렸다.
 교무처장 기한역 교수가 맨 앞장서서 구호를 외치며 주먹을 휘둘렀다. 돌변한 게 아니라, 사전에 치밀한 각본이었다. 뜬금없는 암초에 걸렸다. 입학원서를 들고 찾아오는 학생들까지 오히려 내쫓아버리는 붉은 시위대 교직원들에게 몇 달 째 질려버린 쌩쥐는 이미 판은 글렀다고 판단한 것 같다.

본 대학 기획실장으로서 창설 멤버인 쌩쥐는 이 대학을 어떡하든 지켜보려는 신념보다 아예 대학을 빨라 팔아버리겠다고 더 설쳤다. 자기가 이 대학법인에 투자한 돈 약4천7백만원부터 우선 회수하려는 수작이다. 기껏 5천만원도 안 되는 본전에 그는 열 배가 넘는 5억 이상의 할당과 지분을 강요하는 것이다.

나는 조상들이 누워 있는 경주 선산까지 A 대학법인에 기본재산으로 밀어넣었다. 나중에 종친회에서 알면 또 한번 난장을 치를 각오까지 하며 대학설립에 올인했다. 또한 운영 자금을 모으느라 약6년간 주변의 친인척들에게 손을 벌린 게 수 십 억이다. 마누라도 얼마나 뛰어다녔는지 엄지발가락 누런 피고름까지 짜내던 모습이 쌩쥐에게 얻어터진 피눈물 사이로 흐른다. VR 증간현실 영상같이 순간 이마를 가로 질러 나갔다.

어떻게 설립한 대학인데? 녀석들은 어째 멧돼지 새끼 팔듯이 간단하게 넘긴단 말인가, 나는 이스라엘 예루살렘 대학같이 작지만 세계적인 유토피안 인터넷 대학을 꿈꾸었다. 세계문학 관련 국제 세미나 등으로 해외대학을 많이 섭렵해온 나로서는 나름대로 현실적인 기획과 밑그림이 오래 전부터 그려져 있었다. 또한 현직 Y대학 보직교수로서 평생의 대학운영 노하우도 쌓여 있었다.

2천년대 초반 교육부에서 미국과 같은 사이버대학을 처음 도입할 때에는 기존 오프라인 대학 교수들이 온라인 대학 총장도 겸임할 수 있도록 허락했기 때문에 나는 Y대학 교수로 강의하면서 설립자 이사장 겸 초대총장으로 양쪽 일을 다할 수 있었다.

내 얼굴 위로 하늘의 붉은 은하수가 쏟아졌다. 얼굴을 감싸쥐고 있는 손가락 사이로 바위 같은 시멘트 덩어리가 머리통을 향해 날아오는 게 보였다. 쌩쥐의 2차 공격이다. 앗차! 나는 옆으로 돌면서 이단 옆차기로 그의 콧등을 날렸다. 반격이다. 녀석의 분풀이가 될 만큼 일방적으로 맞기만 해선 끝날 것 같지 않았다. 이런 유치한 육박전이야 유치원 아이들 장난이다.

월남 백마부대 닌호아 성(省) 반닌 반쟈 정글 속에서 이따금 부딪히던 베트콩들과의 육박전은 죽기 아니면 뻗기다. 혼헤오 산! 캄보디아로 넘어가는 악산이 뜬금없이 떠올랐다. 이 국경선 정글에서 얼마나 많은 전우의 시체들이 헬리콥터에 실려 나갔던가. 또 다른 육박전? 웃음이 새어 나왔다.

자칫 피범벅이 될 이 절박한 순간에 무슨 실웃음인가, 어쨌든 스스로 우습다. 나이 6십 환갑에 조폭들 같이 치고 받고 크으, 이렇게 육갑 떨고 있다니 우습다. 더구나, 쌩쥐와 멧돼지와 나 셋은 삼총사로서 63학번이다. D대학 신입생 때부터 절친들이었으니 거의 4십년지기 친구들이 아닌가.

그 시절, 우리들 젊음은 헐벗은 농촌을 재건한답시고 '농언촌

연구부' 동아리에 들어가 주말이면 광주 오포면 야간 횃불학교에서부터, 방학이면 삽교천, 새만금 뻘밭 등 농어촌 오지에 들어가 노동운동과 농어촌 개량사업에 헌신했다. 초창기 가나안농군학교 책상 위에 엎드려 이스라엘 집단농촌 운영 방법 등을 배웠다. 그러면서 〈탈무드〉 철학에 심취했다.

지금도 탈무드는 계속 나오고 있다. 제일 첫장과 제일 마지막 쪽은 비어 있다. 누군가 선지자가 할 말을 남겨 놓은 것이다. 그때쯤 박정희 정부의 경제개발 5개년 계획 첫회가 역사적으로 시작되는 6십년대 초이어서 사회가 좀 혼란스러웠다. 군사정권은 전국의 흉악한 조폭들과 영등포 홍등가 여인들을 반강제로 잡아왔다. 그리고 어두운 어려운 그들에게 자립할 수 있는 땅을 일정하게 배분하여 주었다.

스스로 개척하여 살 길을 제공해 주는 것이다. 전국 대학의 4H 동아리들이 이들에게 배분해 준 땅에 대한 과학적 영농방식과 노동력 지원에 참여하였다. 새마을운동의 시작이다. 온몸이 걸레가 되도록 늑신하게 얻어맞으면서도 나는 어이없게 새만금 뻘밭을 떠올린 것이다.

2십대 한창 젊은 우리들의 우정을 기억해낸 것이다. 아니 저절로 이마를 때리는 영화장면들이다. 생각이란 때로 우스운 것이다. 극한상황에서도 정반대 극한 평화장면이 기억되다니? 우습다. 맞았어! 지난 주인가, 우리 집 요진아파트에 현관에 붙어 있던 붉은 경매딱지를 누가 붙였는가? 의아했는데, 바로 요 쌩쥐 서삼기 기획실장이었구나, 하는 판단도 떠올려졌다.

그 연장선상에 지금의 폭력이 이어진 게 아닌가, 맞았어? 녀석은 이대로는 대학운영이 어려워질 기미가 보이자 자기가 투자한 돈을 날릴지도 모른다고 나를 폭행하여 최우선적으로 빼낼 궁리였던 것 같다. 신입생들 등록금이 들어와야 대학운영이 돌아갈 것 아닌가. 기한역 교수와 짜고 우리 집부터 경매를 붙여 나꾸어 채려고 했던 것이다.

사업가의 피빛 색깔은 역시 잔인한 것 같다. 아니 당연한 게 아닌가. 누구나 자기 본전 생각을 하는 것이다. 그리고 나는 다시 쭈욱 뻗었다. 무엇인가 둔탁한 철봉이 정통으로 뒤통수를 맞은 것이다. 멧돼지 하근육 총무처장이 다시 구둣발로 내 얼굴을 수없이 걷어찼다. 그리고 그 두명이 어깨동무하고 사라지는 뒷모습이 가로등 불빛에 하리하게 빛났다.

둘.

시골 기차역 경주 첨성대 굴뚝 같은 소각장이 폭파되었다. 어엉! 곁에 누워있던 환자들이 후닥딱 일어나 침대 위에 앉아서 소각장의 파편들이 시원하게 날리는 것을 만끽하며 소리쳤다. 동화 속 요정 집 같은 첨성대가 통쾌하게 날아가는 CNN TV 화면은 뒤로 빽 했다가 같은 장면을 반복적으로 보여주었다. 곧이어 모택동 개량복장을 한 김정일 위원장이 오겹살 배불뚝이 더욱 앞으로 내밀며 소리쳤다.

"야아, 저 인민복, 박정희 때 새마을 재건복 아냐?"

"맞았어! 새북종이 울렸네, 우리 모두 일어나아~ 우리들 젊은 공무원 시절에 새벽 6시면 일제히 운동장으로 쏴아 나가면서 새마을 노래 불렀지롱, 근데 저 김정일 아자씨가 정말 즤덜 보물단지 같은 저 핵 시설을 파괴하는 거야?"

"이 허깨비 영감, 깡통이래두 된돌깡통이네에, 조런 장난감 같은 소각장은 천개만개를 폭파혀도 다 쑈랑께네에, 핵 시설은 땅 속 지하 수 백 미터 개미굴 같은 땅굴을 파서 핵 실험을 하제, 누가 조런 모래집 부쉈다고 핵 시설이 파괴는 감, 다 쑈야 쑈."

나도 일어나려고 했으나 허리가 움직여 지지 않았다. 며칠 전, 쌩쥐와 멧돼지의 쇠파이프 무당춤에 전신이 저린다. 암6주 진단이라던가. 양쪽 눈 각막도 터지고 갈비뼈도 5대나 나가 숨쉬기도 허부덕 대었다. 곁의 환자가 내 얼굴 방향으로 TV를 돌려주었다. 장난꾸러기 같이 친근한 노무현 대통령이 나를 향해 손을 흔들었다. 아니, 내 뒤의 조지 부시 대통령을 향해 반갑게 다가가 포옹하는 장면이 전세계로 중계되고 있었다.

'반미(反美)면 좀 어떠냐?' 나중에 운동권들에게는 진리 같은 명언이 되었지만 바로 그 낱말이 CNN 흑인 여성 아나운서의 뻘겋고 유난히 큰 입술 사이로 터져 나왔다. 그 아래 자막에는 '2003.05.14. 한미정상회담 공동선언' 어쩌구 하며 흘러나갔다. 김정일은 핵 실험을 중지한다고 선언했다. 그러면 미국과 유엔 등에서 눈깔사탕 같은 달러를 일정하게 쏟아부었다. 평양에선 얼씨구나 그 달러로 또 핵 실험을 계속하는 수법이 지루하게 반복되는 중이다.

"여보, 이게 또 들어왔네요?"

아내가 아직도 뜨끈한 복어죽 한 그릇을 조심스럽게 내려놓으며 봉투를 내밀었다. 소독약 냄새가 스며든 병원 밥을 먹지 못하자 그미는 아침 저녁으로 자기가 직접 끓인 영양죽을 대령하고 있었다. 밤이면 집에도 가지 않고 내 침대 옆에서 쪼그려 앉아 쪽잠을 잤다.

막내아들이 마침 영국 런던대학에서 귀국하여 집에 있었으나 녀석도 외교부 산하 무슨 정부기관에 알바를 나간다. 외교문서 밤샘 번역작업을 하고 있어서 안 들어 온다. 당시 1998년도 IMF로 폭락한 한화로 유학비를 감당하기 어려워 대부분의 해외 유학생들이 대거 귀국했다. 그러나 녀석은 특별 성적장학생으로 선발되어 좀더 버텼으나, 결국 숙식비 등을 내가 송금하지 못하자 학업을 중단하게 된 것이다.

숙식과 생활비라야 월100만원도 안 되었지만 그거조차 댈 수 없었던 것이다. A 디지털대학 교직원 월급을 매달 조달하느라 일수 달러를 비벼대도 그것도 잘 안 되는 판국에 유학비 송금은 꿈도 꿀 수 없었다. Y 대학에서 나오는 월급은 전부 A 대학 부채 이자로 다 나가도 모자란다.

나는 아내가 허리 밑으로 밀어 넣어준 흰 봉투를 꺼냈다. Y 대학 공문이다. 총장 이름 뒤에는 법원공문도 첨부되어 있었다.

이달부터 월급의 절반만 지급한다는 글귀가 악마의 손톱으로 흘렀다. 쌩쥐 서삼기 기획실장의 법적 조처이다. 그는 우리 집 아파트 경매와 함께 내 월급까지 차압시켜 버렸다. 아마 다음 달까지 경매중지를 시키지 못하면 이제 처자식들은 거리에 나앉아야 한다.

경매중지를 시키려면 우선 금1천만원이라도 만들어서 법원에 수속해야 하지만 그런 거금이 어디에서 떨어진단 말인가? 그래서 아내는 무슨 독약 내놓듯, 그렇다고 안 내놓을 수도 없는 공문을 내 허리 밑으로 벌벌 떨며 넣어주곤 도망갔던 것이다. 또 화장실에 가서 벽에 대고 울어봤자다. 친정 오빠들한테까지 수십 억을 빌려다가 이 대학 설립자금에 밀어 넣었으니 친정에도 또 갈 수도 없을 것이다.

매달 이자가 월급 전부를 쏟아부어도 모자라는 판에 Y 대학 월급 절반만 나온다면 사채이자는 금방 시골집 마당 항아리마냥 배불뚝이로 늘어설 것이 아닌가. 고향 아닌 고향이 되어버린 마산 무학산 뻐꾸기가 울음소리가 들린다. 그 중턱에는 마산고교 단짝 친구의 과수원집도 떠오른다. 그 복숭아 과수원 뒷마당에는 달마대사 같은 임산부 항아리가 백여개는 된다. 또 우람한 솔 숲에는 뻐꾸기 집도 많다.

지금도 무학산 산기슭에는 큰아버지가 누워 계신다. 이북 함흥이 고향이신 큰아버지는 남한에 있는 친동생인 우리 아버지를 찾아 6.25. 흥남철수작전 때 묻어왔다. 거제 포로수용소를 거쳐 결국 군산에서 목수일을 하고 있던 아버지를 만난 것이다. 지금 우리 아버지가 누워 계신 구파발 오금리 뒷산에도 유난히 뻐꾸기 울음소리가 귀기스럽다.

뻐꾸기는 배신자다. 녀석은 딱새집에 자기 알을 슬쩍 깐다. 딱새는 순진하게 자기 새끼 알과 함께 뻐꾸기 알도 품는다. 그러나, 딱새 알보다 뻐꾸기 알이 먼저 알을 깨고 나온다. 먼저 깬 뻐꾸기가 온몸으로 딱새 알을 밀어서 땅에 떨어뜨려 죽인다. 눈도 미처 못 뜬 새끼 뻐꾸기가 어떻게 다른 알들을 밀고 또 떨어뜨려 깨뜨리는가, 본성적 본능이다.

DNA가 아닐까. 또 딱새 어미는 자기보다 덩치가 더 커진 뻐꾸기 새끼에게 부지런히 벌레를 잡아다 먹여준다. 자연의 DNA다. 광릉 숲 다큐먼터리 TV 화면을 올려다 보며 나는 치를 떨었다. 배신자! 바로 뻐꾸기 같이 은혜를 배반으로 돌리는 기한육 교수의 얼굴이 뻐꾸기 표독한 눈동자와 클로즈 업 되었다.

나는 혓바닥을 깨물었다. 가뜩이나 죽조차 목구멍에 넘기지 못하는 내 입 안은 깨물린 혓바닥에 짜디짠 핏물이 흘러 허연 침대 시트를 뻘겋게 색칠했다. 신생 A 대학을 망쳐버린 주범 기 교수는 한국문단에서도 내가 2십여년간 키우며 지원해왔다. 직장에서 쫓겨나 천호동 동네 문화센터 등에서 강사로 겨우 빌빌대던 녀석을 내가 이 대학을 설립하면서 맨 먼저 그를 끌어다 부교수 겸 교무처장으로 발령낸 것이다.

그것이 화근이다. 그는 교육부 발령장이 떨어지자마자 고무신을 거꾸로 신었다. 우리 집 수 십 억 재산과 부동산에서 더 이상 끌어낼 자금이 없다고 판단한 그는 나를 몰아내고 자기 외삼촌을 끌어다가 이사장으로 앉히고 자기가 총장을 해먹겠다고 돌변한 것이다.

아니 돌변이 아니라 사전에 치밀한 작전을 세워왔던 것이다. 그의 외삼촌은 논산의 대지주로서 마을 사람들이 그 땅을 밟지 않고는 한 발짝도 떼어놓을 수 없을 만큼 땅 재벌이라고 평소에도 교직원들에게 떠들고 다녔다.

"이 사람아, 이런 쫄다구 대학은 우리 외삼촌이 눈만 한번 끔벅하면 껌값에 불과 헝께네… 내가 하라는 대로 안 하면 어캐 되는지 알것제, 엉!"

"뼈엉신, 성삼문은 일찌감치 손 들고 기 교수님 밑으로 들어와야 허는디 아직도 저렇게 버티고 있응게, 차암, 불상허네"

기한육에게 빌붙은 육시헐 교무과장은 내가 들으라는 듯이 대놓고 큰 소리로 떠들었다. 나는 Y 대학에 있기 때문에 A 대학 운영문제는 기와 헐, 대학후배에게 전혀 맡긴 것이다. 신임교수 채용까지 교무처장에게 넘겨놓았더니 교직원들까지 기 교수 쪽에서 모함했다. 나를 교비횡령과 부정입학 등으로 교육부와 검찰에 고발해 놓은 것이다. 나는 덕분에 검찰청은 물론 월급체불 문제로 노동부에까지 불려다녔다.

기한육과 육시헐 교수 그리고 김지현 총무과 직원들 몇 명이

병 문안을 왔다. 의외이다. 그동안 나의 뒤통수를 망치로 뚜드려 온 패거리들이 아닌가. 마침 죽을 써서 가지고 왔던 아내와 마주쳤다. 아내는 우리집을 오래 전부터 들락거리던 기한육을 너무나 잘 알고 있다. 더구나 최근의 반란 주모자인 기한육에 대해서 이를 갈고 있었다. 아내는 조용히 말했다.

"우리 남편이 보시다시피 마음이 몹시 불편하니까, 그냥 가주시는 게 좋을 것 같습니다."

"아니, 사모님, 우리가 머 도깨비입니까? 우리도 사람이고 의리가 있는 문학박사들입니다. 잠시나마 선배님을 위로하려고 이렇게 만사 젖혀놓고 여기까지 온 것입니다."

"그렇게 괄시하지 마십시오. 죄 받습니다."

김지현 경리 담당까지 거들며 병 문안 하러 온 게 아니라, 협박하는 말투이다. '문학박사'라는 낱말에 굳이 큰 소리로 떠드는 것은 6인실 방 같이 환자들에게도 들으라는 시위이다.

"우리도 문제가 좀 잇지만 선배님 잘못이 큽니다. 대학운영을 잘 못하니까, 우리가 몇 달째 월급도 못 받고 있는 거 아니닙까? 어엉! 아줌마는 아무 것도 모르면 집에 가서 설거지나 하세요."

어쩌구 하면서 용어가 거칠어지니까, 첫 번째 침대에 누워 있던 환자 등 다가와 이들을 몰아내었다. 그는 팔뚝에 붉은 악마 문신을 일부러 드러내며 또 다른 시위를 하는 수원역 588 조폭이다. 그러나, 약한 자를 위한 조폭이다. 환자 중에는 대낮에도 술 먹고 땡깡 부리는 사람, 간호실에 드러누워 담배 값 뜯어가는 피라미 등 별 놈이 다 있다. 이들을 청소하는 문신 조폭이기도 하다.

거의 한달 반만에 퇴원하려나 준비하고 있었다. 6인용 병실 밖이 소란스럽다 했더니 한 떼거리 낯선 사람들이 몰려들었다. 내 침대를 단박 뒤집어 엎었다. 내 코와 양쪽 팔뚝에 꽂혀 있던 링거병이 박살났다. 그 난리에 링거병 주사바늘이 내 얼굴 여기 저기 박혔다. 주변 환자들이 뜯어말리자 그들 침대도 엎었다. 의사와 간호사들이 들이닥쳤지만 그들은 복도 중앙의 간호사실로 몰려가 유리창을 링거 쇠기둥으로 깨버렸다. 난동이다.

"야, 성삼문, 우리 큰 형님 땅 내놔 엉, 유산을 빼돌리는 치사한 사기꾼아!"

엉, 뜬금없이 무슨 땅을 내놓으라는 건가. 나는 여기저기 내 얼굴에 함부로 찔린 주사바늘을 뽑았다. 내 얼굴에 삿대질 하며 소리치는 코끼리 같은 떡대의 모가지를 비틀었다. 순간적인 나의 반격에 일순 그들은 멈칫 했다.

"머야? 누가 보냈어?"

그 조폭들 뒤 복도 끝에는 의외로 내 친동생이 팔짱을 낀 채 담배를 꼬나 물고 있었다. 나는 그때서야 머리를 끄덕였다. 금년에는 연초부터 왜 이렇게 토정비결이 잘못 빠졌나, 또 실소가 나왔다. 그나마 마침 아내가 없어서 다행이다. 막내아들 녀석이 며칠째 밤샘하다가 과로로 쓰러졌단다. 외교부 담당국장이 연락

왔다. 병원으로 급히 나갔기 때문이다.
 녀석은 내가 최악의 궁지에 몰려있는 걸 알면서도 내 목 뒤에 또 하나의 칼을 꽂는 것이다. 녀석은 구파발 우리집은 원래 아버지의 유산이니까 누이동생 포함하여 셋으로 갈라야 한다는 주장이다. 떼를 쓰다 안 되니까, 유산분배 소송을 걸어놓은 것이다. 그리고 내 주변의 친구와 친척들을 찾아다니며 '형은 태생부터가 악질이어서 아버지 유산을 혼자 독차지 하고 있다.
 공평하게 분배해야 된다'며 자기가 미리 써 놓은 탄원서에 도장을 받았다. 그러나, 구파발 집은 내가 월급을 꼬깃꼬깃 모으고, 처갓집에서 돈을 빌려주어서 건축한 것이란 걸 아는 친척들은 도장을 잘 찍어주지 않았다. 그러면 녀석은 어김없이 주먹을 날린다. 폭력에는 친구도 친척도 없다. 그래도 그게 잘 안 되자 내가 입원한 병원까지 찾아와 자기 꼬붕들을 풀어놓은 것이다.
 '폭력은 마약이다.' 녀석은 남산공고 시절부터 주먹을 휘둘러 그 일대 명동 악동들에게도 우상이 되었다. 남산 동국대 입구 할머니 노점상들에게 거두어 들이는 자릿세로 그 또래 사춘기들은 밤새 도박에, 여자에 흥청거렸다. 덕분에 나는 민사법정에도 좇아다니며 증언해야 하는 등 바빠졌다. 유산소송에 대한 준비서면 등을 내가 직접 작성하여 제출해야 되었다. 돈이 없어서 변호사 선임도 못하기 때문이다.
 쌩쥐와 멧돼지에게 얻어맞아 입원하기 전에도 교육부 대학정책실과 감사실, 경찰서와 검찰청 그리고 노동부에 가서는 교직원 임금을 며칠만 더 기다려 달라고 빌어야 했다. 그것도 Y 대학 강의를 나가면서 용인, 서울, 수원 그리고 다시 안산 디지털 대학까지 사각형으로 나들명거리려면 파김치다. 차라리 어찌되었건 이렇게 입원이라도 해 있는 것이 잠시라도 편하긴 했다.

셋.

불이 났다. 용인 사기막골 근처의 서삼기 줄 공장이 새카맣게 타버렸다. 그 줄은 일반 끈줄이 아니고 특수하게 제작하는 줄이어서 피아노 줄 같은 그 한 개의 줄이 트럭 열대도 공중으로 끌어올릴 수 있는 초강력 고래심줄 같은 특수업종이다. 쌩쥐는 특허까지 내어 주로 일본 등에 수출한다. 이삿짐 센터 트럭 끈에서부터 부산항 콘테이너 박스 끈까지 제품도 다양하다.

잘 나가는 중소기업 사장이기도 한 그는 오전에는 줄 공장에 오후에는 A 대학 기획실장실 흔들의자에서 난장거리는 것이다. 멧돼지 하근육 총무처장도 그 줄 공장의 경리과장 일을 동시에 보고 있다. 둘 다 고급 투잡을 하는 셈이다. 대학시절 하근육의 집은 서울시청 근처 현재의 롯데호텔 자리였다. 그냥 버티고 있었으면 지금쯤 재벌이 되었을 것이다.

당시 쌩쥐 서삼기는 부안 오지에서 올라온 깡촌놈이어서 멧돼지 집에 손발 비벼대며 얹혀 살았다. 그런데 지금은 상전개벽 역전된 신분이다. 하, 세상이 수상하니…, 조선시대 김상헌의 시조 싯귀이다.

"그 새끼, 싸가지가 없어, 그눔의 시궁창 공장 씨언씨언 허게 잘 타버렸지유. 크으, 그 쌩쥐는 다시 태어나도 쌩쥐야, 쥐새끼가 돼지새끼가 될 수 없거덩? 더구나 사람 새끼는 더더욱 안 되지… '서삼기' 성조차 쥐새끼 서자 아냐?"

"낯짝도 영 판 쥐새끼 판박이 아닙니까? 사람의 근성은 무덤에 들어갈 때까지 변하지 않습니더. 쥐새끼는 평생 수채구녕에서 남의 썩은 창자나 쪼아 먹다가 뒈지는 거죠. 크으"

"서삼기 새끼 신혼 때부터 툭하면 즉 마누라 머리채를 휘어잡고 온 동네방네 다니며 폭행했어요. 이년이 신랑에게 더운 밥이 아니고 식은 밥을 차려준다며 개망신 주곤하던 쌩쥐 새끼지예. 폭력성도 근성이에요."

"맞아유, A 대학 처장급 삼총사가 다 같은 63학번이라캤지예. 또 ROTC 5기로 서로의 똥구멍 냄새까지 잘 알겠네요. 오기는 오기로 산다 안캅니까, 두 분은 농학과라 캤고, 설립자 강 총장은 국문과라 안캤능교?"

멧돼지가 더 큰 멧돼지 맥주 컵에 누런 쏘맥을 따라주며 히히덕 거렸다. 덩치가 더 큰 멧돼지는 차원졸 쫄따구 이 지역 주간신문 사장이다. 그는 우리 A 사이버대학 그 근처로 신문사 사무실을 아예 옮겨왔다. 그러면서 기한역 등 반란패당들을 부추겨 민노총과 연결해 주는 등 학교파괴에 기름을 부었다. 뒤에서 온갖 장난을 했다.

기한역 등 교직원들은 아침마다 출근할 때 차원졸 사장실에 먼저 들러 그날의 파괴지령을 받고 학교에 온다. 마침 기 교무처장이 직접 선발한 사회복지학과 여자 교수는 즉 남편이 민노총 금속노조 고급간부라며 어깨에 힘주고 다녔다. 그미는 차원졸이가 전달해주는 쪽지를 총장실 내 책상 위에 픽 던지고 가기도 했다.

그런 쪽지에는 '다음 주면 우리 안산제일 신문 제1면에 대서특필 될 것입니다.… 그러면 서울의 한겨레 등 막강한 중앙 일간지 기자들이 몰려올 꺼 아닙니까, 그러면 성 총장 대학문은 닫아야겠죠, 그런 불행한 사태를 또 내가 미리 막아야죠…' 어쩌구 하면서 광고비 쪼로 봉투를 강요하는 공갈수법이다.

"그런데, 이 쌩쥐가 나를 형사고발한 기라요. 나참 살다봉께네. 수원경찰서 형사들이 며칠 전 새벽 우리 집에 들이닥친 기라요. 엉, 내가 줄 공장 불지른 방화범이라는 거에요 허참…"

녀석은 내 얼굴에 담배를 내뿜으며 넌 왜 암말도 않고 있느냐는 눈도끼였다. 나도 쏘맥을 같이 따라 마시며 창 밖을 내다보았다. 우리 대학 건물간판이 내다보이는 하늘에는 맥주 같은 노란 은행잎들이 노란 병아리들 같이 떨어졌다. 어, 벌써 가을이네에?

'언제나 마지막은 당신입니다. 언제나 당신을 만나야 완벽해지는 나.' 인터넷에서 우연히 본 싯귀가 너무 아름다워 내 수첩에 써놓았다. '앞에서 날아오는 돌은 피할 수 있으나, 뒤에서 날아오는 돌멩이는 피할 수 없다. 운명이다.'

뻐꾹, 뻐버꾸욱… 어디선가 뻐꾸기 울음소리도 들렸다. 대학

1학년 때 마산에서 쫓겨온 우리 형제는 옥수동 달동네에 살았다. 가출한 어머니 대신에 새엄마가 들어왔지만 그미도 가난에는 별 수 없었다. 베니다판으로 겨울 매서운 칼바람을 가리는 세멘트 벽돌 집에서 아버지가 밤이면 대패밥을 누렇게 뒤집어 쓰고 들어왔다.

 일당 목수일로 건건이 벌어오는 연탄과 한줌 좁쌀로 끼니를 때워야 했다. 당시 군대에 갔다 온 나는 한강 다리 밑 모래사장에 나가 트럭에 모래를 퍼올리는 알바 노동으로 학비를 모았다. 결국 아버지는 중노동에 못 이겨 새벽이면 당신이 자고 난 요 위에 피를 토하기 시작했다. 새 엄마는 손사래를 치며 빨리 꺼지라고 소리쳤다.

 독촉에 못 이겨 결국 간암 말기인 아버지를 리어카에 모시고 옥수동에서 구파발까지 끌고 왔다. 앞에서 내가 끌고 뒤에서 동생이 밀고 약40Km가 넘는 먼 거리를 폭우 속을 뚫고 구파발까지 왔다. 월세로 미리 구입해 놓은 초가집에 아버지를 눕혔다. 그 쓰러져 가는 초가집을 대상으로 동생이 유산소송을 한 것이다.

 차암, 그때 약수동 달동네 숲에도 뻐꾸기가 울었다. 그 애절한 울음소리를 리어카에 같이 담아왔다. 그렇게 병든 아버지를 내가 모셔왔는데 무슨 아버지 재산이 있으며 유산이 있겠는가. 그것은 동생 자신이 리어카를 뒤에서 밀며 같이 끌고 왔기 때문에 친히 더 잘 안다. 그런데도 녀석은 강짜로 내놓으라며 형을 고발한 것이다. 고단하다.

"야, 강 총장, 그때 수원 식당에서 너에게 손댄 게… 내가 좀 미안허다. 그 쌩쥐 새끼가 결국 나까지 영창 보내려고 안 허나 미치겠네, 내가 쌩쥐 공장 사무실 금고를 훔쳤다는 거야, 그 비번을 아는 놈은 부사장인 즤 마누라와 나밖에 없응께네, 흐이그 이눔의 세상."

멧돼지의 시뻘건 핏발이 더욱 빨갛다. 민속촌 근처 식당에서 쌩쥐와 함께 나를 폭행할 때도 이런 핏빛으로 돌변했었다. 왜 이들 뻐꾸기 새끼들이 뜬금없이 찾아와 설레발 치는지 곰곰이 찍어보고 있는 중이다. 약6년간 약100억대 대학설립 자금을 채무빚, 낭떠러지에 떨어뜨린 천하 사기꾼들이 또 뭔가 빨대를 내 몸 어디에 꽂으려는가.

기한육과 이들 뻐꾸기 배신자들만 대학은 장난하지 않았다면 이상적인 디지털 대학으로 남았을 것이다. 그러나, 이미 넘어갔다. 몇 달 전 기한육과 육시헐 교수들이 병 문안 왔을 때 내 머리맡에 숨겨둔 극비서류를 그들이 훔쳐갔던 것이다. '문학박사'라며 설레발 치며 더들자 아내는 아예 나를 휠체어에 밀어넣고 병원 뒤쪽 잔디밭으로 밀고 나온 것이다.

그때 녀석들은 A 사이버대학 대차대조표 등 최근 교육부에 보낸 '학교정상화 방안' 문건 등이다. 이들은 이것을 역이용하여 교육부와 검찰 등에 허위 조작문서이며 전혀 실천 가능성이 없는 기획이라며 또 투서를 한 것이다. 병 문안도 칠칠이 영감 등 치밀한 그들의 작전이었다.

그러나, 홍제동 수지욕 전문대학 이사장이 인수한 뒤끝이다. 그는 대학의 '대'자도 모르는 그냥 부동산 투기꾼이다. 약30%로 흔들어 약30억 똥값에 강탈해간 그는 적당한 때가 오면 두 세배로 부풀려 또 하나의 부동산으로 팔아먹을 것이라며 차원졸이가 귀띔해 주었다. 차 사장이 옛날 노동부 고급 공무원으로 있을 때부터 그 이사장을 잘 알고 있었단다. 어쨌든 내 손에서 한많은 A대학은 떠났다.

서울 교육계는 너무 좁아서 어느 대학교 유창만 깨져도 소문이 파도친다. 이미 A 디지털대학 매매에 관한 극비사실은 새나간 모양이다. 그래서 차원졸은 멧돼지와 함께 썩은 피 새를 맡고 내 방문을 노크한 것일 게다. 그러나, 이제 모든 것은 끝났다. 매달 밀리는 월급채무와 기한육 일당의 고소고발 칼질에 결국 손들었다. 빚 잔치다. 그래도 사채이자 등을 갚으려면 아마 오륙년간은 건축공사판에서 막노동이라도 해서 메꾸어 나가야 할 것 같다.

"어어, 저 뉴스 그림 좀 봐! 쌩쥐 새끼 딸년 아녀?"

하근육이가 소리쳤다. 저녁 6시 MBC TV 아나운서의 해설도 같이 흘렀다. '지난 주 사기막골 줄 공장 10억대 재산피해 화재사건의 진범이 나타났습니다. 바로 친딸이 아버지의 공장에 불을 질렀다고 자백했습니다…' 어쩌구, 나중에 안 사실이지만 쌩쥐가 신혼시절 임신 중인 자기 아내의 머리채를 끌고 온 동네를 돌아다닐 때, 긔 아내의 배를 함부로 걷어차며 폭행했다.

그 바람에 뱃속의 아이가 소아마비 병신으로 태어났단다. 그 딸은 어머니로부터 그 사실을 알고 난 뒤부터 복수의 칼을 갈았다. 쌩쥐는 툭하면 가정폭력도 일삼았다. 자기 아내는 물론 걸음도 제대로 못 걷는 소아마비 딸까지 함부로 걷어찼다. 당수도로 단련된 그의 손바닥 끝은 부엌칼 같이 날카로왔을 것이다.

그 칼날에 얻어맞는 식구들은 얼마나 고통스러울까, 개 버릇 남 주나, 폭행은 아편이다. 이번 방화사건도 쌩쥐 아버지가 휘두르는 부삽에 맞아 어머니가 앰블런스로 실려갔다. 그러자 큰딸은 복수를 결행한 것이다. 며칠 후, 결국 휘발유를 줄 공장 창고마다 뿌렸다.

시집갈 나이에 시집도 못 가게 된 소아마비 큰딸은 시기적으로도 신경이 얼마나 예민했을 것인가. 후천적 근성이란 사람 몸 속에만 흐르는 게 아니라, 세상에도 그리고 우주와 자연에도 똑같이 음양으로 흐르는 것 같다. 민들레는 마지막에 민들레 꽃씨를 뿌리지만 독사는 죽을 때까지 독침만 흘린다.

얼마 후, 화재 원인을 조사하던 소방관이 불에 탄 줄 공장 창고에서 새카맣게 탄 두 명의 여인을 발견해 내었다. 그 도안 행방불명 되었던 쌩쥐의 아내와 소아마비 딸이 부둥켜 안은 채 숯검뎅이로 나타났다. 강제로 떼어내려 해도 떨어지지 않아 또 한 번 인터넷에서 화제가 되었다. 폭행이 낳은 검은 그림이다.

태생이 선한 것은 선한 결과로, 악한 것은 악으로 끝난다. '좋은 근성은 근사하지만 나쁜 근성은 근심이 된다.' 낙산사 해수

관음상 인연법, 월남 다낭 고대 왕조사찰 대웅전 앞마당 해수관음상 연기법(緣起法)이 인과응보 바람을 반복되는 것 같다. 나는 일어섰다. 식당 밖으로 나왔다. 그들 두 명의 뻐꾸기 울음소리가 모가지 뒤로 쫓아왔다.

큰길 네거리를 건넜다. 엉뚱하게도 남태평양 해변가 모아석상들이 달려들었다. 중국 낙양 용문석굴 부처들 얼굴도 겹쳐졌다. 한 세상 영화와 죄값에 대한 참회의 돌상들이다 한대역 지하철 간판 위에 나란히 서서 나에게 두 손으로 흔들었다. 구파발 산까치들의 울음소리가 들렷다.

이상하다? 주변을 들러보니 한 대역 앞 넓은 광장에는 비들기와 산까치가 어울려 서 시민들이 던져 주는 라면 부스러기를 홀치기 하고 있었다. 이상하다, 산까치들은 절대 비들기들과 어울리지 않는데? 일부 산까치들은 내 바지 끝을 쪼아대며 끈질기게 붙어 다녔다. 어엉? 구팔발에서 날아온 산까치들인가? 초가을 낙엽들이 내 구두코 위로 달려들었다. 가을인가, 세월인가, 코끼리 가는 길에는 여우가 없고, 사자굴에는 잡 짐승이 없다. 이제 모든 것을 내려놓자.

(끝)

> 작가 노트
>
> 육시헐 교수, 소아마비인 자기 누이동생을 겁탈한다. 벙어리인 누이동생은 오후 3시만 되면 오빠에게 평생 강간당해 왔다. 그러면서 변태성 육 교수는 대학 이사장 마누라도 겁탈하여 세상을 농간한다. 이사장 역시 초록 출신이어서 부동산 부정축재에만 몰두해 있는 한국사회의 저질 쓰레기 군상들이다.

근친상간

1

무딘 면돗날로 회를 치듯 쓰라리다.

막내오빠는 회음부 안쪽에 젤을 정성껏 발라주었으나 너무 오랫동안 후벼대어서 아프다. 벌써 두 시간이 넘은 것 같다. 고개를 벽시계 쪽으로 약간 돌렸는데도 오른쪽 손목이 면돗날로 그어대는 듯 또 찌릿찌릿 전기 탄다. 오빠는 친절하게도 손가락으로 안티프라민 통의 젤을 고추장 찍듯 푹 찍어서 나의 은밀한 그곳에 발라주었다. 그러나, 어찌나 거칠게 쑤셔대는지 자지러질 것 같다.

오빠의 시커먼 막대기는 너무나 크고 길다. 포르노 영화에서 본 것보다 두 배는 더 굵은 것 같다. 시궁창에서 썩은 시체냄새 같은 지독한 알콜 냄새까지 풍겨 뒷골을 먹먹하게 흔들어 준다. 중국 빼갈 냄새이다. 나는 이럴 때일수록 어금니를 표독하게 물고 딴 생각에 몰두해야 한다. 나의 하나님인 어머니 생각을 다시 해보자. 어머니는 된장, 고추장, 살모사 술 같은 것을 잘 담그셨다.

특히, 맹독성 살모사는 그 지독한 소주의 농도나 실온에 예민하다. 약100일간의 보존이 약간만 어긋나도 썩어버린다. 어머니는 꼭두새벽 3시면 뒤뜰 우물로 가서 한겨울에도 목욕재계를 한다. 옷을 홀랑 벗고 북쪽하늘에 대고 108번 절도 한다. '수리수리마수리 태백산 산신령님임... 천하대장군, 지하여장군 두두루 우리 외동딸 끝년이, 끝년이년을 딸랑 일어서게 해주십시요! 당당당 두루두루 ...으으 비나이다아'

그때쯤 가사암(袈裟菴) 새벽예불 소리가 천성산(天聖山) 골짜기를 뒤흔든다. 어머니가 염불소리를 부른 건지, 염불소리가 어머니를 부른 건지, 어쨌든 거의 동시에 마을사람들을 깊은 잠에서 한번씩 들깨운다. 아버지도 일어나 진돗개를 앞세우고 우리 집 담장을 돌고 돈다. 혹시 동네 불량배 누군가 싸리나물 울타리 사이로 어머니의 허연 나체를 훔쳐보지나 않을까 하여 순찰하는 것이다.

휘영청 밝은 보름달에는 거위 가족까지 풀어놓는다. 어머니와 아버지는 전혀 나 때문에 365일 매일 새벽 3시면 잠도 못 주무시고 이런 생고생이다. 내가 태어나서 100일째 되는 날부터 팔다리가 꼬이기 시작했단다. 5남매 중 딸만 하나인 내가 소아마비로 비틀어졌으니 50세에 나를 본 늙은 부모님의 낙심은 동해 앞바다 낙산사 절벽만큼이나 낭떠러지였다.

  기둥뿌리 비틀어가며 큰돈 들여 태백산 큰 도사 굿도 해보고, 난생 처음 비행기를 타고 타이완의 중의사에게 보이기도 했다. 이 타타르쩌 중의학 박사는 미국 하버드 의대에서도 양의학 박사학위를 확보하여 양-한방 무불신통 신의(神醫)로서 인터넷에도 요란하게 떠돌고 있었다. 한국 최고 성삼재벌 총수의 일직선 모가지도 치료했다는 풍문이다.

  아버지는 동백꽃 필 때쯤이면 일찌감치 걸망태를 메고 영험한 천성산에 오른다. 긴 겨울잠에서 막 깨어난 살모사를 체포하러 다니는 것이다. 겨우내 100일간 동면에서 처음 깨어난 청죽 살모사는 독사 중에서도 가장 맹독성이 강해 약발이 아편이라고 한다. 〈동의보감〉 비기(祕記) 편에도 숨겨 있는 비결이란다. 머리 끝에서 발 끝까지 죽은 피가 팍팍 터져서 앉은뱅이도 벌떡 일어선다나?

  그러나, 나 대신 아버지가 먼저 쓰러지셨다. 천성산 살모사 일가족들을 누대에 걸쳐 전멸시켰으니 보복당할만도 하다. 우리 집 구석구석엔 온갖 독사 술과 각종 밀조주, 산삼뿌리 술까지 박물관 같이 늘어져 있다. 제일 첫째 오빠가 대학에 들어가자 우리는 결국 서울로 이사를 했다. 동남아 이민가정들이 몰려 있는 변두리 개봉동에 쪽방 하나 겨우 마련했다.

양산쪽 천성산 골짜기를 뒤덮던 그 많은 논과 밭은 소아마비 내 다리를 고쳐보겠다고 내 밑구녕으로 다 들어갔다. 그래서 오빠들은 물론 친척들에게 나는 고슴도치보다 더 눈엣가시였다. 지리산 뱀사골 바위굴 근처에서 살모사 떼들에게 물려 실신한 아버지를 찾았을 때는 이미 해골만 남았다. 그들이 얼마나 집요하게 보복했는지 겨우 일부 남은 머리털과 가랑이의 거시기 털을 보고 어머니가 남편임을 확인했다.

노련한 땅꾼이나 심마니들조차 가까이 하지 않는다는 그 먼 뱀사골까지 아버지는 매년 미군 군화를 신고 찾아갔던 것이다. 그 피묻은 뼈를 씻어서 선산에 묻고, 아버지 사진을 가사암 극락당에 올렸다. 삼오제가 끝나는 날 어머니가 혼잣말로 중얼거렸다. "무시라, 집안에 부정 탔구마 잉!"

막내오빠는 화, 목요일 점심 때만 되면 지리산 살모사로 돌변한다. 어머니가 된장 메주 맛을 볼 때처럼 안티플라민 젤을 푹 찍어서 이번에는 내 항문에 돌림빵을 친다. 그는 내 자궁과 항문을 번갈아 가며 조지는 것이다. 항문에 대고 그짓을 하기 시작한 것은 지난 달부터이다. 항문이 좁다며 문구점 커터칼로 그곳을 남북으로 푹 찢었다.

나는 고향 양산의 우리집 진도개 같은 자세로 다시 엎드려야 한다. 그는 수시로 체위를 강제로 바꾸었다. 덕분에 아직은 낯선 항문에서 쏟아지는 검붉은 피가 배꼽을 타고 목 밑가지 흘러와 방바닥에 떨어져 고이기 시작했다. 근친상간에다가 개 같은 체위의 수치심에 그 커터칼로 몇 번이나 내 손목을 긋기도 했다. 근친상간도 아니다.

'상간'(相姦)이라면 서로 좋아 하는 짓이지만, 이건 머 일방적인 성폭행이다. 몇 년이 지나자 이젠 어서 빨리 끝내주기를 하나님에게 기도하는 일밖에는 전혀 없다. 누가 어떻게 매번 피 터지는 이 고난을 풀어줄 것인가? 나의 두 팔과 두 발은 전깃줄에 묶여 있다. 두 발은 길이가 달라 그의 피스톤에 리듬에 따라 절뚝대었다. 그는 소아마비 병신의 가학성을 더욱 즐기는 것이다.

개 같은 변태. 내가 아무리 고함질러 봐야 소리가 안 나온다. 벙어리에다 귀머거리이기 때문이다. 소리 대신 깊은 상처난 개 같이 침을 흘리며 신음소리만 증폭댈 뿐이다. 내가 몸부림칠수록 가느다란 전깃줄이 손목 발목 살갗을 파고든다. 가능하면 꼼짝 않고 엎드려서 시키는대로 고분고분 따르는 게 상책이다.

처음에는 오빠의 손가락을 깨물고 목숨 걸고 반항도 해보았지만 완력에는 무력했다. 오히려 "요 빙신쌍년 좀 봐라!" 하며 피아노 줄로 사지를 더 옥죄어 묶었다. 모가지까지 묶어서 기절하기도 했다. 걸핏하면 도끼 같은 주먹이 날아왔다. 코피 터지는 건 예사다. 무엇보다 이 세상에서 누구도 이런 폭행에 대한 내 말을 믿으려 하지 않는다는데 있다. 참담한 현실이다.

차라리 그의 말만 잘 들으면 면돗날 같은 피아노 줄보다 조금은 편안한 가방 가죽띠로 묶어주기도 했다. 말은 못해도 눈빛만으로도 소통하던 유일한 어머니도 내가 10살이 되자 구파발 화장터로 실려 갔다. 오빠들 넷이나 괜찮은 직장에 다니고 있었지만 누구 하나 어머니를 양산의 선산, 아버지 곁으로 모시려고 하지 않았다.

어머니는 마지막 눈을 감을 때도 제발 아버지 곁에 묻어달라고 애원했지만 그냥 화장터에서 한강으로 매정하게 뿌려졌다. 그러나, 다행히, 천만다행하게도 어머니 뼈가루 항아리를 내가 몰래 빼내었다. 오빠와 삼촌들은 재수 없다며 그 빈 항아리를 나에게 던져준 것이다. 나는 어머니를 내방에 100일간 모시며, 어머니가 그랬듯이 매일 새벽 3시와 9시 그리고 12시, 하루 세 번 깨끗한 청수(淸水)를 올렸다.

그 청수 맑은 물은 일주일에 한번 동네 소아마비 할머니의 리어카를 얻어타고 근처 개봉동 뒷산 약수터 새벽물을 받아오는 것이다. 어머니는 당신의 딸 다리가 맑은 물 같이 깨끗이 회복되기를 갈망하는 것이다. 이제는 내가 어머니 영혼이 맑은 물 같이 깨끗한 곳에 가서 사시라고 갈구하는 것이다. 그 할멈은 그래도 나보다 덜 절뚝인다.

나는 어머니 뼈 항아리를 바꿔치기하여 우리 집 뒷마당 은행나무 밑에 몰래 묻었다. 원래의 항아리에는 모래를 담아 막내오빠 부부의 감시아래 63빌딩 근처 한강에 뿌리는 척했다. 그들은 자기 차에서 한강으로 내려오지도 않았다. 특히, 막내오빠 '육시헐'은 나를 더욱 저주했다.

구파발 A 사이버대학 사회복지학과에 출강한다는 그는 1주일에 두 번, 화, 목에는 이렇게 시퍼런 청죽 살모사로 돌변하여 공격한다. 학교에서 무슨 스트레스 받는 날이면 내 자궁에 대고 "총장새끼 개새끼! 이사장 새끼 깡패새끼!" 하며 더 지랄을 떤다. 그에게는 점심시간이 가장 안심이 되는 시간인 모양이다.

4시반이면 그의 아들이자 나에겐 조카가 되는 녀석 둘이 중학교에서 각각 돌아올 시간이기 때문에 그는 나를 공격하고는 서둘러 다시 대학으로 나가야 한다. 살모사에다 야생늑대 기질을 가진 그가 잔인하게 일을 끝내고 나가면 나는 더 바빠진다. 피를 닦아내야 한다.

벌써 몇 년 째인데도 피가 멎질 않는 것일까? 이젠 그곳 속 가죽도 가죽같이 단련이 됐을 텐데 말이다. 요즘 사회적으로 문제가 된 '옥시싹싹이' 통을 뒤집어 거친 비닐 바닥에 황칠한 검붉은 핏물을 씻어내야 한다. 늘어붙은 정액은 잘 씻겨지지도 않는다. 그 정액 속에는 내 소음순 살점조각도 더러 떨어져 나와 있다.

나는 원한의 지옥 같은 눈물샘을 닦을 새도 없이 조카들 저녁밥을 지어 먹여야 한다. 학원시간에 조카들을 늦게 보냈다간 올케에게 머리채를 또 끌려야 한다. 한번은 일찍 조퇴하고 돌아온 올케에게 미처 닦아내지 못한 그 피범벅을 들켰다. 강남 귀족 초등학교 교사인 올케가 1년 중 식구들 하고 저녁 식사를 같이 해본 적이 거의 없었기 때문에 나보다 막내오빠가 더 기절초풍 했다.

오후 3시 극적인 시간이다. 처음에는 초인종 소리에 택배인

줄 알았던 오빠가 거실 전화통 화면에 비친 자기 마누라를 보고 자지러졌다. 그는 팬티만 입은 채 뒷문 담을 넘어 줄행랑쳤다.

"엄머어? 이게 머예요?"

"앙아아... 엉엉어..."

"나도 요새 심장이 요동쳐서 조퇴했어요! 담배가 너무 심했나? 매실차나 좀 갖다 줘요!"

벙어리인 나는 내 밑구녕을 가리키며 소리 안 나는 소리를 쳤다. "아아, 그래유?" 올캐는 아마 내가 월경처리를 잘못하여 방바닥에 내지른 줄 알고 2층 자기방으로 도망치듯 올라갔다. 벌건 대낮에 팬티만 입고 도망치는 자기 남편을 2층에서 혹시 발견하게 되면 어쩌나?

가뜩이나 뒤뚱거리는 나는 매실차를 반쯤 흘려가며 올캐의 방문 앞에 던져놓고 도망쳤다. 너무 떨려서 얼른 구석진 내 쪽방으로 기어와 문을 걸어 잠갔다. 상다리가 부러진 앉은뱅이 내 책상 위에는 PC가 켜진 채 염불소리가 들렸다. 불교방송 BBC 화면이다.

"인간의 근성이란 살모사 같은 독사이디유, 근성이 바로 기질(氣質)입니다아, 기질은 태어나면서부터 또 하나의 생명이자 생물이디유, DNA가 업(業)이라요... 근성이 현대과학에서 말하는 DNA라유, 이 뿌리는 바꾸지 못합니다. 업보는 어떻게 해야 없애냐구요? 오로지 참 수행을 해야하디예, 머리를 팍 밀고 염라대왕 같은 길을 걸어야 소멸할까말까 하디유?...근성이란 지독

합니데이!"

　가사암 명현 스님이 목탁을 두드리며 설법하는 장면이 비쳤다. 그 지주 스님은 며칠 째 '화엄경 해설' 연속방송을 타고 있었다. 성당에 나가는 오빠네야 업보를 믿지 않겠지만 나는 믿고 싶다. 거짓말이래도 믿고 싶다. 불교보다는 불교철학적인 면이 더 마음에 든다.

　고오타마 싯달타에서 대해선 장애아학교 '두리하나'에 다니면서 좀더 깊이 있게 터득하게 되었지만 실은 어머니가 매달 지장재일이면 가사암에 갈 때 나를 업고 다녔기 때문에 온 몸으로 젖어 있었다. 그리고 두리하나 학교에서 새로 배운 유일한 즐거움이 페북과 인터넷이다. 어머니가 돌아가시자 오빠는 장애아학교도 끊어버렸다.

　등록금이 무료인데도 못 나가게 했다. 철저하게 가정부로만 써먹자는 것이다. 거기에다가 배설물통으로도 겸해서 써먹는 것이다. 나는 살모사 같은 맹독성의 옥시도 두 통이나 거꾸로 입에 물었다. 죽고 싶었다. 초여름 6월 초닷새는 어머니의 제삿날이다.

　그런데도 오빠네는 제사를 지낼 생각을 하지 않는다. 다른 오빠들도 기척이 없다. 벌써 몇 년째 어머니뿐 아니라, 아버지 기일도 없다. 배은망덕이다. 그렇다고 말 못하는 벙어리인 내가 워드로 쳐서 프린팅하여 오빠들에게 애원하면 도끼주먹들만 몰매로 날아올 뿐이다.

　그들은 우리 집 만석꾼 재산을 나 때문에 왕창 탕진했다고 손

신상성 · 근친상간

가락질만 할 뿐이다. 내가 스스로 한강에 뛰어내리거나 문지방에 목매달아 서서 자결하길 바랄 뿐이다. 나는 그들이 원하는 대로 양산초등학교 졸업반 때 농약병도 거꾸로 마셔보고, 이곳 개봉동에선 옥시통도 두 통이나 빨았지만 눈을 떠보면 또 벽이 허연 동네병원이었다.

만13살 때 막내오빠는 내 가랑이를 강제로 벌이고 그짓을 했다. 내가 처음 농약병을 뒤집은 날이다. 집에서 키우던 거위를 한 마리 팔러 시장에 다녀온 어머니가 밧줄로 부엌 문지방에 매여 있는 나를 발견하고 기겁을 했었다. 얼마 후, 그도의 수치심으로 두 번째 자살을 시도하던 날이었다.

그러나 오빠는 결혼을 하고 나서도 그 변태성을 고치지 못했다. 어머니가 악성빈혈로 피 토하며 쓰러질 때, 어머니는 나도 같이 저승에 데려가겠다며 시퍼런 부엌칼을 가져와 내 등어리를 쳐댔으나 정작 찌르지는 못했다. 국민의료보험으로 사실 빈혈치료비가 몇 푼 되지 않지만 네명의 아들들 누구도 병원에 업어가지 않았다.

결국, 화장실 막힌 구멍을 팍 뚫어주는 옥시통을 두통이나 마신 나는 다시 쓰러졌다. 마침 중학교에서 중간고사 날이라 일찍 돌아온 큰 조카가 119에 신고했다. 덕분에 동네병원에서 강제로 위세척을 하느라 지병인 신경성 위장병과 불면증만 더욱 덧칠했을 뿐이다.

그런데 의외로 더 큰 문제가 터졌다. 뜬금없이, 최소한 1주일에 한번씩 동네 주민센터 사회복지사가 정기적으로 우리집을 방문한다는 것이다. 그 동네병원에서 '소아마비 장애인 학대가 의심된다'며 신고한 것이다. 오빠는 그동안 장애인 신고를 의도적으로 누락시킨 것이다.

한달에 한번씩 의무적으로 나는 더 큰 구로동 고려대학병원으로 가서 정기검진을 받거나 전신 신체검사를 받아야 했다. 당연히 오빠가 전전긍긍 피똥 싸고 감추어둔 걸레쪽마냥 노심초사 불안해졌다. 그래서 성폭행 횟수가 확 줄어들었다. 더구나, 25세 성인장애인으로서 최저 생계비라며 몇 40만원씩 매달 내 계좌에 입금도 되었다.

아, 세상은 오래 살고 볼 일이다. 지하감방에도 볕 들 날이 있다던가? TV에서만 보던 사회복지가 어떻고, 국회 앞 장애인협회 시위가 어떻고 하던, 강 건너 일이 나에게 현실화 되다니? 나는 어머니가 묻혀 있는 은행나무를 끌어안고 밤새 소리없이 울었다.

어머니가 두리하나 학교에 넣어주지 않았더라면 컴도 페북도 몰랐을 것이다. 그러나 장애인들의 평균수명이 지금 내 나이 25세이다. 병 주고 약 주고, 좋다가 말았다. 더구나, 비밀서랍에 꼭꼭 감추어둔 내 비밀통장을 찾아낸 오빠는 그 장애인수당도 채갔다.

2

"애, 갈공유 회장 싸모님! 아니 마누라야, 저것 좀 봐, 짱민서! 그 기집애 TV에 또 나왔네? 이번엔 미국 헐리우드에서 잘 나가는 손아래 10년차 남자를 캭! 물었다며? 애걸복걸 하던 장 거시기는 이미 차버린 모양이야?"

"찬 게 아니라, 채인 거지 머, 헐리우드에서 또 몇 년 살다가 빌딩 한 채 위자료로 뜯어내겠지 머? 살모사 같은 맹독 꽃뱀이야! 걘 우리 여고 동창들 중엔 좀 별나잖니? 여고 1학년 때부터 휴대폰 채팅으로 유부남들 등쳐 먹었으니까?"

"고년에겐 껌 값이야, 바로 내 옆 짝궁이었잖아? 즤 삼촌이 모 TV 연예계와 썸씽하면서 여자 장사하는 기획사 약어빽 덕분이지 머? 그 LA 젊은 배우한테는 애 하나 낳아주고 아마 몇 천 억을 뜯을 걸? 쇠푼이라면 자식까지 팔아넘기는 꽃뱀이니까?"

"나두 요새 나훈아에다가 장동건을 겹친 것 같은 놈팽이 하나 잡았다아? 아니, 스스로 글러들어온 거야, 몸 주고 쇠푼 주고...너두 한번 볼래? 좀 있다가 올 꺼야!"

한국 최고재벌 싸모님과 최고 인기배우들과의 불륜 스캔들로 얼룩진 TV 화면을 보며 대학교 이사장 마누라와 교육부장관 여편네, 두 중년 여인들의 금박어금니 소리가 시끄럽다. 롯데재벌 형제간 싸움이 이런 고급 참새들의 입방아를 더욱 즐겁게 씹어주고 있다.

신씨 형제간의 피비린내는 재산싸움은 90 고령의 창업주 아버지 신격호 회장까지 치매냐, 정신병이냐 증거문제로 법정과 병원 등으로 끌고 다니고 있다. 한-일 뉴스 카메라 부대들은 신나게 확대 망원경 렌즈를 들이대고 있다. 롯데가 한국 꺼냐, 일본 꺼냐.

맹랑하고 허접한 씨알머리 장난이 재벌 집안에서부터 정치권까지 한국사회는 지금 관음증에 매몰되어 있다. 얼마 전에는 한국의 하늘을 통째로 주름잡고 있는 칼(KAL) 집의 큰딸이 무당 칼을 빼들고 갑질 춤을 신나게 추었다. 그 얼마 전에는 또 전 세계 최고의 대형교회인 여의도 모 교회에서는 아들이 즤 어머니를 고발한다며 날뛰기도 했다.

차기 대통령의 강력한 후보 모의 사위는 아편 혐의로 대검을 뻔질나게 드나들고 있다. '한국최고'라는 대명사에는 대역죄 또한 최고로 태극기를 휘날리고 있다. 이런 최고의 대형범인들을 확실하게 처단해야 할 소금창고인 법조계는 또한 코미디 같다. 서울 최모 부장판사가 뒤를 봐주고 100억을 꿀떡하고, 제주지법 부장판사는 길거리에서 용감하게 쏘시지를 드러내 놓고 다니기도 했다.

판사들만 판을 치는 것이 아니라, 전 대통령을 조진 하바드 대학출신 모 부장검사도 몇 백 억의 주식을 꼴까닥 하다가 목구멍에 걸렸다. 전 대통령 아들은 '귀족노역'으로 하루 일당이 4백만원이란다. 전부 '최고로 태극기를 휘날린다.'

"차, 자하에 대령했습니다!"

'육시헐' 교수가 바닥에 납짝 무릎꿇고 앉은 씩씩하게 아뢰었다. 아프리카 정글에서 막 도착한듯한 까무잡잡한 사내가 큰 소리로 외쳤다. 만화 같은, 애니메이션 동물 캐릭터 같은 정치계, 경제계 거물들이 검찰에 출두하는 모습을 대형 TV '재방'으로 보고 있다가 깜짝 놀랐다.

갈공유 사이버대학 이사장 사모님은 육시헐 교수의 얼굴에 시퍼런 담배연기를 홱! 뿜으며 "니 차야, 내 차야? 헷갈려?" 하며 뾰쪽구두로 그의 정강이를 가볍게 걷어찼다. 벌써 아편 담배가 뇌 속을 흔들고 있다.

"야, 차 집사! 여기 유명한 P여고 내 동창생이야, 인사드려! 얘 바깥양반은 현 실세이자 교육부장관이야, 올 봄에 별 달았지렁…"

육시헐은 아예 바닥에 무릎 꿇은 채 다시 큰절을 그 친구에게 올렸다. 출세를 위해서라면 이깟 무릎 운동쯤이야? 이런 여편네들 치고 배꼽 아래에 눕혀놓고 몇 번 조지고 나면 이후, 그쪽에서 먼저 백지수표가 빵빵 팀으로 날아든다. 빵이 7개만 나타나도 몇 천만원이다.

그는 행행! 코 푸는 흉내를 내며 그 싸모님들을 멸시했다. '큿, 갱년기 지나 썩은 냄새만 나는 늙은 여우덜…내 소아마비 빙신 여동생보다 더 맛대가리 없어!' 속으로씨부렁대며 노려보았다.

"야, 너 꺼내 봐!"

"네에?" 차 교수는 주위를 한번 돌아보더니 훌렁 바지를 내렸다. 검붉은 쇠말뚝이 노엽게 두 중년 여인들을 올려다 보았다. 휘둘러 보아야 회원제 비밀 레스토랑이다. 더구나 이런 오후시간에는 특별손님도 별로 없다.

"야, 오랜만에 만났는데, 지금, 우리 낙산사 바람 좀 쏠래?"

"얘, 니가 전화 걸 때부터 감 잡았지렁? 내 거시기도 이미 건너편 빌딩 지하 차 속에서 대기하고 있다. 너만 이런 장동건 있는 줄 아나벼?"

"원래 너두, 여고시절부터 쨍민서, 걔보다 더 시끄러웠쟎아, 퇴학 문턱까지 가고 힝, 지나 나나 가방줄 짧았지 머??"

낙산사 동해바다는 늘 맑아서 씨원하다. 삼팔선 쪽으로 조금 올라가면 갈공유 마누라의 비밀별장이 있다. 벌써 몇 라운드인가? 육시헐은 왼쪽 눈을 감싸안고 쓰러졌다. 갈 부인은 어어! 씨원허다아! 창 밖으로 먼 수평선을 바라보며 차의 배꼽을 다시 이단 옆차기로 걷어찼다.

차는 으악! 때굴떼굴 굴렀다. 일부러 꾀를 부리기도 하지만 한때 태권도 국가대표 후보로도 뛰었던 그녀의 발차기는 사실 도끼날이다. 그녀는 원래 머리가 된장 덩어리여서 체육전공으로 대학 갈 수밖에 없다. 집안도 가난하고 머리도 짠돌이어서 대학 입시 낙방 후, 동해안 일대를 방황하기도 했다.

어쩌다 쩐 많은 영감 눈에 띄어서 팔자 고친 것이다. 그 영감 갈공유가 태권도 훈련으로 바다 갈매기 같이 몸매가 쑥 빠진 그녀를 처음 만난 곳도 이곳 낙산사 뒤뜰 관세음보살상 돌부처 앞이다. 인연일까, 악연일까? 그녀는 권투 글러브를 낀 채 발끝차기로 교묘하게 차의 전신 급소에만 정확하게 내지른다.

차의 고통은 두 배이지만 상처나 흔적이 잘 안 나타난다. 격투기 고단자들의 고수이기 때문이다. FBI 등 고도의 전문적 고문형사들은 절대 피의자에게 상처나 고문 흔적을 남기지 않는다. 강인한 차의 코와 귀짝, 그리고 갈 싸모님의 코와 얼굴에도 어느 새 땀과 핏물이 수돗물로 콸콸 쏟아졌다. 오늘은 좀 심했는가?

서로의 허벅지에도 몇 군데 시커먼 멍이 눈에 띄게 잡혔다. 땀과 코피로 뒤범벅이 된 둘은 서로 홀랑 벗겨주었다. 이제는 반대로 육시헐이가 갈의 머리채를 감아 끌었다. 사면 벽에도 머리통을 찧었다. 맨 몸의 두 남녀는 유도로 업어치기도 하고 레슬링으로 팔다리 뼈를 꺾기도 하면서 더욱 강렬하게 치고 받았다. 심각한 가학증이다.

마리화나에 최신 태국산 잠자리날개 아편을 서로 빨았다. 온몸을 빨았다. 머리 끝에서 발 끝까지 핥았다. 옆 방의 장관 마누라 짝도 불렀다. 서로 교체하여 다시 불 붙였다. 한 구멍에 두 개의 쏘시지를 넣기도 하고, 한 개의 쏘시지에 두 개의 구멍이 번갈아 올라타기도 했다. 극도로 음란한 난장판이다.

그 다음 순서는 더욱 가관이다. 엘리베이터가 최고 전망대에 순식간에 올랐다. 색안경의 경비가 체크하는 철문을 두어 개 지나자 온통 황금색의 양귀비 방이다. 이미 3십여명의 청년들이 나체로 빵둘러 서 있다. 방 한복판은 선녀탕이다. 갈 이사장 마누라, 교육부장관 여편네, 그리고 미리 와 있던 대현 미술관장이자 재벌부인 등이 와아, 속옷을 벗어던지고 계란선녀탕으로 뛰어들었다.

근육질의 청년들이 1:10으로 분담하여 거들었다. 합동단체 혼잡교류 섹스가 시작되었다. 최신 째즈와 고전 명곡이 번갈아 터졌다. 근처엔 초호화판 여성전용 요정이 더 있다. 인간이 마지막으로 하는 쾌락에는 어떤 짓거리가 있을까? 먹는 것, 입는 것, 자는 것, 즉 의식주가 일체가 다 만땅에 만만족하게 되면 그 다음 남는 짓거리가 무엇일까?

노름, 경마, 섹스 또는 수 조 원 대 골동품? 그러나 그런 고물인지 보물인지 골동품도 햇볕 한번 못 보고, 평생 지하 비밀창고 속에 숨어 있다가 사람만 저승으로 가는 것이다. 인간이나 골동품이나 과연 무슨 존재가치가 있을까? 성삼, 대현, 대못 재벌 그룹들 마나님들이 관장으로 깔고 뭉개고 있는 미술관 지하창고에는 대관절 뭐가 숨어 있을까?

가짜인지, 진짜인지도 모르고 모두들 쉬쉬 하고만 있다. 인간도 보물도 세상도 모두 모르는 것 뿐이다. 그래서 무슨 의미일까? 천리안을 가진 고오타마 싯달타는 알까? 기적을 일으키는 예수 그리스도는 알까? 천하를 호령하던 역사 속의 제왕 또는 고금도서의 재벌들은 아편으로 대개 마감하고 있다.

물론 일부이겠지만 억, 억, 억대 값의 아편을 억수로 몰래몰래 피우다가 억울하다며 참새 눈물을 흘리며 무덤 입구에 가서 땅을 치고 눕는 것이 지금도 반복되고 있다. 느기미 '이 뭐꼬?' 낙산사 입구 돌팍에 목탁소리가 들릴 듯 말 듯 반사되고 있다. '이 뭐꼬?' 법어가 새삼스럽다.

금강경에서는 '인생이 참 허무하다' 고 무참하게 비관했지만, 화엄경에서는 '그래서 역시 인간은 존귀하다' 며 살 가치가 있다고 주먹을 높이 올렸다. 육시헐이가 번뜩 소스라쳐 깨어났을 때는 벌써 낙산사 앞바다가 먹구름을 끌어안고 있었다. 점심도 안 먹었는데 벌써 저녁 8시이다.

하루 종일 연놈들이 헐레 지랄만 떤 셈이다. 산문(山門) 입구 사신상 도깨비에게 쇠몽둥이로 이마를 얻어맞고 정신이 든 차는 싸모님 둘을 찾았다. 아직도 아편중독 유토피안 혼수상태에서 헤매고 있다. 차는 핸폰으로 대리기사를 불렀다.

먼저 갈 마나님부터 워커 힐 아파트까지 내려드리고, 장관 마나님도 대치동 79억짜리 아파트 입구에 세워드렸다. 그러면서 차는 그 장관 마나님의 핸폰을 핸드빽에서 찾아내어 자신의 핸폰에 날캉 찍어두었다. 교육부장관이면 언젠가 필히 써먹을 계기가 올 것이다.

'혹시 사람 팔자 누가 아나? 내가 총장후보로 착 올라갈지? 좋게 말해서 안 들으면 그녀들의 나체사진이 인터넷에 올라가면 결정타가 될 수 있다. 카톡에 맛배기만 몇 장 보내주어도 껍벅 기절할 것이다. 제기랄, 세상 참 요지경이거덩?' 차는 득의에 차서 열 손가락 뼈마디를 꺾으며 스스로의 아이큐에 만족했다.

갈공유 회장이자 이사장은 육시헐 교수이자 집사를 불렀다.
그는 차를 대포폰으로 불렀다. 둘만이 쓰는 별도의 극비 핸폰이다. 육시헐은 갈 이사장에게 미리 '며칠휴가' 결재를 받았었다. '어제 큰 형님이 갑자기 돌아가셔서 고향 속초에 내려갑니다'고 문자를 띄웠던 것이다. 허락이 아니라 일방적인 문자 통보였다.
"머야? 장례식도 안허구 벌써 올라왔능가벼? 거기 구파발이제, 니 오늘 일정이 다 찍혀 있어! 빨랑 이리 오더라구 잉!"
"아니, 형님이 눈을 감았다고 해서 폐암으로 영 가셨는지 알았는데, 낙산사 아니 속초에 내가 도착했더니 다시 눈을 뜨던대요? 죽기 전에 내가 보고 싶어서 거짓 부고 띠운거래요? 쳇,"
"빨리 드르와! 벌써 내일 모레가 월말이야? 이번 달 경매물건 등기부 정리 좀 해보랑께, 지난 주 화천 임야가 워째 잘 안 씹혀 뿌려...? "
다행히 갈 이사장은 '선능재단 이사장 비밀 사무실'에 있었다. 그러나 차는 좀 찜찜하다. 갈 싸모님의 핸폰이 계속 꺼져 있었기 때문이다. 변덕이 심한 갈공유 남편에게 또 올빼미(미행) 당하여 뭇매를 맞았을 지도 모르기 때문이다. 요새 핸폰은 상대

신상성·근친상간

방의 위치와 간판이름까지 찍혀나온다. 갈 두목이 휙! 던져준 핸폰에는 낙산사 별장사진이 언뜻 비쳤다. 오금이 저린다.

"그 핸폰에 그림을 보멩 관할 서대문세무서에서 요상한 게 날아왔는디? 특별감사가? 느기미, 개나발 분당겨, 언놈이 또 투서를 했능가벼 잉?"

"교육기관이란 게 원래 면세 사업장 아닙니까?"

"내 말이 그말이여, 툭! 허면 미친년 볼기짝 두드리듯 허니 말여? 그 새까이딜 세종대왕 똥냄새가 또 필요헝가베 잉? 지난 달에도 백지수표 던져 줬는디..."

아편 특유의 달콤한 냄새와 파란색 연기가 25층 지상 사무실인데도 방안을 더욱 몽롱하게 만들었다. 갈 이사장은 세 번째 비밀장부를 꺼내 던졌다. 아무리 아편에 취해도 이 붉은색 장부 겉표지만 보아도 눈알이 반사적으로 튕겨 나온다. 선능역 W 호텔 뒤에 있는 이 극비 아지트는 육시헐 출세의 목숨이 걸린 곳이기도 하다.

육가가 갈의 눈에 들어 5년만에 그의 재산총관리인 '집사'까지 겸하게 된 것이다. 비서실장 겸 사회복지학과 교수이자 개인 집사인 셈이다. 그렇게 고속승진에는 육시헐의 무용담이 결정적이었다. 이사장 취임식 얼마 후, 갈공유는 이미 뒷조사를 끝낸 몇 명의 교수를 강남 초호판 노래방으로 불러내어 공로패와 함께 극진한 환대를 베풀어 주었다.

그런 분위기에선 차의 쑈가 또한 맞짱 붙었다. 부동산 건달

갈공유 이사장은 공고를 겨우 나왔지만 사기성 두뇌회전은 빅 데이터 뺨친다. 세기적 사기꾼 두 명의 만남이니 그 날카로운 톱니바퀴가 맞물려 얼마나 잘 돌아갔겠는가? 같은 차의 대담한 '사기성'을 또 사기치자는 선견지명이다. 갈은 자기 돈 하나 안 쓰고 순전히 대갈통만으로 쇠푼을 굴린다.

싸구려 임야를 담보로 해서 은행채권으로 돌리는 고도의 수법은 명동 사체시장에서도 유명하다. 때로 결정적일 때는 공갈과 주먹도 춤춘다. 이승만 자유당 정권 때는 전설의 유지광 사단의 부두목 출신이라며 담당 부장검사를 협박하여 오히려 역으로 그를 영창에 보낼 정도로 똥배짱이 있다.

이미 건달세계에서는 전설로 다 아는 사실이다. 갈이 누구든 영창 보내는 거야 간단하다. 뒷주머니 뒤집어서 먼지 안 나오는 공무원이 어디 있는감? 부장검사 위에 검사장, 검사장 위에 감찰부장, 또 그 위에 법무부장관 또, 또 그 위로 손 쓸 구멍은 얼마든지 있다.

단지 위로 갈수록 백지수표에 공을 하나씩 덧붙이는 게 문제일 뿐이다. 이 세상에서 쩐 앞에서 무릎 안 꿇는 놈은 없다는 게 그의 지론이다. 갈공유는 또 수도권 명물 땅, 크고 작은 명당을 먹튀로 쥐고 있다. 특히, 문선재단의 사령관 저택인 청평호반 근처의 임야 약200만평도 있다.

그 재단 고위층에서는 경호상 꼭 필요하다며 집요하게 대들지만 그는 수 천 억을 준대도 그냥 버티고 있다. 그러나, 세상에는 돈만으로 안 되는 것도 있다. 바로 '사랑'이다. 돈으로 여자는 사지만 사랑은 살 수 없다. 돈으로 아내도, 자식도 살 수 없다.

갈공유는 '구파발 A사이버대학'도 약13년 전에 똥값으로 나꾸어챘다. 그 1등 공신이 바로 육시헐이다. 대학 설립자이자 초대총장은 육시헐의 대학 선배이다. 자기를 10여년간이나 뒤를 봐주고 키워준 그 선배를 간단하게 배신한 것이다. 육가는 전임교수 발령장을 손에 쥐자, 이튿날로 신입생들을 앞세워 폭동을 일으켰다.

그 A 대학설립자 선배가 쇠푼이 떨어진 것을 안 것이다. 이제 그 선배에게서 피 빨아먹을 게 떨어졌다. 그러나, 사이버대학은 이미 교육부로부터 정식으로 개교인가와 학생모집 허가가 떨어졌기 때문에 저절로 굴러간다. 홍보만 걸쩍하게 널려서 신입생만 받으면 물레방아 마냥 매년 돌고돌아가는 황금마차이다.

육시헐은 단칼도 요때다 싶어 오랫동안 같이 공모해온 기한유 교무처장과 함께 불질러버린 것이다. 방화범에는 근처 건물의 지방신문 백여우 칠칠이 영감도 합세하고 동료 여자 신임교수와 그 남편도 끼어들었다. 그 남편 강철노조 공동위원장은 음험한 '배신방'의 야외 사령탑으로 매일 '파괴공작 지령'을 내려 보낸다.

그것을 바탕으로 기한유 교무처장이 기획을 하고, 육시헐 교무과장은 행동대장으로 붉은 띠를 메고 복도로 나가 으쌰! 으쌰!를 선동했다. 출세를 하려면 결정적인 안타를 확실하게 날려야 한다. 의리고 나발이고 무슨 개떡이냐? 무슨 극락이고 지옥이고 지랄들이냐? 신분상승에는 갈공유 같은 대부가 육시헐의 위대한 우상일 뿐이다.

유비도 결국 관우와 제갈량에게 놀아난 꼴이다. 선(善)이란 이 세상에서 쓰레기 통 속의 썩은 피 묻은 월경대일 뿐이다. 차의 교무실 떼거리들은 구파발 사이버 대학에 출근하면 제일 먼저 노랑 리본과 붉은 띠를 머리에 매고 복도에 드러눕는다. 5층 건물 곳곳에 색색가지 찬란한 깃발과 팻말을 줄줄이 내린다.

학교재단 횡령자 황희 이사장을 감옥에! 신입생 등록금 횡령자 송매천 총장을 교도소에! 선량한 교직원들은 몇 달째 월급도 못 받고 있다아! 갓난애기 우윳값 내놔라! 교육부 썩었다아, 왜 감사를 안 내려오느냐? 신입생 등록하러온 학부모와 신입생들은 기겁을 하고 도망갔다.

이렇게 선배 설립자의 피를 말려야 한다. 백여우 지방신문 칠칠이 안산지역 신문 사장도 카메라 푸래쉬를 연방 터뜨려 대었다. 불 난 집에 휘발유 끼얹은 것이다. 아무리 지방신문이지만 이 지역에서 톱으로 나가면 이 대학 어찌되지요? 그리고는 또 광고비 명목으로 수쭉 뜯어가는 좀비 수법이다.

육시헐은 기한유와의 대학보직 조직표 조각도 이미 짜놓았으며 혁명적 시나리오도 철저하다. 기 교무처장의 외삼촌이 논산 땅 일부를 팔아 이 사이버대학을 인수하면 기한유가 총장, 차가 부총장, 강철노조 마누라 교수가 학생처장 등으로 나누어 먹자는 것이다.

영계의 털도 안 뽑고 통째로 잡숫자는 것이다. 이미 설립자의 친한 친구인 철사기 기획실장은 오늘 설립자의 아파트에 경매딱지 등을 붙일 것이다. 제아무리 40년간 우정이라도 쇠푼 앞에서는 똥 묻은 헌 신발짝에 불과하다. 그러나, 벌써 석달째 농성 중이지만 교육부에서는 아직도 감사가 내려오지 않는다. 사실 이제 막 시작한 신규대학에 무슨 횡령할 돈이 있겠는가?

그러나, 우리들은 우선 파괴하고 싹 불질러 보는 것이다. 황희 설립자는 이미 자금이 고갈될대로 고갈되었다. 이때 혜성 같이 나타난 것이 갈공유 회장이다. 그와의 연결고리는 황희 선배와 같은 대학 연극학과 후배이다. 처음에는 정식으로 인수인계 협의를 해나갔다.

그러나, 강 사장의 재정적 약점을 짚어낸 갈공유는 육시헐을 점 찍었다. 과부는 과부를 첫눈에 알아낸다고 사기꾼은 사기꾼을 제대로 잡아낸 것이다. 노련한 갈이 차의 휴대폰에 문자를 보냈다. 그를 광화문 일식집에 불러내어 100억짜리 이 사이버 대학을 절반으로 후려치라는 지령이었다. 그 공으로 아예 총장 자리에다가 재단이사도 보장하겠다는 사탕발림이다.

'어어? 요것 봐라, 이참에 기한유 선배도 젖혀버리고 내가 바로 총장으로 오를 수도 있겠구나! 나는 우선 행정직원들을 내 쪽으로 끌어들여 기 선배 패거리와 맞불을 놓으면 뭐가 되겠구만...' 차의 대갈통이 쌩 돌았다. 기한유 등 기존 교수들과의 '배신방 확약서' 등은 라이터로 간단히 태워버리면 그만이다. 그나나나 배신 때리기는 피장파장이다. 한달째 내분이 불꽃으로 튀었다.

결국 약100억 짜리 대학을 절반 세일하여 50억으로 강제 도장을 찍게 하였다. 설립자 황희 선배는 교직원 월급도 몇 달 밀리자 검찰과 노동부에도 불려다니기 시작했다. 참새 사지를 찢어발기는 작전이다. 20억으로 찜 쪄 먹으려던 기한유 처장 외삼촌도 손들고, 구파발 토박이 목욕탕 주인을 앞세워 25억으로 나꾸어 채려던 칠칠이 영감도 나가 떨어졌다.

그러나 누구도 갈공유와 나의 극비작전을 눈치 채지 못했다. 여기까지 어쩌구... 하는 육시헐의 사기적 무용담을 갈공유는 칭찬하는 척하며 그를 1등 공신 공로패에다 나중에 비서실장 그리고 집사까지 고속승진 하게 된 스토리텔링이다. 강남 노래방은 그래서 밤새도록 뒤집어졌다.

3

갈공유는 구파발 사이버대학을 코도 한번 안 풀고 집어먹었다. 인계인수가 진행되었다. 모든 게 변호사 사무실을 거쳐 정식 재단이양 서류가 완벽하게 끝났다. 교육부장관의 마지막 단서가 한줄 덧붙이기로 혹마냥 달려 있었지만 사랍대학을 즤덜이 끝까지 고집 부릴 수는 없는 게 민주주의 국가이다.

그 혹이란 '인계인수 내용에 관한 계약서'를 빠른 시일내로 제출하란 것이다. 그러나 갈공유는 자기 손으로 글자 하나 남기지 않았다. 그러한 흔적이 잘못 되면 큰 화근이 된다는 걸 그는 검찰과 영창을 드나들면서 익힌 법망(法網)탈출 비상구이다. 한 달 후, 갈공유 새 이사장은 기존 교수들과 행정직원 전체를 처음으로 집합시켰다.

제일 먼저 육시헐 교수가 의기양양하게 총장실로 들어섰다. 새로 리모델링한 총장실은 장관실 못지않게 화려하다. 커튼 뒤로는 간이침대도 누워 있었다. 마리화나 담배통도 꽉 채여 있을 것이다. 그러나 갈공유는 가지 않고 새 비서실장인 자기 동생을 대신 보냈다.

기질적으로 많은 사람들 앞에 서는 게 싫다. 영창에서 한번 놀란 놈은 솥뚜껑만 봐도 자지러진다고 했던가? 이미 기한유 교무처장 등 모두가 새 이사장을 기다리며 회의실 탁자에서 긴장하고 있었다. '저기는 내 자리여, 어? 근데 총장 책상 위에 당연히 놓여 있어야 할 내 이름 팻말이 왜 안 보여?

아, 갈공유 이사장이 접때 강남 대형 노래방에서 마냥 직접 총장팻말을 들고와 나에게 전달식을 가지려고 하겠지?' 김칫국부터 마시려는 육시헐은 넥타이를 다시 고쳐 매었다. 그러나 한 시간이나 늦게 도착한 이사장 아니, 비서실장인 그의 친동생이 두터운 서류를 꺼내었다. 두꺼비 눈알 같은 약30여명 교직원 눈도끼들이 낯선 난장이 사나이의 서류에 꽂혔다.

"사정이 좀 바뀌었습니다. 새 이사장님은 지금 교육부에 있습니다. 대신 제가 급히 엄명을 받고 내려오느라 좀 늦었습니다...양해 바랍니다."

침이 꼴깍 넘어가는 소리가 빈 공기에 먼지를 일으켰다. 무슨 사정이 돌변되었다는 말인가?

"여기 계신 교직원 여러분들 가운데 지금 호명하는 분들만 남아 주세요. 나머지는 각자 자기 자리로 돌아가 계속 업무를 봐 주십시요!"

이번 사이버대학 강탈! 일등공신, 교수들과 직원 일부가 남았다. 불길한 공기가 비서실장 눈빛에서 예리하게 칼질해댔다.

"검찰에서 교육부로 통보된 '구파발대학...허위날조에 대한 집단 인사조치 공문'입니다. 여기 남아 있는 여러분! 낮도깨비인지, 밤도깨비인지, 내일부터 출근정지입니다. 사직서는 쓰든말든 자유이지만 총무처에 제출한 사람들에게만 그동안 3개월 밀린 급여를 지급합니다."

어어어? 기한유 교수가 먼저 쓰러졌다. 그 다음 즉 아버지가 안기부에 있다며 목에 힘줄 세우고 다니던 짱 교수가 기 처장 머리 위로 쓰러졌다. 확실하게 뒤통수를 맞은 것이다. 갈공유는 목적이 성취되자 확인사살까지 한 것이다. 그 동안 이 신규학교를 불법시위 등으로 '공무방해'한 교직원들을 몽땅 뒷조사하여 모가지 친 것이다.

후환을 없게 하려고 검찰에도 '위계에 의한 협박공갈죄, 집단 선동죄, 집단무고죄 등' 십여 가지를 고발해 놓았다. 이미 감옥을 들랑거리며 별을 몇 개 달았던 갈공유의 머리가 얼마나 기똥차게 천재, 만재적인가? 사기죄에 관련된 법조문과 행간사이 구멍도 손바닥 들여다 보듯 꿰뚫고 있다.

그리고 이렇게 자기 같이 '배신자' DNA를 선천적으로 가진 연놈들은 새로운 자기 재단으로 넘어와도 또 골치 아플 게 뻔하다. 또한 자기 가슴에 언젠가는 회칼을 들이대고 회칠할 것이란 걸 잘 안다. 손자병법에도 나와 있는 비기(祕記)이다.

이후, 차돌뱅이들은 백여우 칠칠이 신문사 사장실에서 몇 달을 죽치고 앉아 경찰과 검찰에 불려다니는 게 일과였다. 그러나, 육시헐은 달랐다. 그는 막다른 골목에 닿아도 돌멩이를 들고 일서는 청죽 살모사이다. 그는 며칠 후, 갈공유 새 이사장의 워커힐 아파트 초인종을 대담하게 눌렀다. 물론, 갈 이사장 승용차가 밖으로 나가는 것을 확인한 후, 딩동댕 동화 같이 누른 것이다. 현관 초인종 화면에 대고 소리쳤다.

"싸모니임, 예에! 하와이에서 특급 우편물이 왔네유? 직접 집주인의 싸인을 급히 받아가야 됩니데이...잠깐이면 됩니데!"

갈 부인이 아직 속옷 차림인 채 급히 문을 열어주었다. 육시헐은 즉시 바닥에 냉큼 무릎을 꿇었다. "아니, 이게 머하는 짓이에요?" 비명소리에 가정부가 안에서 뛰쳐나왔다.

"싸모니임, 죽을 죄를 졌습니다. 살려주세여!"

"아니, 어떡해, 그럼 잠깐 들어오세요?"

쏜살같이 쳐들어간 육시헐은 다시 넙죽 큰절을 몇 번이나 조아렸다.

"아니, 젊은 양반, 무슨 일인지 차분히 얘기하세요. 자네는 이층으로 올라가 계속 청소기나 마저 돌리게! 별 일이야?"

"저는 도깨비가 아니고 분명 사람입니다. 그리고 사이버대학 새 이사장님에게는 엄연히 일등 공로 교수입니다!"

"아니, 우리 남편이 또 무슨 일을 저질렀나요?"

"엘리자벳 여왕 같은 싸모님, 그기 아니고 예에, 어쩌구..."

그 다음 레퍼토리는 노련한 보험왕마냥 갈 부인 마음을 홀랑 뒤집어 놓았다. 그 다음부터는 아예 가정부도 없는 시간을 노려 차는 쳐들어갔다. 그는 약 1주일 전부터 갈 이사장의 일과를 요일별로 철저하게 체크했다. 그의 여자를 유혹하는 수법도 살모사 같다. 두 달만인가? 벌써 초겨울로 접어들었다.

한강이 내려다 보이는 워커힐 아파트 뒷산은 빨간 단풍이 유혹적이다. 가을바람과 함께 갈공유 마누라 드레스 밑으로 한번 쳐들어간 손가락 장난은 낙산사 비밀별장까지 이어지게 된 것이다. 차에게는 그의 여성 순례 경험에 비추어 별 어려운 일도 아니다. 특히, 부부사이가 안 좋은 과부 아닌 과부들은 단 한번의 저격에도 감동한다.

설사, 강간한데도 대개는 수용한다. 아니, 캭! 강간당하는 걸 그리워한다나? 별 육욕에 별 지랄 떠는 것이다. 육시헐은 부장검사실에서 벌써 몇 번째 대질심문을 받았다. 구속이냐? 무혐의냐? 분통이 터질 일이다. 분명 육시헐의 눈에 찍힌 이 조폭의 노랑머리와 그리고 어깨와 등허리 문신을 확인했는데도 이 녀석은 딴청 부리는 것이다.

또한, 이 친구는 갈 이사장의 개인 경호원 중 하나이기도 해서 이미 잘 알고 있는 사이인데도 녀석은 껌을 꺼억꺼억 씹어가며 능글능글 비웃기까지 한다. 조폭 세계에는 이유없는 폭력이 의리이다. 늘 두목의 눈짓 하나로 모가지가 왔다갔다 하는데 무슨 의리가 개나발인가. 배신에 배신뿐이다.

"나는 지난 달 그믐날 밤, 절대 낙산사에 간 적이 없습니더예! 이 친구 정말 뽕 간기 아잉겨? 쌩사람 잡아와서 곤욕 치르게 하네에? 씨팔..."

"그날, 그 시간대에 어디 있었어요?" 젊은 수사관은 송곳같이 찔러대었다.

"W 건물 10층 영화관에서 '태극기를 휘날리며' 봤지예, 지난번에 제가 제출한 영화표 두장 가지고 있지예? 또 한 장은 내 애인끼라예에!"

갈 싸모님의 비밀별장을 다녀온 후이니까, 바로 지난 달 사건이다. "내 아래 쏘시지가 없어졌다아 앙!" 차는 밤 하늘에 도깨비 같이 혼자 소리치며 울부짖었다. 어쨌든 차는 경희대 응급실에서 강제로 잘려나간 쏘시지를 다시 갔다 붙이긴 했다. 검찰의 호출로 병원에서 잠깐 출두한 것이다.

이 노랑머리 문신조폭은 영동고속도를 달려서 낙산사 근처의 야산으로 차를 납치해간 것이다. 거기에는 몇 명의 건달들이 이미 대기하고 있었다. 그리고 휴대용 전기톱으로 장난하듯 차의 쏘시지를 간단하게 절단하고 유유히 사라졌다. 휘파람 불며 바닷가 쪽으로 내려가는 걸 육시헐은 잊지 않고 핸폰으로 찍어놓았다.

그들은 육가의 소아마비 누이동생마냥 차의 팔 다리 네 개의 사지를 소나무에 꽁꽁 묶었다. 그리고 바위 위에 눕힌 차의 쏘시지를 윙! 간단히 날려버렸다. 핏물이 잠깐 날렸지만 그 험한 산중에서 본 사람은 아무도 없다. '이 머꼬?" 하는 낙산사 입구 돌팍만 반사되어 메이리 칠뿐이다.

고래고래 고함질렀지만 낙산사 비밀요정 골짜기는 늘 보름달 메아리만 반복될 뿐이었다. 차는 핸폰 후래쉬로 잘려나간 거시기를 다행히 찾았다. 살아 있을 때와는 달리 잘려나간 쏘시지는 미꾸라지 시체보다 왜소했다. 피똥을 싸대며 핸폰의 T맵 택시를 불렀다. 119와 114도 무조건 두드렸다. 착하게도 근처의 소방서 불자동차가 경희대 응급실까지 달려갔다.

냉동부스의 육시헐 쏘시지가 급행으로 실려왔기에 망정이지 무참하게 저승으로 갈 뻔했다. 육시헐은 위급한 상황에서도 핸폰 사진 앱을 자동으로 열어놓았다. 나중에 검찰에 제출한 동영상 증거물에는 그들의 얼굴과 차량번호 등 일부가 찍혀 나왔는데도 이 문신조폭은 끝까지 부인했다.

육가는 홧김에 검사실을 뛰쳐나와 선능으로 달렸다. 죽기 아니면 뻗기다 느기미 갈공유 대갈통을 박살내고 나도 끝내자... 그가 서초동 검찰청에서 선능 재단사무실 입구까지 택시로 달렸다. 비밀 아지트 건물 지하로 뛰었다. 이때쯤 갈공유는 지하 요정에서 여자들 치마폭에 싸여있을 시간대이다. 비밀 쪽문에 들어서자 경비실 건달들이 막아섰다.

평소에는 서로 장난치던 녀석들도 웃음만 실실 쪼갤 뿐 들여보내지 않았다. 그러나, 뒷주머니에 신문지로 미리 감아둔 회칼을 잽싸게 꺼내어 휘두르며 지하로 뛰었다. 지난 달, 갈 마누라 낙산사 별장을 다녀온 후, 갈공유 사무실에서 비밀장부 세무서 감찰건을 정리해 준 뒤 얼마 후에 차호걸이 납치되었던 것이다.

지하 홀 안은 개판에 씹판이었다. "야, 이거 쇠말뚝이네엣!" 어떤 손님에게 주변에 있던 여자들이 날캉! 몰려들어 바지를 홀랑 벗기더니 검은 쏘시지를 한 입에 팍! 물었다. 그러자 나체의 여자들이 서로 물려고 소동이 벌어졌다. 갈공유가 손을 번쩍 들었다. 일단의 여자들이 싹 물러섰다. 건달들에게 머리채를 잡혀 바닥에 깔린 육시헐이가 다시 울부짖었다.

"갈공유 이사장! 이 새꺄! 네 너를 쥑일 거야! 누가 시체가 되어 실려나가나 볼까? 천하 쓰레기 같은 사기꾼 새끼!"

"야, 육시헐 교수 왜 그래애? 오늘 좀 피곤한 것 같은데?"

그러나, 갈공유는 오늘만 피곤한 게 아니라, 나이 80이 되자 물건이 아예 서지 않는다. 나이 6십이면 육갑만 떨고, 7십이면

칠만하고, 8십이면 팔만 흔들며 구멍만 쳐다본다던가?

"야, 장난 그만하고 이 CD 좀 보더랑께, 이것두 내가 검찰에 넘기려다가 자네와의 그 동안 옛정을 생각해서 빼놓은 것이제…"

곁의 노랑머리 경호실장이 벽에 대고 빔을 쏘았다. 포르노 중의 포르노가 영화장면 같이 나타났다. 육시헐과 갈공유 이사장 부인과의 치열한 가학적 섹스 장면, 또 소아마비 누이동생과의 피아노 줄 근친상간과 무자비한 폭행장면, 교육부장관과 그 기사와의 혼잡 섹스 장면 그리고 정말 놀랜 것은 갈공유와 육시헐 마누라와의 노골적 헐레 장면이었다.

어떻게 돌멩이 같은 육시헐 마누라의 아랫도리에서 폭포수 같은 정액이 쏟아져 내리는가? 착실한 초등학교 교사인 마누라가 양산 고향의 진돗개 같은 세퍼트가 또한 마누라의 아래를 핥고, 갈공유의 쏘시지도 번갈아 핥았다.

"머, 세상은 다 그런 거야, 내 경호실 애들이 그동안 수집해 온 거야, 육시헐 비서실장! 이 사람아 정신차려, 이것 말고도 또 있어… 앞으로도 말이야, 조심허게, 아참! 그리고 당신 집 2층에서 나와 자네 부인과의 헐레 붙은 것을 보니 어때? 맷돌같이 잘 돌리더만…"

그 옆에 서 있던 노랑머리가 한 마디 거들었다.

"자네 소아마비 누이동생이 핸폰으로 찍어서 내 메일에 차곡차곡 특별히 보내준 거야, 한 1년 됐나? 이런 말은 안하려고 했지만, 세상에는 비밀이 없어!...가방끈 길다고 너만 해골이 좋은 게 아녀, 이제 가봐 새꺄! 눈깔까지 캭 빼놓기 놓기 전에!"

 (끝)

> **작가 노트**
> 사미승의 한 많은 일생이다. 어머니가 자살하고, 절에 들어가 학대받다가 탈출하여 복싱선수가 된다. 대전료를 사기당하고 전국 수배를 당하다가 마지막 세계복싱챔피언 WBA경기에서 상대 선수를 한방에 죽여버린다. 어린 고아들을 위해서 키워주었으나…

| 중편소설 |

늑대를 기다립니다

1. 무량암 사미승

내 몸은 무중력 상태로 지구 궤도를 돌고 있었다. 스스로 중지시키려 해도 또, 위나 아래로 이탈하려고 해도, 판때기 위에 해부된 개구리마냥 사지가 전혀 움직여지지 않았다.

서울 상공이 몇 번째인가 보이자 갑자기 폭풍우가 몰아치더니, 축구공만한 흑성이 저만큼 보이는 순간, 그대로 내 머리통과 충돌해 버렸다. 나는 아악! 사람 살류! 고함을 질렀지만 하나도 소리되어지지 않았다. 온몸이 걸레 쪽으로 찢겨져 나간 나는 모가지만 붙어서 떼굴떼굴 굴렀다.

내가 두 다리 가랑이 사이로 목을 뺀 자세로 겨우 눈을 떴을 때는 비닐로 가린 창문이 강풍에 터져 콩알만한 빗방울이 내 얼굴을 때리고 있었다. 벌떡 일어서려고 했으나, 몸이 말을 듣지 않았다. 한 달 정도 앞 둔 〈미들급 세계챔피언 타이틀전〉에 대비해 강도 높은 훈련을 한 탓도 있지만, 체중을 줄이기 위한 땀 흘리기 작전에 온 몸이 물 먹은 화장지마냥 늘어져 있었던 것이다.

나는 엄지발가락 끝에서 애면글면 온 신경에 충전을 시켜보았다. 손가락 끝과 목 운동도 억지로 시켰다. 조금씩 풀리자 몸을 굴려서 벽을 의지해 일어났다. 목 안이 몹시 탔다. 사각의 링 위에서는 왜 그렇게 갈증이 나든지, 치고 받고 3분 간이 3백 분은 되는 것 같다.

복싱 마우스 피이스가 문어발 같은 흡착력으로 온몸의 진을 빨아들이는 것 같다. 부엌으로 나가 함지박을 거꾸로 들었지만, 물 한 방울 남아 있질 않았다. 쪽문을 밀었더니 닫다가 달려든 돌풍이 나를 벽에 밀어붙여 놓고, 스트레이트로 갈겼다. 머리 끝에서부터 몰아치는 바람은 숨돌릴 여유도 없이 우박 같은 빗방울과 함께 공격해 왔다. 오히려 나는 신이 났다. 절로 힘이 솟는다.

폭우 한 복판으로 뛰어들어 미친 듯이 주먹을 날렸다. 나는 우선 실컷 얻어맞아야 폭발력이 생긴다. 그것을 매니저나 권투 전문가들은 프로 근성이라고 하지만, 천만의 말씀이다. 어려서부터 먼저 때리기보다, 늑사하게 얻어맞아야 그 피멍들이 충전 배터리가 되어 불맞은 황소마냥 날뛰게 되는 것이다.

링 안에서는 로드·웍이 엉망이 된다. 댄스를 맨 처음 배우는 사람들이 착실히 수행하는 스텝과 같이 아마추어들의 발 동작은 규칙적이어야 한다. 그러나 프로가 되면 이 기초적인 발동작을 능숙하게 교란시켜야 상대 선수가 혼돈이 된다. 그러나, 나는 아마추어 때부터 로드·웍이 엉망이어서 코치에게 얼마나 맞았는지 모른다.

그것이 일찌감치 프로로 전향하게 된 동기다. 프로가 되니까 엉망인 내 발 동작에 매니저는 권투에 선천적인 천재를 만났다고 기절하게 좋아했다. 그 첫 번째 매니저는 자기 마누라 금반지를 빼다가 내 뒷바라지를 해 주었을 정도였으니까. 하늘은 유난히 바람 많은 이 풍납동 저지대를 아예 물바다로 침몰시킬 듯이 분노하고 있었다.

콩알같은 빗방울이 자갈 같은 위력으로 거쿨스럽게 머리를 때렸다. 물에 빠진 생쥐가 불에 데인 것마냥 날뛰는 내 모양을 유일한 이웃인 현(玄) 씨가 본다면 아닌 밤중에 멀쩡한 녀석이 자다가 돌았다고 삽자루를 들고 뛰쳐나올 일이다. 가까이서 멀리서 거문고의 아련한 현이 빗방울 새로 들려왔다.

나는 연득없이 맥이 풀려 그 자리에 서 버렸다. 상여꾼들의 상두가 같은 저 소리는 꼭 어린 시절의 잊혔던 기억들을 갈쿠리로 긁어낸다. 애써 잊고 싶었던, 그래서 까마득히 지우고 있었던 소년 시절, 까까머리의 사미승이었던 나는 삼천포 〈무량암〉에서 어떤 방법이 현명한 삶인지도 모르는 소년 시절부터 출가해 있었던 것이다.

무량암 시절, 한밤중에 자살한 어머니의 긴 손가락이 내 목을 짓누르는 악몽에 나는 소스라쳐 일어나 가슴 한 복판으로 흐르는 땀을 씻어 내며, 반야심경을 외웠다. "관자재보살 행심반야바라밀다시 조견오온 개공 도일체고액 사리자 색불이공 공불이색 …나무나무아미타아불…"

어머니의 영혼을 편안하게 하기 위해 나는 간절하게 염불을 했다. 그러면, 담뱃재같이 스러져 가는 어머니의 얼굴이, 가랑잎에 물살이 밀리듯이 일어나는 이마의 주름살이 호수 표면마냥 일그러져 사라지곤 했다. 몸부림치는 비바람 속에서 그 거문고의 한스런 현 울림은 또 다른 감동을 주었다.

이 회오리바람 속에 저렇게 맑게 들릴 수 있을까? 환청일까? 두 귀를 꽉 막았다. 손등을 뚫고 울리는 그 소리는 백제토성 위 숲 속에서 나는 것 같았다. 추녀 밑 빗방울 떨어지는 소리 같은 규칙적인 배경음이 빈 가슴을 밀었다가 잡아당기며 흔들었다.

사미승 때는 체벌 받기 일쑤였다. 잠자는 시간만 빼놓고는 선방 마루 턱에 엉덩이 한번 걸칠 틈이 없이 일에 쫓겼다. 그중 부엌데기 공양주 스님은 유난히 표독스러워서 몰래 짠지라도 하나 건져 먹다가 들키는 날이면 칠성각 뒤 언덕배기에다가 나를 홀랑 벗겨서 밤새도록 세워놓았다.

한 밤 중, 자다가 얼굴에 덮치는 자동차 헤드라이트마냥 산신령의 불 켜 진 두 눈을 만나면, 공포스럽기보다 오히려 의지가 되었고 편안했다. 부모가 없는 내게 산신령은 하나의 수호신 같앉기 때문이다. 공양하러 올라온 보살들이 호들갑을 떨며 합장을 하는 산신령이 바로 호랑이라는 사실을 나중에 알았지만, 무서운 맹수라기보다 어려서부터 막연하게 의지하고 싶었던 수호신이었다.

오히려 산 중의 왕이요, 썩은 고기는 먹지 않으며, 부정한 사람만 골라가며 해친다는 보살들의 설명에, 나는 더욱 의지하고 싶었다는 것은 솔직한 심정이다. 늑대의 울음소리와 함께 온 몸으로 죄어드는 추위가 실오라기 하나 없는 열한 살의 맨 몸에 '고독'이라는 냉혹을 일찌감치 훈련시켜 주었다.

이 세상을 혼자 살아갈 수밖에 없다는 절박감, 사바에 내려가면 공양주 스님보다 더한 늑대와 여우들이 득시글하다는 보살들의 입방아를 조금씩 터득해가며, 자기방어의 칼을 진작부터 갈고 있었다. 공양주 스님같이 나를 못살게 굴고 만약에 죽이려고 든다면 나는 내 몸을 보호할 수 있는 최소한의 본능이 맞설 것이다.

그 정당방위를 위해선 내 주먹의 가죽을 튼튼하게 할 필요성이 있다고, 신둥부러지게 독버섯 같은 반항을 키워가고 있었다. 폭포수가 떨어지는 바위 밑에서 공양주 스님의 체벌을 받을 때면, 그 독사 같은 감시의 눈을 피해 나는 얼어죽지 않으려고 운동을 했다.

가만히 서 있거나, 쪼그려 앉아 있다간 배고픈 데다가 얼어죽기 꼭 알맞았다. 나는 달밤에 체조하는 격으로 홀랑 벗은 채, 선

바위 근처를 몇 바퀴씩 돌았다. 온몸이 열과 땀으로 질척거리면 폭포수 아래 웅덩이로 훌쩍 뛰어들곤 했다. 그렇게 시원할 수가 없었다. 조실 스님 해운(海雲)이 얘기해준 선녀가 옷을 입고 하늘나라로 올라가는 기분이었다.

물 속에서 오래 물장구치다가 춥다 싶으면 또 뛰었다. 비닐 주머니로 얼굴을 뒤집어 씌우는 더위와 중의 민대머리를 미는 대형 면도날로 살가죽을 벗기는 듯한 추위를 밤새도록 반복하다가 숨이 차면 바위 위에 드러눕기도 했다. 솔가지 사이로 빗질하듯 부는 밤바람은 엄마의 자장가였다. 한밤중에서야 밭일을 끝내고 들어온 엄마는 잠에 떨어진 나를 꼭 껴안고 한참씩이나 부르르 떨곤 했었다.

솔바람 소리는 사철마다 색깔과 냄새가 달랐다. 계절마다 다른 악보였고 아침 저녁으로도 달랐다. 특히 한밤 중 대자연 속에서 듣는 음정은 그대로 부처에 이르는 최상의 선(禪)이었다. 많은 제자 가운데 가섭(迦葉)만이 부처님이 치켜든 연꽃의 의미를 말없이 깨닫듯이, 우주가 고이 잠든 적막은 무상계(無常界)의 의미가 절로 스며든다.

조실 스님의 낮고 낮은 목소리가 솔바람 소리로 외마디 장단을 친다. … 독사의 독이 몸에 퍼지는 것을 막는 것같이 분노의 불길을 잡아버린 사람은 이 모든 집착에서 멀리 떠난다. 뱀이 묵은 허물을 벗어버리듯 큰 소리에도 놀라지 않는 바람과 같이 무소의 뿔처럼 혼자 가리, 혼자 가라…….

공양주 스님의 체벌 속에서, 조실 스님의 낮은 경소리는 어쩌면 계획된 사미승의 훈련 방법인지도 모른다. 혹독한 육체적 시련 속에 수면 같은 목탁의 배경음은 발기리로서는 효과적이다.

자다가 깨어나보니 빗살 사이로 들리는 백제토성의 솔바람소리가 거문고의 아련한 현을 간헐적으로 뜯어내었다. 머리를 흔들었다. 다시금 초조해지기 시작했다. 복싱선수가 불면증에 걸린다는 것은 거의 치명적이다. 결정적인 경기를 앞두고 강박관념에 짓눌려 누구나 잠을 제대로 못 이루는 것은 당연하겠지만 그럴수록 충분한 잠을 잘 수 있어야 한다.

불면증에 걸리면 정신적인 리듬이 깨지면서 육체적인 불균형을 몰고 온다. 머리카락 끄트머리의 힘이라도 있으면 혼신으로 부딪쳐야 할 선수에게 육체적인 불균형이란 그대로 게임의 자살을 의미한다. 복싱선수들에겐 게임마다 그 게임 자체가 그때그때의 운명이 된다.

그 게임의 승부는 바로 그 인생의 진퇴를 결정하게 되는 것이다. 프로축구나 프로야구 등은 지속적인 수입이나 인기로 고소득 생활을 유지할 수가 있지만, 프로권투는 살과 뼈를 어느 만큼씩 깎아내고 받는 잔인한 수입이다. 머리를 비롯해서 아랫배까지 망치로 얻어맞듯이 골고루 멍들고서야 받는 대전료(파이트머니)라는 게 각통질하는 흥글방망이 놀음이다.

매니저가 경비를 제외하고 던져주는 절반이란 게, 총 배당금의 2할 내지 3할 정도가 고작이다. 그 3할을 위해서 때로는 김득구 형 같은 죽음의 위험을 감수하고 링에 올라서는 것이다. "사각(四角)이 아닌 사각(死角)의 링이다." 돈을 벌기 위해 올라간 경기장이 정작 권투선수들에겐 죽음의 호출이다.

경기 전, 체중을 줄이기 위해 한증탕에 들락날락거리며 땀을 짜내면 트레이너가 나무칼로 어깨 위에서부터 땀방울을 면도날로 밀듯이 훑어내린다. 단 것은 물론이지만 고깃덩어리 하나 입에 물어보지 못하고, 시합 삼사일 전부터는 거의 굶어가며, 땀빼는 작전은 오히려 경기 때보다 더 고통스럽고 참담하다.

온몸을 행주 짜듯 하다보면 온 몸의 부속품이 뒤틀리고 나사가 빠져나가는 애성이다. 체중감량에 더 욕심을 내다간 링 위에 올라가 보지도 못하고 쓰러져 버리기도 한다.

2. 사각(四角) 아닌 사각(死角)의 링

삭아버린 양철지붕을 돌고돌아 떨어지는 낙숫물을 받아놓은 현 씨네의 플라스틱 물통에 머리를 감았다. 오늘밤도 다시 잠을 용접하기는 글렀구나하고 생각하자, 내친 김에 샌드 백이나 치자고 건물 안으로 다시 들어왔다. 나의 주특기인 레프트 잽이었으나 나의 레프트 잽은 이미 널리 알려져 있다.

그래서 나하고 대결하는 상대 선수들은 이미 비디오 테이프에 담아 내 기술을 익히며 사전 대비를 한다. 이번에 맞붙는 선수는 서로가 권투선수로선 늙은 나이로, 죽기 아니면 기절하기로 발악하는 처지이다. 그 녀석은 세계 프로 복싱계에선 '빠삐용'이란 별

명을 가진 혼혈 일본인 다까시마 브란도라는 깜둥이다.

세계 챔피언 정도면 대개 패배의 전적보다 승전이 많은 화려한 전적을 갖게 마련인데, 빠삐용은 승과 패가 거의 비슷한 집념의 흑인선수다. 대전료보다는 권투 자체에 생명을 거는 스포츠맨이기도 하다. 승과 패가 거의 비슷한 것도, 패배할수록 결사적으로 재도전해서 기필코 다시금 챔피언 벨트를 탈환해 가기 때문에 빠삐용이란 대명사가 붙은 것이다.

내가 챔피언이면서도 작년 겨울 굳이, 이태리까지 가서 벤베누티의 도전을 받아준 것은 순전히 대전료를 더 울궈내기 위한 조건이었다. 그러나, 나는 거기서 어이없게 주저앉은 것이다. 나중에 신문에 폭로가 된 것이지만, 나의 두 번째 매니저인 대머리는 나에게 약물중독을 시켰던 것이다. 라운드 중간마다 쉴 때 마시는 음료수에 대머리는 흥분제의 독성 설사약을 풀어놨던 것이다.

세 번까지 타이틀을 방어했던 나를, 나의 매니저는 이제 챔피언으로서 수명이 다 됐을 거라며 상대 선수의 매니저에게 매수당했던 것이다. 역대 한국 권투 챔피언들은 대개 세 번 이상 방어를 못했기 때문에 나온 대머리의 수였다.

그렇게 야니차게 따먹고 그 대머리는 멕시코로 날랐다. 내가 사바의 산신령으로 믿고 의지했던 두 번째 매니저는 그렇게 나를 배반하고 떠났던 것이다. 평소 나의 건강은 물론 전 재산을 관리해 오던 그는 이태리에서의 대전이 확정되자, 나의 6개 예금통장을 위조 인감도장으로 이미 인출해 놓고 현지의 대전료까지 몽짜 쳤던 것이다.

  나는 5라운드쯤에서 이국의 하늘 아래 대팔자로 뻗었고, 병원 신세를 지고, 호텔 후론트에서 계산하자 주머니에는 낯선 동전 몇 개가 겨우 떨어졌다. 그것도 쇼핑했던 고급 시계며 카메라 등을 전부 팔아서 합친 호텔 비용이었다. 나의 얼굴을 함마로 짓이겨 나온 대가는 항공료도 안 되었다.

  현지의 우리 대사관에 가서 사실 얘기를 하고 한국까지의 항공료를 구걸하다시피 해서 빌렸던 것이다. 나는 스피드 빽에 그 대머리 매니저 사기꾼의 얼굴을 붉게 달군 쇠꼬챙이로 조각해 놓듯 저주하며 그 찢어진 눈에 대고 레프트 라이트 잽을 찍었다.

  "이 폭풍우 치는 날 뭔 청승교? 넘우 잠도 몬 자구로 말이다. 아이? 이 세파트 공은 낮에 치몬 안 되것나? 이 공들이 낡아논께 네 거 삐걱덕하는 소리가 영 맘에 안 들구만, 넘우 잠 다 안 깨뿌나?"

  어느 새 현 씨가 찢어진 팬티에 넝마 같은 러닝을 걸친 채 다가와 소리쳤다. 현씨는 스피트 빽 발음이 잘 안되어 '세파트' 강아지 이름으로 부르곤 했다. 나는 글러브로 흔들리는 공을 잡아 쥔 채 잠깐 웃음 조각을 던져 주었다. 거의 한 달만에 보게 되는 현 씨의 얼굴은 더욱 부서져 있었다.

  지하철 공사장에 다니다가 낙반사고로 어깨를 다친 후 쫓겨나선 천호대교 쪽 새마을 공사장에 얼마간 다니더니, 일당이 적다고 투덜거리는 소릴 들었는데, 어느새 잠적해 버렸던 것이다.

현 씨는 며칠씩 안 들어오긴 해도 한 달이나 집을 비운 적은 별로 없었다.

현 씨의 큰딸인 초등학교 5학년 수림이의 얘기로는 강원도 어느 탄광에 간다고 했었는데 정말 땅 속 두더지 일을 하다가 왔는지, 누렇던 얼굴이 오히려 하얘진 듯도 하지만 만지면 담뱃재같이 부서져 내릴 것만 같았다.

"아니, 언제 오셨습니까? 신수가 좀 훤해지셨는데요, 자아, 이리 좀 올라 오세요. 아니 참! 그럴 거 없이 아저씨네 방으로 가계세요, 술은 제가 받아오겠습니다."

"어허, 이 사람! 밤중에 뭔 가게가 있것능가? 난 이 새끼덜 다 굶어 안 뒈졌것나 했더마는 안즉도 피둥피둥 살아잇고마 잉...... 고 잡년, 내카 마 만나기만 해삐몬 정지 칼로 고 밑구녕을 쫙 찢어뻘낑께...... 고 잡년!"

"에헤 참, 아저씨 또오 머리 끝이 곤두서는구만요, 세상 다 그런 거예요. 여기 잠깐 기세요, 제가 요 뒤에 있는 버스 종점에 갔다 올 테니 까요, 거기 가게들은 철야 영업입니다. 요새는 근처 아파트 공사, 도로 확장공사, 뭐 많아졌어요. 거기에 가면 야단입니다. 철야 댄스홀도 만원이구요. 밤새도록 흔들어야 이튿날 새로운 의욕으로 일을 시작한다니까요"

"예끼, 이 사람, 쏙에 우거지 집어넣으려 해도 약을 써야 되는 판국에 뭔 지랄났다

고, 똥구녕 흔들 심이 있능가베? 막살 치아라 마, 이 천둥치는

데 말라꼬 갈끼고?"

나는 헌 트레이닝복 깊숙이 감추어 두었던 비상금 속에서 얼마를 꺼내었다. 4홉들이 소주 3병에다 쥐포를 가져왔다. 도둑전기를 끌어다가 들킬세라 켜 논, 현 씨네 움막 속에선 오랜만에 웃음소리가 나비물로 피새났다. 수림이가 연탄불에서 피워대는 쥐포 냄새에 거북이같이 엎드려 있는 2명의 동생들은 찢어진 담요 속에서 애정을 꿰매고 있었다.

수림이는 오랜만에 보는 아버지 얼굴을 보창질하며, 동생들에게 쥐포를 찢어 주었다. 12살의 수림이는 엄마이자, 아내이자, 누나 역할을 해 내는 이 움막집의 태양이다. 때로 당돌하고, 반지빠르게 가계를 이끌어간다. 쌀이나 연탄이 떨어지면 그미의 아버지가 일하던 새마을 공사장이나 지하철 공사장 감독에게 애걸하여 아줌마들 틈에서 하루종일 일하고, 어른이 받는 일당의 절반을 얻어와 라면이나 수제비를 동생들에게 끓여 먹이곤 했다.

"어디 그 곳엔 일당이 좀 낫습니까? 참, 제천 탄광이라고 했던가, 사북 탄광이라고 했던가요?"

"사북 아닌교? 좀 웃돈을 붙여주긴 해도, 방값, 밥값 제하고 나면 그기 그긴기라요. 위험한 만큼 목숨 수당이 좀 더 붙는 기라예. 내사 마 막장 인생이지만, 요 어린것들 뇌 두고 칵 ! 죽으삘 수도 없고… 전국 어딜 가나 밑바닥은 밑바닥에서 헤어나오지 못하게끔 세상이 돼삔기라예."

"허파 속에 시커먼 석탄 가루가 쌓이는 눈금에 따라 대가를 지불해 주나 보군요. 세상에 공짜가 있나요? 그래도 두더지 노동자들 가운데는 광부수입이 제일 낫다고 들었는데요."

"수입이야 좀 안 낫습니까? 캐도 낙반사고로 은제 비명에 갈지 모르기 땀시, 막가는 심뽀라요, 매가지 붙어있을 때, 좆나게 퍼 먹고 퍼 마시자 이거 아인교. 그래가꼬, 테레비 냉장고 선풍기 등이 전부 외제라요, 밀수품 모조품이 판을 치고 사기가 극에 달했다 캉께네."

현 씨는 소주잔을 들고 일어서서 천장 높이까지 치켜들어 보였다. 탄광촌은 사치와 방종이 말세적인 현상이라면서 소주만 하릴없이 삼켰다. 현 씨의 목구멍에 알콜 성분이 웬 만큼 페인트칠 됐다 싶으면, 현 씨는 갑자기 제왕으로 변신한다. 누구는 왕년에 사장 안 해 본 놈 있나? 에서 시작하여, 전국을 누비면서 맛보았던 여자들을 하나씩 옷 벗겼다.

그것은 실제로 현 씨의 경험담이기도 했다. 일본 놈의 강점시기에 만주를 휩쓸고 다니며 말과 비단장사도 했고, 백두산에서 한라산까지 각 지방 명산물을 화물차로 떼어넘기는 장사도 했다. 사실, 현 씨는 자기 이름 하나 한자도 제대로 쓸 줄을 모르지만 회화는 중국어, 일어 등이 능숙했다.

수림이만한 나이 때 고향인 흑산도를 탈출하여 객지생활을 시작한 그는 밑바닥 인생이지만 세상을 뜨겁고, 철저하게 산 셈이다. 오히려 밑바닥인만큼 지극하게 세상의 진국을 마셔 왔다. 아이들은 아빠의 얘기내용도 모르면서 손뼉을 치며 즐거워했다.

아빠의 귀가가 불확실한 만큼 늘 보고 싶은 아빠의 얼굴을 한 달 만에 볼 수 있다는 것만도 황송하다.

　아빠가 춤까지 추면서 줄통뽑는 것을 보니, 어른들이 지껄이는 언어의 의미야 어떻든 용춤 추지 않을 수 없었을 것이다. 어린 그들에겐 어느 날 닫다가 엄마가 도망가듯이 아빠도 아주 튀어버릴지 모른다는 불안을 나누어 갖고 있었다. 어디서 구해왔는지 수림이가 고추장 종지를 갖다 놓으며, 아빠 곁에 앉았다.

　주저하던 아이들도 뛰쳐 일어나 아빠의 가슴과 어깨 등을 용기 있게 파고들었다. 아이구, 내 새끼들아! 어쩌구 하면서 현 씨의 무용담은 계속되었다. 나중에 수림이가 소주 두 병을 더 사 와서 우리는 밤새도록 영양실조된 목구멍과 위장을 부풀렸다. 나로서도 오랜만에 감정의 봇물이 한꺼번에 터진 것이다. 와신상담! 쓸개즙을 짜내며 복수의 칼날을 갈고 있는 나를 이 사바세계에선 헤아려 줄 사람이 없다.

　현 씨의 아픔은 어느 만큼 맞장구 쳐 줄 수는 있어도 나의 고뇌는 현씨가 다스려 줄 수 없다. 아니, 근원적인 방황은 석가도 나를 아직껏 구제하지 못했다. 애초에 가정을 박차고 나온 나에게 혈육의 천륜이 끊어진 지 오래며, 어려서부터 사미승으로 길들여 온 나에게 같이 수도하던 도반(道拌)도 있을 수 없다.

　내 또래 애들은 초등학교에 다 들어갔는데, 나는 아버지가 학교에 보내주질 않았다. 학교에 보내주는 것은 고사하고 툭하면

보리탔다. 그것도 지게 작대기로 갈기는 정도가 아니라, 낫이나 톱으로 함부로 난타하거나 긁었다. 그걸 보고 어머니가 기겁을 하면 어머니에게도 사정없이 피를 냈다.

어머니와 나는 얼굴이나 손등이나 등어리에 흉기의 핏물자국이 마를 새가 없었다. 이상한 것은 내 위의 세 분 누님들은 아버지의 그런 발광을 보고도 말리려고 하지 않았고, 오히려 부채질하는 것이었다. 그 모든 사단은 나에게 비롯됐고, 내가 가정불화의 불씨라는 불행을 안 것은 훨씬 늦어서였다.

아버지는 왜, 나를 학교에 보내주지 않고 일만시키며, 아들이 나뿐인 데도 누나들과는 차별하는 것일까고 의문을 갖기 시작한 것이다. 아버지는 술만 먹고 들어왔다 하면 쇠스랑 같은 걸 집어들고 까닭 없이 나를 찾았다. 나는 더 이상 견디지 못하고 눈이 몹시 내리던 어느 날 밤 무작정 뛰었다.

새벽 4시, 눈뜨기가 무섭게 그날의 일감을 명령하며, 밭으로 산으로 몰아부치는 아버지 덕분에 집밖이라곤 장날 아버지를 따라 읍내밖에 가 본 적이 없는 나는 산을 몇 고개나 넘었는지 모른다. 밤에는 더욱 하얗게 비치는 산등성을 밤새도록 넘고 그 이튿날도 산을 탔다. 낫을 높이 치켜든 아버지의 환영에 시달리며 나는 무작정 도망쳤다.

온 세상을 하얗게 덮은 눈을 두 손으로 긁어서 허기를 채우며 걸었다. 밤송이 만한 눈송이가 밤하늘을 하얗게 덮으면서, 눈보라가 몰아치던 날 밤, 나는 몇 번인가 눈구덩 속에 쓰러지면서도 어린 마음에도 살아야겠다는 본능으로 악착같이 일어섰다. 그러다가 계곡 아래로 미끄러져 떨어져버렸다. 그리고 그만이다. 멀리 담뱃불만큼 보이는 불빛을 보고 내닫다가 실족한 것이다.

내가 눈을 떴을 때는 어느 암자절 조그만 선방(禪房)이었는데, 그곳이 바로 〈무량암〉이었다. 처음으로 외지에 나온 나는 집에서 무지하게 먼 곳이라고 생각했는데, 나중에 알고보니 동네에서 그다지 먼 곳도 아니었다. 동네 형들이 밤따러 오곤 했으니까 말이다.

그 때가 아마 11살쯤이었을 것이다. 그때 내 또래 애들이 수림이만 했으니까 그래서인지 나는 수림이만 보면 내 어린 시절의 그 절박함과 절망감에 치를 떨곤 했다.

어느 새, 현 씨는 술상으로 차린 사과궤짝 옆으로 길게 뻗어버렸고 어린애들은 제각기 구메구메 쓰러져 자고 있었다. 수림이만 늦도록 숙제를 하며 지켜 앉았다가 술상을 치우기 시작했다. 나는 현 씨를 끌어다가 반듯이 눕히고 거적대기 같은 담요를 덮어 주고 어린애들도 현 씨의 옆으로 안아다 뉘였다.

내가 세계 타이틀을 재차 탈환하는 그 결정적인 순간에 나를 도와준 스폰서는 권투선수 출신 H재벌이었다. 첫 번째 스폰서 겸 매니저였던 언청이가 재미를 좀 보았다. 나에게 투자했던 본전의 몇 배를 곶감 빼먹듯 하고 나를 차버렸다. 두 번째 매니저가 대머리였다. 첫째, 둘째가 다 배신하고 도망갔다. 중놈 출신인 나는 그저 때려부수는 그 자체에 몰두하고 나 또한 자신을 학대하기만 했다.

내 주먹이 얼마에 거래되고, 대전료가 얼마나 되는지 알려고도 하지 않았고, 알 수도 없었다. 나는 단지 그 언청이 집에서 약간의 저금통장과 특대 속에서 이따금 링 위에 서 주게 해주는 것만으로 만족하게 생각하고 있었던 것이다. 전혀 나는 금전 출납부에 관심이 없었다.

그러던 중 내가 여자를 알게 되고, 여체를 탐닉하면서부터 나의 몸과 맘은 병 들어가기 시작했고, 경기 결과는 자연 역전될 수밖에 없었다. 언청이 부부는 나만 남겨놓고 어디론가 종적을 감춰버렸다. 내가 있던 자기 집까지 팔아치우고 잔금 날을 기다렸다가 끝전을 받아내자 뛴 것이다.

닫다가 사바의 고아가 된 나를 프로 권투협회에서 주선하여 넘겨준 것은 평소에 안면이 있던 대머리였다. 그 대머리는 전부터 나에게 군침을 삼키고 있었지만 돈이 없기 때문에 엄두를 못내고 있다가, 권투협회에서 연결해 준 H재벌을 업고, 매니저로 본격적인 장사를 시작한 것이다.

나의 치명적인 레프트 잽은 세계적인 정평이 있었다. 나는 독사 같은 승부사인 대머리의 밥이 되어 다시 하드 트레이닝에 들어갔다. 그는 내가 변소에 가는 시간까지 일과표에 짜 넣었다. 나는 이순신 장군의 학익진법(鶴翼陳法)에서 응용한 '퐈한뭐루'라는 전통무술과 내가 무량암에 있을 때부터 숙달한 불무술을 권투에 응용한 것이 나대로의 독특한 기술이 돼버린 것이다.

상대방의 주먹이 날아오면 피하는 것이 아니고 되받아치는 것이다. 공격이 심할수록 상대방은 도로 얻어맞게 되는 반동 원리이다. 여자의 허벅지 사이에 두 눈이 박혀있던 나는 이마에 겹겹이 얼룩져있는 여체 홀몬부터 씻어내는 정신훈련부터 시작했다. 뇌 속에 문신마냥 박혀 있는 여인의 나체, 조상(彫像)부터 깎아내는 작업이다.

나는 수많은 여체의 환상 위에 향불을 피워 놓고, 공양주 스님의 몰강스런 눈을 겹쳐놓고 내 욕정의 살을 낫으로 깎아내기 시작했다. 내 재기(再起)는 주먹을 다스리는 것보다 오로지 내 영혼의 복귀이다. 대머리 매니저가 마련해 준 새 트레이닝장 한복판에서 자주 가부좌한 채 참선에 잠겼다. 누가 시켜서가 아니라 나는 나를 먼저 이겨야 했다.

내가 절망의 늪 속에 길게 누울 때, 대머리와 H재벌의 2세는 헌신적으로 나를 끌어주었다. 그러나 그들의 계산은 딴 데 있었다. 때로 억대가 왔다갔다하는 프로 권투선수의 주먹은 좋은 투자가치가 되는 상품이기 때문이다. 하나의 상품으로서의 주먹을 키우기 위해선 나의 발바닥이라도 핥았을 것이다. 한국에서 열 손가락 안에 드는 대재벌인데도, 일개 권투 선수의 대전료까지 치사하게 손을 뻗친다는 괘씸죄이다.

벼룩의 간을 빼어 수프를 해먹는 게 낫지, 불우한 권투선수의 수입을 넘본다는 것은 우세스럽다. 대개 관례적으로 가입하게 되어 있는 권투선수의 생명보험도 기피할 정도로 그들의 이윤 계산은 잔인했다. 결국 그대머리는 두 번째의 내 모든 물질적 뼈다귀를 핀셋트로 추려서 달아났던 것이다. 지금쯤 멕시코 투우장이나 암흑가에서 흥감부리고 있을 것이다.

경기 때마다 배당금을 잘라간 H재벌 2세는 처음부터 손해본 게 없다. 오히려 사바 대중은 체육계 일간지에 보도된 대로 '궁지에 빠진 X권투선수를 뒷바라지 해서 대성시켜 준 권투계의 은인, H재벌'로 알려져 있다. 그렇게 첫 번째의 매니저인 언청이는 나의 살가죽을 벗기고, 두 번째 대머리는 나의 뼈다귀를 추려갔다.

3. 사기꾼 보신탕 주인

그러나 나는 남모르게 그동안 추적해온 언청이 부부를 결국 잡고야 말았다. 다른 것은 무시하고서라도 적잖은 액수의 내 예금통장을 받아내야만 나의 마지막 운명을 건 이번 경기에 모든 준비를 끝낼 수 있는 것이다. 그들은 강남의 투기지역, 경부 고속도로가 나가는 양재동 근처에 기업화된 보신탕 집을 운영하고 있었다.

뒤꼍으로 산을 끼고 드넓게 자리잡은 3층 건물 각 방의 실내장식이 화려했다. 나는 현관 입구 카운터에 왕비마냥 앉아 힘 빼물고 있는, 언청이 부인인 살짝 곰보의 그 콧날을 분명히 확인할 수 있었다. 주먹 하나 들어가기 힘들게 끼어있는 자가용들 사이를 돌아서 나는 그 언청이가 있음직한 곳을 발보이게 찾아다녔다.

그 보신탕 집 울타리가 꺾이는 곳으로 갔더니, 육중한 철문이 있고, 그 옆으로 나무로 된 또 하나의 울타리가 길게 뻗어 있었다. 그 곳엔 돼지 우릿간마냥 칸막이가 되어 있고, 각 칸마다 종류에 따라, 똥개 가운데에도 노랑털 흰털 검정털 가죽이 있고, 애완용 스피츠에서부터 경비용 도사견까지 종족별로 있었다.

애살스런 강아지에서부터 새끼들에게 젖을 먹이고 있는 어미에 이르기까지 다양하고 잔인하게 배치되어 있었다. 여자까지 대동한 어느 놈팽이 녀석들은 팔뚝 길이 만한 땅개와 스피츠 잡종을 놓고 보신탕 하자고 우기고 있었고, 넥타이까지 정장한 일단의 신사들은 불독 우리 앞에 몰려 있었다. 정작 그들은 먹는 일보다 그들의 절대적인 선택의 권한에 더 쾌감을 느끼는 모양이다.

손님들이 가리키는 손가락의 방향에 따라 견공들의 운명은 순식간에 달라지는 것이다. 그들이 지적한 개들은 닭집에서 닭 잡듯 아주 쉽게 걸레 쪽이 되어 나온다. 그들은 히히덕거리며 이것저것 손가락질 해댔고 그럴 적마다 자기 종족의 뼈다귀를 핥고 있던 견공들은 되알지게 짖어댔다.

어느 회사의 단체손님인지 재일교포인지 그 넥타이 부대 가운데 반백의 대머리가 손가락질 할 때마다, 언청이가 낚시형의 대형 갈쿠리로 불독의 목걸이를 치켜올리자, 손님들 얼굴을 씹어먹을 듯이 대들던 불독의 머리가 맥없이 하늘로 추켜올랐다. 노랗다 못해 검게 탄 그 언청이는 열심히 손님들에게 설명했다.

쇠갈쿠리로 모가지를 추켜올린 채 다른 막대기로 그 불독의 불알을 툭툭 건드리며 이 정력과 탄력을 보라고 소리쳤다. 나는 얼른 달려가 넥타이 부대 틈새에 끼어 그 불알을 놓칠세라 굽죄어 보았다. 인간의 그것보다 길고 질긴 그 물건은 허물이 벗겨지고, 주인이 사정없이 장대로 찍어댈 때마다 피가 응고되어 붙은 딱지 같은 것이 떨어지며 피가 흘렀다.
　녀석은 인간들의 학대를 아예 체념했는지 아까와는 달리 짖지를 않고, 주인이 자기의 소중한 물건을 찌를 때마다 신음 같은 침을 흘리며, 오싹오싹 전기 탈 뿐이다. 반 소매 흰 와이샤쓰의 넥타이 부대들은 그 순간순간을 즐기는 모양이다. 가죽 털에 휩싸인 저 왕성한 물건, 나중에 내 접시 위로, 저 만년필이 올라오겠지.
　그렇다면 어금니로 한번에 아그작, 흐이그, 느기미…… 상상 속에서 지금 팬티가 젖고 있을 것이다. 개 뭐 같은 게다짝 일본 놈들, 그러는 중에도 자전거와 오토바이 뒤에 토끼장 같은 사과 궤짝이 있고, 그 속에는 견공들이 쉴 새 없이 나들명거렸다. 근처 보신탕 집주인들에게도 도매로 공급이 되며, 또한 개치기 들이 남의 집 개들을 훔쳐와서 팔아넘기기도 했다.
　그들의 사과궤짝 위에는 하나같이 소형 갈쿠리들이 얹혀 있고, 그 궤짝 근처에서 마른 핏자국들이 겹겹이 얼룩져 있었다. 역시 듣던 대로 언청이는 영동 일대에서는 손가락 안에 드는 기업화된 개 백정들이다. 여름이 다 가고 가을 문턱에 들어섰는데도 성업이다.
 "야이, 개새끼야! 잘 만났다. 너 좀 이리 나와! 개 같은 날 사기 쳤어? 엉!"
 나는 나도 모르게 주인을 아니 언청이를 향해 소리쳤다. 이젠 수술을 해서 언청이가 아니지만 분명히 옛날 매니저였다. 둘러서 있던 넥타이 들은 한 걸음 물러섰다. 거의 매매가 성립되려는 순간에 웬 날피냐고, 언청이가 비로소 내 얼굴에 시선을 꽂았다. 그도 놀랬는지 엉거주춤하다가 모른 척하고는 이내 굽실거리며 손님들과 끝을 보려고 했다.
 그 불독의 불알 끝에서 이젠 피가 방울방울 맺혀 떨어졌다. 나는 더 이상 참지 못하고 우리 한복판으로 뛰어들었다. 언청이는 쇠갈쿠리로 내가슴을 겨누었다. 가까이 오면 찍어버리겠다는 듯이 노려보며 씩씩거렸다. 개들이 일제히 짖어대고, 손님들은 혼비백산 달아났다. 나는 근처에 있는 다른 막대기를 들었다.
 성질나는 대로 휘둘러댔다. 그러나, 쇠갈쿠리와 나무 막대기는 상대가 되질 않았다. 나는 그의 개 백정 조수와 식당에서 달려온 종업원들에게 그대로 몰매를 맞고 침몰했다. 기절했다가 눈을 뜬 곳은 보건소였다. 허리 아래로는 등뼈가 울리는 통증이었다. 그것은 우리 안의 불독이 내 불알을 물어뜯은 후속 통증이었다.
 분명히 내 소유인, 내 예금통장을 찾으러 갔다가 도리어 혹만 붙인 꼴이다. 아, 내 소유! 이 우주 공간에 진정한 '소유'란 있는 것일까, 사하라 사막의 모래 한 알에서부터 인공위성까지 소유란 없는 것이다. 이 우주의 모든 것은 만인의 것이면서도 바람 한 줌 누구의 것도 아니다. 인간은 유행가 가락같이 빈손으로 왔다가 빈손으로 가는 것 - ,

유행가이지만 불경의 심오한 철리를 옮겨 놓은 가사이다. 우리는 결국 구멍 속에서 나와서 구멍 속으로 들어가는 것이다. 현씨의 말마따나 홀랑 벗고 태어나서 빈손으로 세상을 뜨는 게 아닌갑세, 내 소유, 내 것, 네 것, 악다구니 해봤자 결국 가진 것 없이 한줌 흙으로 삭아버리는 것이다. 무소유! 나는 왜 아직도 이 경지에 도달하지 못하는 것일까. 조실 스님의 목소리가 침대 끝에서 배어나왔다.

……비워버리는 것은 우리 자신의 정신을 수양하는 방법이요, 지속적인 수행의 길이다. 우리는 항상 어둡고 텅 빈 하늘 속에서 살아야 한다. 하늘은 항상 그 하늘이다. 구름이 끼고 번개가 치더라도 하늘은 요동하지 않는다.

개 패듯 얻어맞고, 터지고 물어 뜯기고 한 덕분에 나는 야발스럽고 냄새나는 보건소 병실이지만 그 한쪽 켠 시트 위에서 유유자적 할 수 있었다. 거의 일주일만에 실밥을 빼는 날, 언청이 아닌 언청이가 나타나서 내가 고소를 안한다는 합의 아래, 얼마간의 돈 봉투를 땟국이 흐르는 베개 아래로 밀어넣고 도망치듯 사라졌다.

고소 비용은커녕 당장 치료비가 한 걱정이었던 나는 그 길로 사복을 갈아입고 나왔다. 돈 봉투째 들고 원무과에 가서 사정한 것이다. 나에겐 다시 한번 링 위에만 올라서면 된다. 돈은 필요 없다. 진작, 돈에 집착이 있었다면 이렇게 밑바닥이 되진 않았다. 이젠 3주 정도 앞둔 '세계 타이틀' 재탈환을 위한 최저경비만 있으면 된다. 이번 경기엔 매니저도 없다. 어이없게도 현 씨 일지도 모른다.

공식적인 모든 대전료와 경비는 한국복싱협회 지원으로 결재가 났으므로, 정신적인 매니저만 있으면 된다. 그것은 현 씨도 모른다. 나 혼자만의 결정인지도 모른다. 폐건물 속에 엎드려 같이 살아온 일 년여 동안, 이웃 이상의 어떤 의탁과 애정을 느낀다. 그것은 소외된 인생이라는 동질감이나 몰래 숨어 산다는 공범의식도 있다. 전생의 어떤 끈끈한 인연 같은 것을 생각하게 해준다.

146번 버스 종점에 내려 철늦은 수박에 쥐포를 사들고 골목길로 접어들자 나는 우뚝 서지 않을 수 없었다. 녹슨 철조망이 엉성하게 가려있던 건물 입구는 아스팔트로 완전히 단장되어 있고, 폐 건물벽도 청색 페인트로 새 옷을 갈아입고 있었다. 더욱 놀란 것은 그 폐건물 입구에 무슨 택시회사라는 간판이 눈을 부라리고 가로막고 있다는 사실이다.

그러리라고는 상상하고 있었지만, 겨우 일주일 사이에 이렇게 돌변할 수 있다는 현실이 얼른 용납되지 않았다. 페인트의 위력이라는 것이 새삼 실감이 갔다. 벽마다 금이 가고 다 쓰러질 듯

귀신스럽던 폐 건물이 색칠을 받고, 비닐 조각이 디스코를 추던 창문이 유리창으로 바뀌자 튼튼한 빌딩으로 변신한 것이다. 병약하던 중병 환자가 레슬링 선수로 몸을 털고 일어선 느낌이다.

산 속에서의 자연색에 익숙해 있던 내 눈에 사바의 인공색은 또다른 충격이다. 산 속에서는 대웅전의 단청도 자연색의 일부로 녹아 있었다. 색칠은 여성의 속성과도 같다. 연인들의 화장은 거의 본능적이다. 죽어가는 피부빛깔을, 늘어져가는 주름살을 여인들은 발작적으로 숨기기 위해 페인트칠을 더욱 두텁게 한다. 그 위장술은 여자들뿐이 아니다.

남자들은 자기의 위신을 위해 얼마나 간악한 음모의 색깔을 꿈꾸는 것인가? 그렇다면 내 빛깔은 무엇인가? 나는 무슨 색깔로 내 보호색을 두르고 있는 것인가? 대머리 매니저가 악담하곤 하던 늑대 빛일까? 색이란 무엇인가? 노란색 흰색 검정색 언청이네 집 보신탕 감의 그 개새끼들의 혈색이란 무엇인가.

또 불알 가죽 위로 진하디 진하게 흐르던 빨간빛은 무엇인가. 아니, 또 나의 출입을 막고 서 있는 이 폐 건물의 완강한 청색은 무엇인가. 아니, 하늘의 코발트 빛, 인상파 화가들의 강렬한 황토 빛, 고호가 캔버스 전면에 꾹꾹 찍어바른 태양, 그리고 그 색깔은 무엇인가. 아, 하늘과 땅과 그 삼라만상의 색이란 무엇인가. 조실 스님이 흘려버리듯 중얼거리던 소리가 들린다.

색이란 무엇이냐앗? 공이다앗 - 공이란 무엇이냐앗? 색이다.

색이란 무엇이냐앗 - 공이다. ……나무관세음보살 나무불 나무법 나무승 여불유인 여불유연 불법상인 상락아정 조년관세음 모녀관세음…….

(주체적인 것과 객체적인 것 내적인 것과 외적인 것 즉 능(能)과 소(所)가 상의상자相依相資하는 데에 구체적인 의미가 있다.) 말하자면, 주체를 불이라 하고, 객체를 땔나무에 비유한다면, 불이 땔나무보다 먼저 존재한다고 하면 불은 땔나무가 없어도 탈 수 있다는 불합리가 될 것이고, 땔나무가 불보다 먼저 존재한다고 하면 타지 아니하는 데도 땔나무라는 모순을 가져온다.

그러므로 연기(緣起)의 도리는 현실의 사물이 우리들 인간의 주체인 마음과 무관한 것도 아니다. 즉 관념론과 유물론을 초월한 입장이 되어야 한다. 이 세상에 영원한 색이란 없다. 그렇다고 무색도 아니다. 모든 색은 변질되고 그리고는 무색화되는 것이다.

무색화되어 죽어버린 토양 위에서는 또 다른 색이 일어나는 것이다. 색과 무색은 정반대이면서도 극 일치를 이루고 있다. 색이란 사기다. 사기, 그 언청이가 모두 소유하고 있던 노랑 하양 검정 그리고 그 핏빛은 모두 사기다.

"아자씨, 왜 여기 이러고 있어요?"

수림이 동생 아라가 앞니빨 빠진 입술을 활짝 열어보이며 내 손목을 끌었다. 그미의 뒤를 밟아가니 그 폐 건물 옆 한쪽 벽에 의지하여 천막을 얽어놓은 것이 보였다. 대형 선풍기라도 한번 돌리면 날아가 버릴 것 같은 가발이 천장이랍시고 썩어 있었다. 맨 바닥에 우비가 깔렸고, 그 위에 라면상자 등속이 덮여 있었다.

눈물 콧물이 얼룩진 그 남동생은 기진해 쓰러져 있다가 나를 보자 강아지마냥 흔뎅거리며 일어났다. 구청직원의 강제 퇴거령을 세 번째 받았지만 쫓아내려면 아예, 요 어린것들까지 몰살시키라며 현 씨는 드러눕곤 했었다. 몇 년 동안이나 사람이 살지 않던 그 폐건물은 원래 무슨 트럭회사 사장의 소유였는데, 전국적으로 뛰던 화물 트럭 몇 대가 손자를 업은 할머니를 치거나, 건널목에서 열차를 받아버리는 등 사고가 연거퍼 터지자 그 사장은 부도를 내고 뛴 것이다.

빚쟁이들이 값나갈 물건은 죄 뜯어가고, 건물 뼈다귀만 남아 있는 걸 철거해야 하느니, 하천부지니, 어느 신문사 땅이니 하고 구청장 바뀔 때마다 메뉴가 다르더니, 어느 장난질에 넘어갔는지 금테 안경의 작달 만한 똥자루가 택시 이십 몇 대를 거느리고 군림해 들어와 있는 것이다.

왕년의 조선시대엔 양반들의 채소를 대주던 똥밭이던 이 습지대가 이젠 올림픽촌 투기지역으로 하루가 다르게 땅 값이 치솟았다. 가진 놈들은 더욱 빼앗아 가고, 못 가진 놈들은 더욱 빼앗기는 현장이기도 했다. 아라가 수박을 쪽박에다 썰어 왔다. 꼬마들은 씨까지, 껍데기까지 아껴가며 긁어 먹었다.

"아빠는 어디 가셨니?" 나는 아라에게 쥐포를 찢어 주며 물었다.

"이 집으로 이사오고 나서, 하룬가 있다가 아직 안 들어와요."
"언니는?"
"요 앞에서 자갈을 바구니에다 맨날 실어날라요. 아자씨, 우리 어제는 짜장면 먹었다. 곱빼기로."

언니가 사 주었다는 짜장면이 크게 자랑이다. 나는 한 쪽에 몰켜있는 내 쌘드 백, 헤드 기어 등을 쳐다보자, 궁지에 몰려 찌그러진 내 몰골 같아 울화통이 치밀었다. 이럴 땐 쌘드 백이라도 손목뼈가 부러지도록 치고 싶다.

"아자씨, 구청 아자씨들이 와서 이 집도 빨리 이사하지 않으면 불질러 버린데요, 언니는 아빠만 들어오시면 여기보다 더 좋은 곳으로 이사간댔어요, …… 거긴 강도 있고, 숲도 있고, 꽃도 있대요…… 아자씨도 같이 가요, 네에?"

진통제라도 하나 먹어야겠다. 밖으로 나왔다. 보건소에 있을 때는 별로 몰랐는데 걸어보니 가운데 물건의 통증이 심하다. 펜치로 그 물건을 잡아뜯는 듯한 고통이었다. 언청이와 싸울 때 불알에 뻘건 피를 흘리던 그 불독이 쇠갈쿠리에서 뛰쳐나와 내 그것을 물어뜯은 것 같기도 하다.

눈에는 눈, 피는 피로 갚으라는 회교율법에 따른 것일까. 그녀석이 다른데도 많은데 하필이면 그 물건을 공격할 게 무언가. 파계승이긴 하지만 중놈 신분에서 아직 완전히 허물 벗긴 상태가 아니므로, 까짓 물건이야 없어져도 신분에 관계없지만 그렇다고 개에게까지 뜯겨져서 못쓰게 된다는 건 억울하지 않을 수 없다.

　중 놈에게 이런 연장이야 써먹을 데가 없는 거추장스러운 것이긴 하지만 말이다.

　에너지의 축적은 고사하고, 의외의 봉변으로 온몸의 부속품들이 망그러지고, 나사가 멋대로 풀려나간 상태에서 살인적인 경기에 임한다는 건, 차라리 수류탄 뇌관을 뽑아 안고 링 위에 올라가는 것이 더 나을지도 모른다.

　나는 박카스 한 병과 진통제 몇 알을 사들고 근처의 백제토성으로 올랐다. 한여름 뒤끝의 더위가 어린애 기저귀 같은 냄새로 얼굴을 덮어왔다. 나는 미루나무 그늘을 골라 엉덩이를 붙였다. 혹시나 그 신비의 거문고를 찾을 수 있을까 하는 엉뚱한 망상으로 주위를 둘러보았다.

　도로공사에 동원된 하루살이 품팔이꾼들이 점심시간을 이용해 여기저기 피곤한 낮잠에 쓰러져 있었다. 아래 쪽 천호대교로 나가는 큰 도로에는 워커힐 관광버스들이 줄지어 손님들을 실어 나르고, 경찰 사이드 카가 칸보이를 하며 검은 세단을 인도하는 행렬도 보였다.

　그들의 반사경 백밀러에는 진드기마냥 토성에 엎드려 있는 이 동포들이 비칠까. 교통신호도 안 받고, 무사통과하는 그 행렬 끄트머리에는 아지랑이가 몰렸다. 아스팔트에서 땀을 흘리는 수증기이리라. 그 아지랑이 끝으로 조실 스님의 짙은 눈썹이 떠올랐다.

아버지의 오해와 학대에 못 이겨 어머니는 한밤중 부엌 대들보에 목매달아 자살해 버렸다. 어머니를 학대하게 된 원인이 되는 아버지의 오해라는 건, 사실 오해가 아니었다는, 그 〈비밀〉을 나는 나중에야 어느 보살에게서 얻어들을 수 있었다. 학교에 못 가는 것은 어린 나이에도 채념할 수 있었지만, 어머니가 없는 집이란 참을 수 없었다.

어머니의 시체를 쉬쉬하면서 한밤중 일가친척들이 뒷산에 암매장하고 돌아오던 날 밤, 나는 어머니와 내가 주로 기거하던 아래채와 연해 있던 헛간에서부터 석유병을 지붕에 던지고 불을 질렀다. 그리고 나는 그 밤중 눈 덮인 산등성이로 출가 아닌 가출을 한 것이다.

눈 속에 파묻힌 나를 업어서 살려준 건 그 노스님이었다. 그 조실의 상좌 스님인 해암(海巖)이 귀띔해 주면서 다음과 같이 덧붙여 주었다. 그 조실은 영통한 귀기가 있어서 백리 밖에서 우는 매미 소리나 개미가 기어가는 방향도 안다고 했다. 이따금 그 무량암을 찾는 늙은 보살들이 불공드리러 올라치면, 조실은 상좌나 나를 내보냈다.

조실이 시키는 대로 읍내 버스 정류장이나, 뒷산을 몇 고개 넘어 산모퉁이 당산나무 근처에 가면 그 단골 보살들이 쉬고 있었다. 그 조실이 아니었다면 나는 얼음 계곡 속에서 동태가 되었을지도 모른다. 그 조실은 삼천포 무량암에 나를 몇 년 간 데리고 있다가 해인사 홍제암으로 옮길 때 다른 사람들은 그대로 놔

두고 상좌와 나만 데리고 갔다.

4. 천호동 무허가 판자촌

연득없이 유리창 깨지는 듯한 호각 소리가 공기를 정지시켰다. 어렴풋이 잠이 들던 나는 그 소리에 튕겨 일어났다. 백제시대의 토성이라 하지만 하나의 강둑마냥 나지막한 동산이다. 그 둔덕에 누에마냥 쓰러져 있던 아낙네들이 오후 일과를 위해 갈씬거리며 일어났다.

그 십장은 호각 소리만으로 맘에 안 찼는지 어지럽게 돌아다니며 쌍욕과 함께 함부로 걷어찼다. 그래도 날품팔이꾼들은 날 잡아잡수하며 지칫거렸다. 그때 어른들마냥 머리에 수건을 동여맨 어린 소녀가 내 앞을 휘청거리며 내려갔다. 수림아! 그미가 멈칫 돌아섰다. 삶에 일찌감치 찌든 어린 소녀의 피로한 얼굴이 거기 있었다. 아저씨! 날캉 달려왔다.

"아저씨 언제 오셨어요. 아저씨도 어디로 영 가버리신 줄 알았어요, 얼마나 기다렸는지 몰라요."

"어머! 그래애? 병원에 잠깐 입원해 있었어."

수림이가 들고 있던 삽을 빼앗아 내가 울러메고 내려섰다. 돼지코의 그 십장은 새끼손가락으로 콧수염을 후벼파며 아리송한 표정이다. 나는 수림의 등어리를 가볍게 쳐주며 집에 먼저 들어가 보라고 했다. 수림의 머릿수건을 혁대에 꿰차고 나는 뛰어 내려갔다.

아스팔트에 자갈이 깔리고, 뜨거운 콜타르 물을 뿌리는 기계차가 서서히 지나면, 그 위로 다시 덩어리 콜타르가 모래 더미처럼 적절하게 안배된다. 그 왕모래 같은 콜타르들을 부삽으로 평탄하게 까는 작업이다. 일제히 부삽으로 깔아 놓으면 쇳덩어리 압력차가 발맘발맘 다져놓는 것이다.

길이란 재미있는 낱말이다. 더구나 길을 닦고 닦는다는 것, 현실의 길이든, 이상의 길이든, 그 길을 위해! 소금장사와 비단장사가 갔던 길은 석가와 예수가 갔던 길과 다르면서도 같을 수 있다. 그렇다면 나의 길이란? 내 운명의 수도자로서의 길이 가당찮게 프로권투선수의 길을 걷고 있다. 과연 파멸의 길일까? 오히려 체험적 수도자의 길일까?

이 콜타르의 화석층에 내 증명사진이라도 하나 묻어 놓는다면 몇 천 년이 지난 뒤 내 얼굴이 남아 있을까? 어느 날 지진이나 화산의 지각 변동이 일어나면 지구의 멸망 뒤에 어떤 족속이 내 사진을 보고 어떻게 기억할까? 엉뚱한 망상 속에서 열심히 삽질하고 있는데, 누군가 부르는 소리가 들렸다. 수림이었다.

어느덧 기울어져버린 서쪽 하늘의 황혼을 머리에 이고 수림이가 손짓으로 서둘렀다. 오랜만에 한껏 흘려본 고귀한 땀방울, 노동의 또 다른 기쁨이 땀구멍마다 배어나왔다. 그것은 홍제암 뒤로 널린 사찰 소유의 채마밭을 가꾸면서 느끼던 만족감 비슷한 것이었다. 갖가지 씨앗을 심으면 심은 대로 수확을 거두었다. 쑥갓 상추 등속은 한쪽에선 뽑아내고, 한쪽에선 새로 씨앗을 뿌렸다. 머리끝에서부터 바가지로 물을 퍼붓듯 흘러내리는 내 온몸의 땀이 양분의 일부가 되어 한 아름 되는 배추를 안았을 때의 생명감은 또 다른 포만감을 주었다. 나는 사타구니 아래로 고이는 땀을 수건으로 적셔내며 수림에게로 다가갔다.

아저씨! 큰일났어요, 빨리 집에 좀…. 나는 '집'이란 어휘에 걸리자 삽자루를 집어던지고 그대로 뛰었다. 어떤 직감에 부딪혔기 때문이다. 역시 집 아닌 그 집은 발가벗겨져 있었다. 그 택시회사 벽에 잇댄 움막집은 비닐 천막 하나만 벗겨졌는데도 궁뎅이를 하늘로 쳐들고 똥구멍을 보이는 미친년의 볼기짝마냥 지저분하게 널려져 있었다.

움막집일망정 외계와 차단하는 지붕과 사면의 벽이란, 개인의 자유와 안식을 지탱하는 절대적인 경계라는 것을 보여주었다. 가재도구가 함부로 엉크러져 버린 한쪽 구석에서 아라는 남동생에게 수제비를 떠 먹이고 있었고, 에돌아 서 있는 주민들을 헤치고 다니며, 철거반은 솥단지 등을 끌어내고 있었다. 이럴 땐 어떡해야 할 것인가, 나는 떨리는 주먹을 애써 뒷짐지고, 현장 지휘자인 듯한 사람에게 다가갔다.

"선생님! 꼭 이런 식으로밖에는 달리 방법이 없겠습니까?"

애꾸눈인 철거반장은 웬 떨거지냐는 식으로 아랑곳하지 않고 계속 냉갈령하게 악매를 쳤다. 초고속 투기지역에 딱정벌레같이 벽에 늘어붙어있는 이런 움막집이 아직도 있다는 것이 부자들에게는 넉넉한 눈요기감일 것이다.

내가 왕년의 세계 챔피언이고 현재 재기를 위해 몸부림하고 있는 권투선수라는 걸 몰라보는 게 얼마나 다행한 일인지 모르겠다. 에라, 저저 후리 펀치로 한방 갈겨서 위아래 앞니빨 열 개쯤만 뽑아놓을까 보다며 목구멍까지 치미는 울화를 검세게 삼키며, 나는 다시 다가갔다.

"반장님! 철거민들에게 주게 되어 있는 아파트 입주권 같은 거라도, 어떻게 좀 안되겠습니까?"

"이 양반이 눈깔이 삐었나? 그게 어린애 눈깔사탕인 줄 알아? 그런 건 구청장보고 얘기해. 내 소관업무는 철거뿐이니까. 억울하면 여기 파출소 소장도 나와 있으니까, 성풀이 혀 봐."

나는 애꾸눈의 당당한 언성에 석유 먹은 독사마냥 주먹이 절로 풀렸다.

"아빠가 아까 파출소에 끌려갔어요."

수림이는 이런 일에는 지쳤는지 일상적으로 얘기했다. 그 택시회사 사장님이 쥐어주는 돈봉투를 그냥 가져올 걸 그랬어요, 수림이의 아쉬워하는 말이 귓가를 맴돌았다.

어쩌면 내가 이 사바세계에 살아야 할 마지막 승부일지도 모르는 죽음의 대결이 일주일 앞으로 당겨졌다. 다행히 모든 것을 잊고 트레이닝에 전념할 수 있었다. 아니, 이상적인 트레이닝 환경이다. 아라의 말대로 강이 있고, 숲도 있고, 맑은 공기가 있다. 밤이면 둑가에 지천으로 깔리는 노란 달맞이꽃은 어느 고급 콘도미니엄에도 없는 대자연의 정원이다.

철거반의 권력과 무력 앞에 우리는 울가망할 수밖에 없었다. 파출소에서 만취가 되어 떼거지를 쓰고 있는 현 씨를 끌고 나와, 수림이가 새마을 사업장을 다니면서 눈여겨 두었다는 이곳으로 이주한 것이다. 잠실대교 교각 아래에서 G대 쪽으로 나가면 G 아파트 단지에서 쏟아져 나오는 하수도가 몇 군데 있다.

그 중 폐쇄된 하수도가 몇 개 있었는데, 악취가 지저분하지만 은밀하고 조금은 넓은 이 천연의 요새에 우리는 보금자리를 튼 것이다. 사각형의 하수도는 튼튼한 시멘트 구조물이어서 태풍에도 염려할 것 없었다. 사람 키 높이의 여유 있는 생활공간이다.

하수도에 반 이상이나 쌓인 모래흙을 파내고, 근처의 자갈과 큰 돌멩이를 굴려서 군부대의 방위벽마냥 만든 것이다. 이런 작업에 현 씨는 신명나게 일했다. 우연히 폐 건물에 같이 살게 되면서부터 그를 알게 된 지난 1년 동안 현 씨의 그렇게 밝게 핀 얼굴을 만난 적이 별로 없었다. 하수도 집이지만 이제 누가 쫓아다니며 못살게 굴 셋줄은 없을 것이다.

약간 악취가 나긴 하지만 한강물에 샤워도 하고, 숲 속에 매단 쌘드 백과 펀칭 백을 계획대로 반복 연습했다. 서투른 대로 현씨가 헤드 기어를 쓰고 스파링 상대가 되어주곤 했다. '승부는 상대방을 이기는 게 아니라, 자기 자신을 이기는 데서 결정된다.'

나는 대머리에게서 소드락질 당한 그 날 이후, 우레 켜며 우이동 골짜기, 관악산 숲 속, 남한산성 등을 헤매며 폭음을 일삼다가 풍납동 근처에서 새삼스레 마음을 다잡고, 흘러 들어가게 된 곳이 현 씨의 움막집인 그 폐건물이었다. 내가 새삼 맘을 다잡고 본격적인 하드 트레이닝을 다시 시작한 이후, 땀빼기 작전을 겸한 새벽의 로드 웍은 오랜만에 가져보는 삽상한 탈진감이다.

모든 것을 잃어버린다는 것은 모든 잡다한 세균을 세척해 버린다는 청소감 같은 것이다. 법구경의 말이 떠오른다. '원망으로써 원망을 갚으면, 마침내 원망은 쉬어지지 않는다. 오직 참음으로써 원망은 쉬나니, 이 법은 영원히 변하지 않는다.' ……수리 수리 마하수리 수수리 사바하 나무사만다 못다남음 도로도로 지미 사바하 옴 아라남 아라다…"이 뭐꼬?"하면서 우리의 길은 매우 직접적이다.

그러나 알다시피 이것이 실제의 선(禪)은 아니다. 이것이 우리의 전통적인 방법은 아니지만, 그것을 나타내고 싶을 땐 이런 식으로 표현하는 게 수월할 때가 있다. …… 빈 가슴, 빈 마음, 그리고 빈손은 때로 아주 편안해진다. 옷을 벗어던지고 계곡에서 목욕하는 청신감이다. 언청이 대머리 그리고 공양주 스님 등 모든 것을 씻어버리고 다시 링에 오르는 것이다.

새벽 5시, 잠실대교를 달리는 기분은 그대로 하늘로 올라가는 기분이다. 잠실대교로 해서 천호대교로 한 바퀴 돌아오면 대개 50분 정도로 걸린다. 그 시간쯤이면 천호대교 검문소에 있는 전경(戰警)이 사이다나 주스를 한 병씩 쥐어준다. 내 얼굴을 아는 팬 가운데 하나였다.

로드 웍을 실시한 지 사나흘쯤인가 잠실대교에서 반환점인 천호대교로 막 넘어서는데 상경 계급장이 달린 팔뚝이 직각으로 올라가며 전경이 거수경례로 막아섰다. 나는 웬일인가며 서서히 멈춰섰다. 주민증이 있을 리 없다. 잠시 낭패스런 표정을 짓고 있는데, 그 전경이 가까이 다가오며 한 손에는 캔 사이다를 들고, 한 손에는 수첩을 꺼내어 싸인을 청했다. 나는 당황스럽기도 했지만 감격도 됐다. 패장(敗將)에게 보내는 박수는 더욱 허리지르는 격려였다.

"아, 불탄공 선수 아닙니까? 신문에선 증발됐다고 하며, 억측이 요란 하던데, 어떻게 여기 숨어 있었군요, 반갑습니다. 이렇게나마 뵈서 영광입니다."

그 옆에 있던 헌병도 M16 소총을 옆구리에 세운 채, 윗주머니의 수첩을 더듬거리며 한 마디 거들었다.

"아, 맞았어요, 맞았어 ……한국 권투계가 지금 불황 중의 불황, 침체 중의 침체 아닙니까? 작년까지만 해도 타이틀이 3개나 있었는데, 김득구 형의 불운 이후, 이제 하나도 없지 않습니까?"

"그래요! 이제 전 국민의 한 줄기 희망은 불선수 뿐입니다. 이번에 확정된 선수는 깜둥이 빠삐용이라면서요? 미국겐가 브라질겐가 그렇다죠?"

"브라질이고, 부러질이고 여하튼 코뼈가 부러질 녀석이에요, 한국이 어디라고 콧대를 세우고 서울까지 온답니까? 형님! 후리펀치로 아주 초전박살내세요, 그 날 내가 부산까지 내려갈 거예요. 구덕체육관이죠?"

"이 친구 권투라면 탈영해서라도 꼭 보고 오는 권투 광이에요, 왕년에 자기도 아마추어 권투선수였대요"

　새벽이라 통행이나 차량이 별로 없어서인지, 전경과 헌병의 두 젊은이는 잠깐 무료함을 달랬다. 나를 알아보는 사람도 있다는 사실에 캔 사이다 맛이 절로 상쾌했다. 며칠 후, 그들은 다른 근무 조와 시간이 변경되어 근무 시간이 아닌데도, 새벽 5시면 번갈아가며 나에게 음료수를 제공하는 것이었다.

　나는 그들의 기다림 때문에 새벽의 로드 웍을 하루도 빠뜨릴 수가 없었다. 대머리 매니저는 사기에도 소질이 있었지만 트레이너 역할도 남다른 소질이 있었다. 연습을 실전같이 하고, 정작 실전 때는 연습같이 가벼운 심신이 돼야만 여유 있게 경기를 이끌어갈 수 있다고 한다든지, 일찍이 세계적인 권투인이었던 잭 뎀프사의 강타 비결을 응용시켜 주기도 했다.

　칠 때에는 말이다.

　"이 땡초야! 내 모션을 잘 봐, 펀치에 내 온 몸의 힘을 다 기울이고 이렇게 프로우 드로우로 후려쳐야 한단 말씸야, 이런 정도로 허리가 돌아가야만 그 집중된 힘이 어깨에서 팔을 통하여 주먹, 새끼손가락까지 전기마냥 뻗치고, 딱! 하고 상대방 급소에 맞았다. 하면 녀석은 죽기 아니면 뻗기야, 이 중놈의 새끼야 알간? …… 일았으면 그대로 혀 봐, 하늘에 날아가는 암컷의 뭘 봤나? 히죽거리긴, 참새가 벌리고 가는 그게 보여? 임마?"

　한 낮에 두 시간, 새벽에 네 시간 정도 눈 붙이는 이외엔 그대로 트레이닝에 전념했다. 대머리의 평소 훈련방법대로 발가락 끝의 발톱의 힘까지 주먹 끝에 모아 새도우 복싱을 했다. 손등 위의 다섯 개 관절 산봉우리 가죽이 몇 번 벗겨지자 이젠 면도날로 찢어도 감각이 별로 없다.

그것은 내 생명의 은인인 쌘드 백의 가죽이 터지고, 꿰매고, 찢어지고 또 새 가죽을 대곤 한 흔적과도 같다. 권투에 처음 입문하면서 나의 전 재산을 털어서 처음 마련한 것이 글로브보다 쌘드 백이었다. 전 재산이라고 해 봤자 산 속에서 사바로 가출할 때 공양주 스님의 걸망 속에서 훔쳐가지고 온 십 몇 만원이 전부였다.

권투도장을 몇 군데 기웃거리다가 얻어걸린 것이 언청이었고, 그 때까지 남은 돈을 탈탈 털어서 중고 쌘드백을 구입했던 것이다. 낮에는 언청이가 지원해 주는 말죽거리 권투도장에 나가고 밤에는 그의 집 뒤꼍 나뭇가지에 매 둔 중고 쌘드 백을 쳤었다.

나는 쌘드 백을 맨 손으로 쳤다. 나중에 언청이 매니저가 사준 글로브도 물리치고, 손등 가죽이 벗겨져도 맨 손으로만 때렸다. 쌘드 백에 얼룩진 핏자국을 닦으면서 공양주 스님의 얼굴을 그 위에다 찍었다. 다시 그 위에 잊혀질 듯하는 아버지의 얼굴도 그 위에다 찍었다.

쌘드 백에 마주서면 저절로 오한이 나고 분노가 솟구쳤다. 그것은 권투선수로 대성하기 위한 기초훈련 과정이 아니고, 원한에 찬 보복의 스트레스 해소 방법이었다. 나는 무엇인가 저주와 복수에 차 있고, 잔인한 보복을 하려고 했지만 막상 그 대상을 찾으려면 마땅치 않고, 그 복수 방법도 목표가 없었다.

그냥 무엇인가 그저 세상에 대한 파괴 심리뿐이다. 그러나 쌘드백 위에 아버지와 공양주 스님의 얼굴을 그려 놓자, 내 원한의 주먹은, 저주의 주먹은 힘이 붙었다. 처음에는 세계 챔피언이 되면서 명예나 또는 돈을 어떻게 해보자는 애초의 계획도 없었다. 존재함으로 해서 격렬하게 충돌하고 싶은 몸부림밖에 없다. 바위 같고 바다 같은 조실 스님도 내게는 안식처가 될 수는 없었다.

이 넓은 우주공간 어느 구석도 나에겐 휴식과 평화를 주는 곳은 없었다. 끝없는 발악뿐이었다. 언청이는 그래도 처음엔 마누라 반지까지 팔아서 뒷배를 봐줄 정도로 병아리 눈물만큼만 애정이라도 있었지만, 대머리는 처음부터 눈기이며 걸태질을 한 것이다. 챔피언 벨트를 맸다 하면 하늘에서 쏟아지는 대전료에 언청이도 대머리도 눈이 먼 것이다.

언청이는 한 번 먹고 떨어졌지만, 대머리는 세 번씩 각통질했으니, 몇 억대는 봉창질 했을 것이다. 그러나 정작 재주넘은 곰 같은 나에게는 맨 손과 맨 발 그리고 가죽밖에 남은 게 없다. 사바에서 산으로 돌아가는 것은 출가이고, 산에서 사바세계로 내려오는 것은 가출일까? 그렇다면 내 경우는 본의 아닌 출가와 본의인 가출이 다 해당되는 셈이다.

출가나 가출이나 안에서 밖으로 나간다는 상태는 똑 같은 의미이다. 실제는 정반대의 인식을 준다. 하나는 석가와 같은 성인의 길이고, 다른 하나는 나와 같은 잡놈의 길이다. '출가'라는 같은 어휘로써 빚어지는 인식의 오류다. 우리는 때로 인식의 착각 속에 안주해 있다.

나는 아라 밑의 남동생을 끌어안고 미루나무 그늘에서 오후의 단잠에 빠져 있었다. 풍납동 폐건물에서 한밤중 빗사이로 듣던 거문고의 특수한 떨림음이 미루나무 은빛 잎사귀 떼에서도 화음 되어 반사되었다. 백제토성에서 듣던 가락과 이곳 화양동 둑에서 듣는 현소리는 홍제암 계곡에서 울리던 목소리와 한결같이 일치했다.

그것은 또한 밤이면 어머니 품안에서 소리되어 나오던 바로 어머니의 옛날 얘기와 일치된다는 걸 비로소 알았다. 그 소리의 고향을, 그 원시성에 나는 새삼스럽게 접근해 가는 것이다. 누군가 손등을 찌르는 듯한 통증에 튕겨 일어났다. 아이구 깜짝야!

수림이가 오히려 놀래어 뒤로 자빠졌다. 그미의 손에는 뻘건 머큐롬이 들려 있었다. 그때서야 내 손등을 내려다보니 뻘건 칠이 범벅이었다. 깨진 유리조각같이 찢겨져 나간 내 양쪽 손등을 그미가 빨간약으로 닦아내고 있었다.

"요런 마귀할멈같이 나타나서 사람 혼구녕을 내냐? 이 빨간약은 어디서 났니?"

"오늘 일주일 분 일당을 한꺼번에 탔거든요, 해해, 흑백 테레비지만 하나 나올 데가 있어요, 2만원 달라는 걸 사정해서 만원에 내일 가져오기로 했어요."

"아니, 그건 또 왜? 바닥이 난 옥수수가루가 더 급한데······."

"뭐, 한두 번 굶어 봤어요? 새삼스럽게 그 보다도 아저씨의 유명한 권투시합이 일주일도 안 남았잖아요. 우린 부산 구덕체육관까지 갈 수 있는 형편이 못 되니까, 테레비라도 봐야 할 게 아녜요."

"참 그렇던가······."

한국뿐이 아니고, 세계의 권투선수들은 불행한 과거와 함께 현재를 살고 있다. 하나의 미래를 걸 수 있는 건, 링에서의 목숨을 건 승부밖에 없다. 상대를 눕히지 못하면 내가 쓰러질 수밖에 없는 논리다. 죽기 아니면 기절하기다. 실컷 얻어맞고 나서 보상받는 대전료를 위해서 젊음과 목숨을 거는 것이다.

그 단 한번 운명의 챔피언 벨트, 그리고 그 이상의 피눈물 나는 방어전 그리하면 장사밑천이라도 바닷물에 소금알 남듯이 겨우 떨어지겠지만, 결정적인 순간에 손 한번 치켜보지 못하고 쓰러져 나가는 무명의 권투선수들은 또 얼마나 많은가, 상처난 짐승마냥 그들은 뇌진탕까지 일으켜 가며 몸부림해야만 하는 승부의 세계는 잔인하고 냉혹한 것이다.

그보다 더 설운 것은 아주 쉽게 등 돌리는 관중들이다. 다운됐다, 하면, 뒤도 안 돌아보는 것은 물론이지만, 그 선수의 이름도 다운과 함께 침몰되어 버린다. 다른 종목과는 달리, 권투선수의 패배는 그대로 삶의 패배가 된다. 이따금 왕년의 세계적인 권투선수가 소매치기나 조직범죄의 대부 등으로 비참한 말로를 걷게 되었다는 신문보도를 우리는 때로 쉽게 만날 수 있을 것이다. 나는 오후 일과인 줄넘기부터 시작하려고 일어섰다.

"참 내 정신 좀 봐, 어떤 할아버지가 우리 학교에 와서 아저씨를 찾아요? 그래서 집 위치를 가르쳐 드렸는데 안 찾아왔어요?"

"어떻게 생긴 사람이든?"

"시골 할아버지 같이 얼굴이 새카맣고 한복을 입었어요."

시골 할아버지? 이 세상에 나를 찾을 사람이라곤 없는데 누굴까? 공양주 스님이나 조실 스님은 더욱 아닐 터이고, 권투협회에서 연락이 온다면 권 회장이나 한 총무일텐데, 그들은 할아버지가 아니고, 아직 젊다. 또 하필이면 수림이 학교로 수소문했을까? 그러고보면 나의 소재지를 아는 사람들은 협회 간부들밖에 없다.

그들이 파출소로 확인해서 수림이 학교에 연락할 수 있었을 것이다. 사실 계약 관계도 있고 해서, 협회에 한번쯤 들러본다는 게 늦었다. 오후의 트레이닝 일과를 포기하고 무교동 협회에 가보기로 했다. 수림이가 동생들과 내 점심 밥상을 차려 주고, 늦었다면서 서둘러 학교에 갔다.

수림이의 학교생활은 얼러방망이다. 그미의 아버지가 사다놓은 쌀이나 연탄이 떨어지면, 며칠이고 간에 새마을 사업장이나 도로 공사장에 가서 어른들 틈에서 막노동을 하고, 점심시간을 이용해서 동생들을 보살펴 주고 하기 때문에 그미의 이름 난은 출석부가 아니라 결석부이다.

그런데도 시험지는 늘 상위권 점수를 확보해 온다. 그것은 수림의 말대로 그미 담임의 애정이 아니면 불가능한 일일 것이다. 협회가 있는 시청 앞까지 지하철을 탈 요량으로 성내역으로 갔다. 많은 승객들이 오르내렸다. 왕년의 세계챔피언 얼굴을 유심히 쳐다보는 사람도 더러 있었다.

강변역을 지날 때면, 늘 고향이 연상된다. 어렸을 때 불을 지르고 도 망친 고향이지만, 가슴속의 그리움에 순간순간 불을 지른다. 부엌칼로 두부 자르듯 뇌리에서 도려내고 싶은 고향이면서도 심장에 화각(火刻)된 고향마을이다.

가뭄과 홍수가 반복적으로 극심하게 일어나, 가뭄 때는 뒷산의 계곡에 올라가 바위틈으로 새어나오는 감질나는 물을 받아서 논바닥에 붓기도 하고, 고향 복판으로 흐르는 개울물이 넘쳐나는 홍수 때는 산쪽대기나 윗마을로 피난갔던 주민들이 돌아와 흙벽돌을 다시 찍고 살가죽을 벗겨버린 논밭을 다시 일구곤 했었다. 이따금 습격하는 하늘의 재난에 고향사람들은 더욱 결속되면서도 배타적인지도 모른다.

5. 마굿간 모자

어머니와 나는 아래채 마구간이 달린 옆 방에서 살았다. 새벽이면 어머니는 부엌일에서부터 밭일까지 하루종일 소처럼 일해야 했고, 나는 산에 가서 나무를 하거나 아버지를 도와 논일을 해야 했기 때문에 하루종일 어머니를 보지 못할 때가 많았다. 안채 식구들의 잠자리까지 다 보살핀 뒤에야 어머니는 이미 힘에 겨워 쓰러져 있는 내 옆에 와서 밤늦게서야 같이 쓰러질 수 있었다.

어머니는 내 옷을 벗겨주고, 베개를 뉘어주고 그리고 달빛을 모아 내 얼굴을 한참씩이나 내려다보며 만족해하곤 했었다. 당신의 그 각다분한 노동의 대가가 내 성장을 보장하고 있다는 듯이 뺨이며 가슴 불알까지 쓰다듬었다. 그리고 누룽지나 또는 장에 가서 몰래 구입한 미군초코렛 등을 손에 꼬옥 쥐어주곤 했다.

나는 꿈속에서도 어머니의 갈갱스런 숨소리만 들어도 눈을 떴다. 그러나 자는 척했다. 그것은 보름달같이 아련한 추억이다. 미소와 이슬이 함께 맺히는 어머니의 눈물을 어린 마음에도 보기가 핏줄 쓰였던 것이다.

이튿날 아침 소꼴을 베면서 나는 어머니가 준 누룽지나, 이미 신문지와 함께 구겨져 떡이 되어버린 초콜렛이나 껌을 종이째 오랫동안 아껴두었다가 삼키곤 했다. 책보를 허리에 둘러메고 한꺼번에 몰려서 등교하는 내 또래 동네 애들의 뒷모습을 멀리 내려다보며 어머니의 단맛을 목구멍에 넘겼다. 내겐 학교도 필요없고 어머니만 곁에 있어주면 충분했다.

안 채 식구는 원래 다섯이었다. 아버지와 큰 엄마, 그리고 누나 셋이 있었는데 큰누나는 시집갔다가 애를 못 낳는다고 쫓겨와 있었다. 원래 유랑극단의 곡예사였던 어머니는 떠돌아다니기에 너무나 지쳤다. 어디 한군데 붙박이로 살고 싶었던 게 소원이었는데, 마침 아들을 하나만 낳아주면 집을 한 채 주겠다는 제의를 받고 아버지 집에 들어왔던 것이다.

　어머니는 어떻게 해서든지 아들을 하나 얻어야겠다는 일념으로 그다지 멀지 않은 강 건너 절에 다니기 시작했다. 그 절은 실제로 백일기도를 드리면 이따금 아들을 점지해 주어, 옛날부터 남부지방 일대 아녀자들이 줄을 잇곤 하는 절이었다. 어머니는 꼭두새벽이면 계곡물로 목욕재계를 하고 바위에 새겨진 군다리보살에게 정성껏 기도를 드렸다.

　정말, 그 혼신의 공양 덕분인지 어머니는 백일이 지나 태기가 있고 이듬해 나를 낳았다. 아버지는 약속대로 집을 한 채 주었다. 그러던 중, 본부인이 죽어버리자 어머니가 그냥 내처 눌러앉게 되어버린 것이다. 그 안채의 본부인이 오랫동안 앓아오던 속병으로 죽은 것이 분명한 데도, 그 본부인 속에서 나온 세 딸들, 말하자면 이복 누이들은 그 때부터 어머니를 모함하고 저주하기 시작했다.

　마치 자기들 어머니의 죽음이 내 어머니 탓인 듯이 까탈을 부렸다. 아버지의 부릅뜬 도끼눈에도 불구하고 어머니를 대놓고 '아주머니'라고 불렀다. 문제는 그 정도에 그치는 것이 아니고, 어머니가 다닌 무량암의 주지 스님이 백일기도 하러 온 신도들을 최면술로 마취시켜서 겁탈을 한다는 것이다.

　신도들이 남편과 자기의 나이를 합한 숫자만큼 절을 하고 나서 정안수를 마실 때쯤 최면을 걸어 의식이 몽롱해지면 근처의 동굴 속에다 눕혀 놓고 강간을 한다는 소문을 어디서 주워듣고는 어머니도 분명히 그런 은밀한 방법에 의하여 나를 낳았을 것이라며 아버지에게 고자질하고는 물고 늘어졌다.

장날이면 농담삼아, 동네사람들이 막걸리 취기 속에 지껄이는 그런 소문에 아버지의 무의식은 엿살피기 시작했다. 주지 스님의 유난히 짙은 눈썹과 내 눈썹이 너무나 닮았다는 농담아닌 농담이었다. 그것이 가시있는 농담인 것이, 백일기도를 해서 나온 부인들의 아이들은 아들이든, 딸이든 대개 강아지풀같이 길고 두터운 눈썹이라는 것이다.

나는 거울을 볼 적마다 확대되어 꼭뒤누르곤 하는 눈썹을 상좌 스님이 내 머리를 밀어주곤 할 때 쓰는 삭발 칼로 내 두 눈썹을 밀어버린 적이 있었다. 철없던 사미승 때 하얗게 드러나 보인 내 눈썹 등걸을 발견한 조실 스님에게 나는 처음으로 몹시 맞았다. 무릎을 꿇고 앉은 채, 가운데가 갈라진 대나무 쪽으로 내 등어리는 퍼렇게 등줄기를 탔다.

본부인의 탈상을 하고도 몇 년이 지나도록 어머니는 야발스런 누이들 때문에 안채의 아버지 방에 한번도 들어가 보질 못했다. 누이들이 어린 나를 학대하는 것을 보고 어머니가 감싸주려고 하면 아버지까지 달려들어 어머니의 머리채를 담벼락에다 짓찧는 것이었다.

어머니는 나의 모든 실수를 당신이 대신 맞아줌으로 해서 모면해 오곤 했는데, 급기야 나는 중놈의 씨앗이니까 같이 나가라는 말을 아버지는 대놓고 다미채웠다. 그러던 중 눈보라가 몹시 치던 어느 날, 외양간의 암소를 도둑 맞았었다. 그것이 화근이 되어, 아버지는 나를 죽인다고 낫을 들고 설쳤다.

소고삐를 어떻게 매었기에 도둑을 맞았느냐며 모가지가 잘리기 전에 나가라는 것이었다. 그날 밤 어머니는 목을 매었던 것이다. 그러나 그 도둑맞은 소는 뒷산 너머 본부인의 친정집에서 며칠 뒤 찾아왔다는 것이다. 그 연극은 누이들이 어머니와 나를 쫓아내기 위한 음모였다는 것을 나는 훨씬 뒤, 내가 있던 무량암의 어느 보살에게서 그 모든 손떠퀴를 읽어낼 수 있었다.

강변을 보며 고향을 연상하다가 문득 아까 수림이에게 찾아왔다는 시골 노인이 혹시 아버지가 아닐까 하는 생각이 번개쳤다. 그러나 아버지가 꼭 나를 찾으려면 쉽게 찾을 수도 있었을 것이다. 더구나 지금 와서 나를 찾을 이유가 전혀 없지 않는가. 나는 머리를 흔들어 잡생각을 떨쳐내며 협회 사무실을 조심스럽게 두드렸다.

권 회장이 연락을 받고, 밖에서 급히 들어와 기다리고 있었노라고 매우 반가와했다. 대기하고 있던 주간지 기자와 인터뷰까지 했다. 권투는 나의 또 다른 구도(求道)의 방편이다. '스님 출신의 전 세계 챔피언, 불탄공의 설욕전! 그는 과연 마지막 생명을 건 이번 시합에 재기할 것이냐, 그대로 침몰할 것이냐.

세계 챔피언 벨트가 단 하나도 없는 한국 권투계의 침체에 과연 그가 신화를 가져다 줄 것인지…… 까까중이 털복숭이를 눕힐 것인지, 또는……' 이런 식으로 또 관중들을 유혹하겠지. 나는 일간지, 주간지 문구들을 상상하고 있었다. 이런 장난들은 몇 년 전부터 반복적으로 당해왔다. 스포트라이트를 받는다는 것은 또 하나의 고통이다.

나의 원래 의사와 의지와는 전혀 티격나게 과장된 기사를 체육부 기자들은 남발하기 때문이다. 활자의 매력에 속을 수밖에 없는 독자들은 또, 더욱 황당한 상상력으로 나를 포위하곤 했던 불쾌한 기억들이 되살아났다.

땡! 공이 울렸다.

6라운드에 접어들었다. 나는 어느 때보다 쾌적했다. 상대방 다까시마 브란드 녀석은 몹시 초조해 보였다. 4라운드에서 두 번 다운을 빼앗은 뒤여서, 나는 여유있게 리드해 나갔다. 힘보다는 스피드를 유지하여 잽싸게 치고 빠지는 전법을 택한 것이다. 그것은 다까시마 챔피언의 대전 실황 비디오를 3개나 놓고 보면서 권 회장, 한 총무 등이 내린 결론이었다.

녀석의 위력적인 레프트 잽과 허리의 힘은, 체중조절에 다소 무리를 했던 내가 힘과 힘의 대결로는 위험하다는 판단이다. 상대의 실수를 유발하여 내 비장의 무기인 골프를 치는 듯한 라이트 스윙이나 이번 트레이닝 때 개발한 스프링식 충격법을 쓴 것이 명쾌하게 적중한 것이다.

특히, 4라운드 끝 무렵 아웃사이드 슬리핑으로 페인팅하면서 개구리 점프하듯 뛰어올라 녀석의 턱을 명중시켰다. 구덕체육관이 갑자기 물샐 뻔했다. 억수같이 퍼붓는 빗속에서 숨죽이고 있던 관중들의 함성이 구멍을 뚫을 뻔했기에 말이다. 관중들은 물론이지만, 링사이드의 권 회장 등도 의외라는 듯 아귀센 눈동자가 내 주먹에 정지되어 있었다.

선수(先手)를 빼앗긴 빠삐용 녀석은 8라운드에서 왼쪽 눈 위까지 찢겨져 피칠을 하자 불맞은 황소마냥 날뛰었다. 그와 나의 글로브는 뻘건 핏물에 적셔졌다. 이미 상황은 기울어져 있었다. 적잖은 대전료가 이제 내게로 굴러들어온다면, 앞으로 얼마간은 계속 링에서 뛸 수 있겠지, 협회 공탁금을 제하고 나면 우선 현 씨에게 달동네 쪽 블록집이라도 하나 마련해 주자.

피투성이가 되어 싸우는 잔인성을 관중들은 몇 푼의 입장료로 만끽하고 있었다. 특히, 링사이드의 동물성 손님들 가운데는 단아해 보이는 숙녀들도 더러 눈에 띄었다. 겉으로는 울상을 짓고, 때로는 눈을 가리는 그미들의 이중성 속엔 음탕한 변태성이 치를 떨 것이다.

미국 등에선 호텔의 특설 링에서 점잖은 저명인사들이 부부동반으로 권투를 보면서 음식을 즐기기도 한다. 겨우 앞에만 가리다시피 하고 맞붙는 일본 씨름인 '스모' 경기엔 처녀들이 주요 단골이라고 하잖는가, 가진 자와 못 가진 자의 참담한 존재양식은 다른 종목보다 특히 권투경기에서 처절하게 확인되는 셈이다.

원래 권투가 모든 경기 가운데 가장 먼저 시작되었다는 기록이 있다. 카인이 아벨을 시샘하여 죽일 때 사용했던 무기가 바로 주먹이었다. '하느님'에의 권력회복을 위해 주먹으로 때려눕힌 것이다. 또, 로마시대엔 가죽 끈 징 스파이크를 사용하여 상대를 먼저 쳐죽이는 사람이 승리했던 것이다.

그 당시의 링은 합법적인 살인현장이기도 했다. 이집트의 파라오 왕은 침을 흘려가며 권투에 열광했다고 하니, 권투의 위력적인 잔인성은 그 때나 이 때나 크게 다를 바 없다. 한국에도 챔피언 벨트를 오랜만에 하나 확보하게 된다는 애국충정도 포함하여, 더욱이나 일본인을 피투성이로 가죽 벗긴다는 쾌감까지 배가 하여 공이 울릴 때마다 관중들은 함몰되어 갔다.

그러나 10라운드쯤에서 나는 어이없이 당하고 말았다. 빠삐용, 다까시마는 내 가운데 물건을 그의 허벅지로 차면서 홀딩한 것이다. 급소를 맞은 나는 움찔하면서 정신을 수습했다. 치명적인 반칙을 이태리 주심은 물론 링사이드의 권 회장도 눈치 채지 못할 정도로 녀석은 교묘하게 위장한 것이다.

그러나 순간적으로 나는 이제 5라운드밖에 안 남았고, 그냥 적당히 방어만 해도 이길 수 있다는 계산을 해낸 것이다. 그러나, 그것은 오산이었다. 허리 아래쪽이 끊어져 없어지는 듯한 허탈감과 함께 몸이 말을 듣지 않았다. 등뼈를 드라이버로 돌려 쑤시는 듯한 통증은 언청이에게 돈 받으러 갔을 때 도사견에게 물린 상처가 재발한 모양이다.

빠삐용이 홀딩을 풀며 엉거주춤하는 나의 면상에 기관총 쏘듯 레프트 라이트 훅을 퍼부었다. 나는 그대로 주저앉았다. 장내는 엉뚱한 역전에 다시 한번 정적이 감돌았다. 나는 12라운드쯤에서 녀석을 나의 주특기인 반동 중력으로 다운시킬 것인가, 프로 근성을 위해 관중들에게 좀더 쾌감을 이어줄 것인가를 생각하고 있었다.

반동중력이란 잭 뎀프시가 창안한 교과서적인 낡은 전법이긴 하지만, 각자의 개발형태에 따라서 다양한 변형을 가질 수 있는 것이다. 발레하듯 발끝까지 들어올린 체중을 갑자기 허리로 돌리면서 온몸의 힘으로 상대의 급소 부분에 치명타를 입히는 것이다.

그런데, 이것이 빗나갔을 때는 오히려 상대의 간단한 힘에 의해 그대로 바닥에 뻗어버리는 위험이 따르기도 한다. 이 취약점을 나는 원형반동으로 다시 일으키는 고도의 독특한 훈련을 나 나름대로 했던 것이다. 첫 번째 챔피언 도전에서 성공했던 것이다.

한번 쳐서 빗나간 힘을 다른 쪽 발꿈치로 재빨리 치받으면서 허리를 정반대로 회전시켜 두배로 증가된 힘으로 상대를 강타하는 것이다. 현대 권투는 힘만 가지고 되는 게 아니다. 그런 면에서 미국의 레너드나, 한국의 홍수환 같은 선배는 지장(智將)인 셈이다.

링사이드의 권 회장이 눈짓으로 싸인을 주는 순간 나는 빠삐용의 반칙이 아니더라도 주저앉을 뻔했다. 권 회장 바로 뒤에 앉은 사람이 바로 아버지였던 것이다. 수림이가 말한 시골 노인이 바로 거기 앉아 있었던 것이다. 반쯤 벗겨진 이마에 선명하게 드러나 있는 도끼자국은 언청이 수술자국만큼이나 내가 오랫동안 저주해오던 흉터였다.

다까시마는 여우 근성을 효과적으로 발휘해서, 치명적인 내 불알 상처의 급소를 교묘하게 찌르고 다시 역습을 해왔다. 어떻게 공이 울리고, 어떻게 경기가 끝났는지 모르게 나는 바다 밑으로 가라앉고 있었다. 관중들의 야유가 귓속을 후벼팠고, 링사이드 주변은 협회 관계자들이 주먹을 치며 분통을 터뜨리는 것이 눈물 망막 사이로 흔들렸다.

33전 15승 15패 3무승부의 전력이 말하듯 빠삐용은 결정적인 반칙도 이용할 줄 아는 늙은 여우였다. 나는 링 구석에 길게 누웠고, 야유와 분노의 돌멩이를 던지는 관중들은 경기 종료를 알렸는데도 자리를 뜰 생각을 안했다. 누구 하나, 다가와 내 주먹의 글로브조차 풀어줄 생각을 안했다.

나는 마우스 피이스를 가까스로 혀끝으로 밀어냈으나 모가지를 돌릴 힘조차 없었다. 침몰! 침몰! 침몰이다! 이대로 내 인생은 끝나는 것이다. '왼쪽은 세계를 지배한다.'는 권투선수의 생명은 이렇게 멸망되어 가는 것이다. 보통 선수들에게는 불알을 한번만 받혀도 별로 충격이 되지 않을 수도 있지만, 나는 도사견에게 한번 뜯겼던 취약점이 있다.

내가 눈을 뜬 것은 부산 시립병원 구석진 병실이었다. 8온스 글로브만큼이나 부풀어 오른 불알은 아예 남의 것마냥 감각조차 없었다. 몇 번 다시 기절했다가 깼을 때는 머리맡에 도끼자국의 이마를 가진 노인밖에 없었다.

저녁에 권 회장이 분통을 터뜨렸다. 빠삐용이 불알의 급소를 질러댄 건 분명한 반칙이라며 이번 경기의 주심과 WBA에 나의 진단서와 함께 엄중 항의서한을 발송하라고 서울 사무실에 지시를 하고 방금 오는 길이라고 주먹을 휘둘러대었지만 비행기 뜬 뒤에 화살쏘기다.

나는 다시금 자살을 생각했다. 나는 홍제암 사미승 시절 절간 뒷산에서 몇 번 시도했던, 어머니와 같은 간단한 자세, 약간의 바람에도 가볍게 흔들리는 목맴의 유혹을 지워내느라고 머리가 어지러웠다.

급성 고환염을 수술한 지도 일주일이 넘었다. 그러니까 입원한 지 열흘이 넘도록 뚜렷한 대책이 없이 치료비만 재여갔다. 의료보험 혜택은 고사하고 복싱협회에서도 완전히 외면해 버렸다. 찾아주는 사람이 없이 나는 정신적으로 죽어가고 있었다. 고향이 따로 없긴 하지만 서울보다는 이곳 부산이 더욱 썰렁하다.

구덕체육관에서 전반전에는 잡아먹을 듯이 환호하며 열광하던 팬들이 결국은 다운이 되어 길게 엎드린 나에게 시체를 보듯 침뱉고 돌아선 것이다. 승부의 세계는 잔혹하지만 더 잔인한 것은 팬들의 돌변이다. 오로지 승리만을 강요하는 팬들의 욕망은 섹스와 같은 것이다.

한창 인기에 오를 때는 맹목적으로 미치다시피 하면서도, 참패한 선수에겐 섹스 작업이 끝나는 허탈감과 함께 빼앗긴 것 하나 없는 억울함으로 그들은 분노하는 것이다. 팬들은 선수에게 관심을 갖는 것이 아니라, 그 선수의 게임 자체에 흥미를 갖는다는 사실을 나는 때로 착각하고 있는 것이다.

위험한 곡예를 하는 순간의 곡예사에게 박수를 보내고 있는 것이 아니라, 그 위험에 찬사를 보내고 있다는 사실을, 관중들 또한 스스로 착각하고 있는 것이다. 권 회장조차 서울로 올라가 버리고 난 뒤, 막연하게 그냥 좀더 기다려 보라는 그의 전화만 그 뒤 몇 번 왔을 뿐이다. 내가 수술하는 날까지 돌부처마냥 머리맡을 지키던 아버지는 내가 혼수상태에서 나흘만에 깨어나자 말없이 사라졌다.

거의 15년 만에 나타난 아버지의 속셈을 도시 헤아릴 수도 없지만 그럴 경황도 없었다. "내가 치료비를 마련해 보마." 밑도 끝도 없이 한 마디를 남기고 아버지는 사라졌다. 화장실을 오가며 또는 옥상을 거닐 때, 유령처럼 덮치는 아버지의 늙어버린 얼굴을 떠올렸다간 고개를 흔들어 버리고 만다.

삶은 호박을 통새미로 말린 것 같은 하회탈 모습의 아버지 인상에선 도끼자국만이 확대되어 남았다. 그의 긴 침묵은 머리맡에 더욱 큰 우물만 파놓고 갔다. 회갑이 훨씬 지났을 아버지의 출현을 어떻게 생각해야 할까. 내 병실을 드나드는 사람은 세 사람으로 압축된 셈이다.

빨리 나가달라는 담당 간호원 아니면 원무과 직원이고, 다른 한 사람은 엉뚱하게 정 상경이었다. 새벽의 순발력 훈련 때마다 천호대교에서 열렬한 격려를 하던 정 상경은 저녁마다 나타나 분통을 터뜨렸다.

"대관절 협회는 누굴 위해 있는 겁니까? 그저 간부입네 하고, 경기 때마다 공짜 외국나들이에만 혈안이 되고…… 아니 MBC 의 경기 실황 테이프며 그 때의 확실한 자료가 있지 않습니까?"

"이왕 끝난 거, 어떡하겠습니까? 순리대로 따르는 것이죠, 공연히 나 때문에 아까운 휴가를 깨뜨려서야 되겠습니까? 어서 가 보십시오. 협회에서도 백방으로 노력하고 있으니까 염려하지 마십시오."

"그따위 쇼 부리지 말라고 하십쇼. 제가 어제도 시외전화를 넣어 봤더니 WBA에선 아무 응답도 없다고 합니다. 그냥 묵살하는 것 같아요, 뭘, 이러고 앉아서 어쩌자는 겁니까?"

병원 측에선 치료비를 말아먹고 튀어버리는 환자 탈주사건이 더러 있기 때문에 나에게도 그럴 가능성이 있다며, 내 사복이며 사물함을 원무과에서 몰수해 갔다. 그러나 내가 탈주에 성공한다 해도 어디로 가서 무엇을 할 것인가, 새장의 새를 밖으로 날려보내는 것은, 야생의 새를 새장에 가두는 것보다, 더 잔인한 것일지도 모른다.

더 넓은 세계를 찾아 산에서 사바로 내려왔지만, 사바세계는 산보다 결코 더 넓지 못하다는 걸, 나는 뒤늦게 깨달을 수 있었다. 사바란 역설의 도전 장소 이상의 의미는 못되었다. 후회하기엔 너무 늦었다.

"글쎄요. 아직 결정된 것은 없지만 그렇다고 달리 방법도 없습니다."

"링에서만 사각의 대결이 있는 것이 아니고, 이 삶 자체가 살벌한 대결인 것 같아요. 뭐, 번데기 앞에서 주름잡는다고 했던가 정말 스님 앞에서 목탁 두드리는 격이 되었는데요. 어쨌든 이대로 넘어갈 순 없을 것 같아요. 권투협회의 진정한 발전을 위해서도 이런 주먹구구식 행정이나 불합리는 혁신을 시켜야 합니다."

그 때 노크 소리가 나더니, 현 씨가 포도를 한 봉지 사들고 나타났다. 잠깐 잊었던 수림이네 조가비 같은 세 꼬마들이 한꺼번에 이마를 때렸다. 현 씨는 지팡이를 짚듯한 허청거리는 걸음걸이로 다가왔다. 어린애 머리만하게 부어오르는 불알의 물을 매일 주사로 빼다시피 해야했고, 파괴된 고환과 부고환의 신경조직을 용접시키는 대수술을 한 중환자인 나보다 더 살똥스런 몰골이다.

"그래 좀 어떠우? 이제나 저제나 하고 불 선생을 기다려도 나타나야 말이제. 그래 협회에 전활 안 했더나, 캉께, 이 병원을 개 카주드만. 근디, 이 시립병원이라 카는 기, 영세민만 다니는 거 아이가? 6.25 직후에 나 또 이 병원 신세를 좀 진적이 있구마."

"아, 어떻게 또 이 먼 데까지 오셨습니까? 애들두 놔 두고……."

"뭐, 애들이야 즈이들끼리 엎드려 있는 기 습관이 안 됐능교?

그보다 은자쯤이나 퇴원한당교? 수림이 년은 지가 사온 중고 테레비젼에서 이번 권투시헙을 보고 며칠을 울어쌓는지, 고년 참, 즈이 에미 닮아서 눈물은 잘 짜드구만."

정 상경이 어쩡쩡하며 일어섰다.

"제가 실은 오늘 아침에 이곳 지방신문에 찾아가 체육부 담당 기자를 만나 하소연했습니다. 어쨌든 부딪쳐 보는 거죠 뭘. 오늘 저녁 때쯤 들른다고 했는데, 내일 한 번 더 전활 해 보겠습니다."

"아, 너무 염려마십시오. 어떻게 되겠지요. 서울의 중앙지에서도 관심이 없는데 지방지에서 뭐 생색이라도 내겠습니까?"

아까 아침에 너무 오랫동안 뜰을 산책한 탓인지 다시금, 아랫배에 통증과 함께 구토증이 났다. 이런 증상은 언청이네 도사견에게 물렸을 때부터 계속되던 증상이다. 그 때 충분한 치료를 받지 못한 탓으로 고환염으로 뒤늦게 확대된 모양이다. 퇴원 후에도 오줌줄기에 핏기가 섞인다든지, 오후의 휴면 때는 진땀과 함께 쇼크가 일어나기도 했다.

"요즘엔 어디 나가십니까?"

"거, 공사장 야방이 훨씬 안 낫능가베? 적든 많든 월급을 탄께네 기분부터가 사람사는 거 같능기라⋯⋯ 그런데 우리 집이 또 쫓겨나야 할 것 같구만, 거 올림픽촌 아파트 공사에 대는 모래 채취업자 안 있나? 그리고, 근처의 준설 공사장에서 빨리 옮기지 않으면 포크레인으로 그냥 콱 하수도 구멍을 막아뻔다 이기야, 개새끼덜!"

"그래요?!"

현 씨는 그 동안 있었던 일을, 밭은 기침으로 응얼대다가는 그대로 의자에 기댄 채 피로에 떨어졌다. 내가 침대 위로 올려놓자 그대로 지게 작대기 넘어지듯 맥없이 쓰러졌다. 그의 발에서는 병실 바닥보다 더 지독한 악취가 콧구멍 털을 잡아뜯었다.

비좁은 침대를 둘이 이용하자니 반대로 눕는 수 밖에 없어, 그의 발가락이 내 턱에 닿았다. 가래 끓는 듯한, 그의 코 고는 소리가 닫다가 목탁소리로 둔갑되어 은하수 속으로 달아났다. 그믐달이 구름 속에서 숨바꼭질했다.

6. 해암스님 상좌

무량암 조실스님의 상좌였던 해암스님 앞에 비로소 무릎을 꿇고 해암스님의 상좌로서 공부할 수 있었던 것은 해인사 홍제암으로 옮기고서도 5년이 지나고서였다. 일단 상좌로 발탁이 되자, 여우같던 공양주 스님도 이젠 어쩌지를 못했다. 평생 밥 짓는 일에서 벗어날 수 없는 공양주는 공부할 수 있는 학승과는 처음부터 길이 달랐다.

나는 반말로 의식적인 명령을 함으로써 보복을 하기도 했다. 공양주는 대놓고 도끼눈을 할 뿐 전과 같이 함부로 때리거나 욕하지는 못했다. 그러나 그의 증오는 이 때부터 본격적으로 치달았다.

같은 처지에 있는 내가 상좌에 오르자 마른 삭정이에 석유를 붓고 성냥불을 긋듯 경쟁심리가 격심한 저주심리로 불붙은 것이다. 폐건물 백제토성을 넘어오는 솔바람 소리가 이곳에선 파도 위를 씻어 오는 해조음으로 바뀌었다. 가슴을 뜯어내는 파도소리는 먼 듯 가까운 듯, 빗방울 듣는 목탁소리와 함께 거문고 현으로 나를 몰아부쳤다.

나는 상좌가 된 후, 행자승으로 3년 동안 전국을 헤매어 다녔다. 한 절에서 3일째 되는 날은 폭풍 속이라도 걸망을 울러메고 나서야 했다. 동 서 남해안을 비롯하여 내륙 깊숙이 산재해 있는 암자와 사찰을 순례했다. 강원도 쪽의 사찰 순례가 특히 위험하기도 했지만 스스로에 대한 반복되는 실험으로 '내가 나를 알 수 있는 좋은 도량이었다'고 생각한다.

극한상황에 부딪칠 때마다 나는 기꺼이 나 자신을 던졌다. 깊은 산 속에서 곰이나 멧돼지와 맞부닥뜨릴 때도 있었고, 늑대나 여우의 습격을 받는 위험함도 있었다. 산 속에서 길을 잃기도 했고, 냇가 폭포수 아래에서 잠을 자다가 독사에게 물리기도 했고, 동굴 속에서 비를 긋다가 호랑이에게 덮치는 위기도 있었다.

절벽같은 절망에 치받치게 되면, 나는 스스로를 간단히 포기해 버렸다. 그쪽이 아주 편안하고, 오히려 죽음을 기다리는 순간까지 진공 속 같은 여유를 만끽했다. 내가 즐겨외는 반야심경 천수경 무상계 또는 오른 손목에 차고 다니는 염주알을 헤아리는 등의 습관적인 동작을 의식적으로 하지 않았다. 어떤 타성적인 힘에 의지하여 목숨을 구걸하는 것 같아 애써 피했던 것이다. 끊

임없는 자기도전이었다.

  타성적인 자유보다 자율적인 구속이 훨씬 자유롭다. 그 맹수들과, 순간적인 맞섬은 순간적인 생사가 있을 뿐이다. 그 긴장의 순간에 자신을 버릴 수 있음으로 해서 얻을 수 있는 여유는 열반과 같은 승천감이다. 그것은 생사를 초월함으로 해서 전율되는 것이다.

  그런데 그 맹목적인 맹수들의 본능과 자연성 속에는 천사성이 있었던 것이다. 맹수들은 그들에게 하늘이 부여한 생존 이상의 욕심이나 음모 사기 침략 등 자기 영역 외의 과욕이란 그들에게 없었다. 그것이 자연성의 천사성이 아닐까. 악마들의 천사성과 천사들의 악마성! 어느 것이 궁극적으로 선한 것일까.

  현 씨의 코고는 소리가 높아갈수록 나의 불면은 칼날을 갈았다. 나는 가만히 일어나 가물거리는 별빛을 따라 현관 밖으로 나갔다. 비상문이 전부 잠겨졌기 때문에 현관문을 이용하지 않을 수 없었는데, 현관문에서 늑대같은 수문장이 속눈 뜨고 앉아서 얼러방망이를 치곤 해서 환자들이 밤이면 얼씬거리질 못했다.

  목탁소리가 머리통을 작살내었다. 송곳에 깊숙히 찔린 얼음덩이같이 소리없이 깨어져 나가듯 뇌골이 혼란스러웠다. 백제토성을 쓸어오던 한밤중의 거문고 소리가 다시 들렸다. 태종대 바위를 강타하는 파도소리가 독사 같은 혀 끝을 날름거리며 거문고 줄을 튕겼다.

권좌를 위해 형제들과 많은 왕자들을 피칠한 태종의 피묻은 이빨과, 부산 앞바다 일대에서 은하수 무리만큼이나 죽어나간 뱃사공들의 피터지는 눈빛이 수평선 끝에서부터 안개를 헤치고 돌풍을 일으켜 온다. 피로 얼룩진 원한의 귀신들이 아수라장이 되어 내 뒷골을 긴 손톱으로 긁어내었다.
　구덕체육관 관중들의 함성이 지옥의 끓는 쇳물 속에서 아우성치는 축생귀들의 저주소리로 둔갑되는 환영과 환청이다. 나는 귀를 막고 하늘을 올려다보았다. 철이른 삭풍과 때늦은 가랑비는 단풍과 함께 이상고온을 예고했다. 기러기들이 벌써부터 몸을 잦추르며 북쪽으로 날아가고 있었다.
　그믐밤에 보는 별빛은 오히려 여낙낙했다. 돌변하는 돌풍과 먹구름에도 아랑곳하지 않는 하현달의 의연함은 결제에 들어간 가부좌 모습의 해암수좌 같았다. 전국을 도량할 때 송광사는 유난히 전율되었다. 한국 불교의 정신적 근원이 되어온 송광사 대웅전 기왓장 위에 핀 풀꽃, 이름 모를 노란 그 풀꽃은 그믐밤에 시방 중생의 혼백을 초연하게 부르고 있었다.
　날아가버릴 것같이 앉아있는 풀꽃이 우주의 중심으로 되고, 석가모니의 5백 대원(大願)으로 보살의 대비(大悲)를 아울러 일으키고 있었다. 보조국사의 사리탑 끝으로 떨어지는 별, 그리고 그 별빛은 금강산 여여원(如如院)에 있을 때, 신혼여행 온 큰아들 내외를 보고서도 외면할 수 있었던 '효봉선사'의 인간적인 고뇌를 생각게 한다. 자기의 오판으로 사형을 시켜버린, 한 인간에 대한 속죄를 그는 전혀, 그를 위한 공양의 길로 출가해 버린 것이다. 행자승 때 본 송광사 대웅전의 풀꽃과 그믐밤의 별빛은 내가 그곳을 들를 때마다, 그 후에도 늘 그렇게 변함없이 그 자리에 피고 졌다. 별빛은 어느덧 고무줄 같은 빗줄기가 되어 좁은 병원 뜨락을 적시고 있었다.

나는 머리 끝에서부터 비를 맞으며 병원 건물을 돌았다. 달과 별은 이미 보이지 않았지만, 마음 속에선 환하게 타고 있었다 나는 두 손을 합장한 채 예불 시간이면 경내를 도량하듯 건물 주위를 돌기 시작했다. 현 씨와 현 씨네 가족을 위해 오늘 하룻밤이라도 그들이 단잠을 잘 수 있도록 합장했다.

불무도! 한겨울 허리춤까지 쌓인 산등성이의 눈 속에서 우리들은 해암에게서 엄격하면서도 혹독한 훈련을 동안거(冬安居) 결제 때마다 받았다. 내·외 공법에서부터 차력술까지 고차원으로 올라갔다. 나중에는 하안거(夏安居)는 물론 어둠 속에서도 수련했다. 해암은 둔갑법 축지법 차력법 등에 통달해 있었다. 내 권법은 그래서 권투도장의 일반적 자세나 기술이 먹히질 않았던 것이다.

그러나 내가 가지고 있는 주먹의 무게와 크기 이상의 힘은 발휘하지 못했다. 그것이 지금 생각하며 육체적인 힘을 다스릴 수 있는 정신적인 신통력까지 도달할 수 없었던 까닭이다. 주먹을 쓸 때와 안 쓸 때, 중생의 숨을 끊을 때와 끊는 순간의 불심의 자세가 정각(正覺)의 생태에 이르지 못하고 있는 것이다. 송광사

불이문(不二門)!

"……불법(佛法)의 두 글자를 논의할진댄 석가 노인도 모름지기 3천리를 물러서리다. 문수보살의 어느 곳에서 숨을 쉬리오. 그러므로 3세의 모든 부처는 마른 똥막대기요, 역대의 조실은 지옥의 찌꺼기요, 보배로운 8만 대장경은 고름 닦은 헌 종이로다. 비록 할(喝)소리가 뇌성과 같으며 몽둥이의 매질이 비오듯 하여도 선종(禪宗)의 깨달음은 멀기만 하구나……. 해암의 낮은 중얼거림이 생각난다."

도둑맞은 챔피언 벨트!
크리스찬 모니언 지에서 체육면 톱으로 때렸다. 그것은 부산의 K일간지에서 나의 인터뷰 기사를 박스로 해서 전면으로 때린 것이 기폭제가 된 것이다. 당시의 경기 진행과정을 심층 취재했고 권회장을 비롯한 권투 전문가들과 각계의 반응을 입체적으로 보도했다. 지방지의 이례적인 보도를 일본의 권투 전문 주간지에서 그대로 전재해서 인용 보도한 것이 태풍의 눈이 되어 미국의 세계적인 일간지에서 문제삼은 것이다.

거의 보름 만에 악몽이 되살아나는 고통이다. 일간지 주간지 월간지 심지어는 어느 여성지 기자들까지 쳐들어 와서 코 밑에다 플래시를 터뜨리며 마이크를 들이대었다. 콧대 높은 중앙지들이 뒤늦게 엄살을 피워댄 것이다.

각계의 비난 화살과 함께 한 쪽에선 각 층에서 쏟아지는 성금을 주워모으기 위해 협회는 닫다가 불난 호떡집이 되었다. 권투 협회는 물론이지만, 체육회 간부들의 안일무사 행정의 병폐를 이번 기회에 뿌리 뽑아야 된다는 여론을 만회하기 위해서도 관계 임원들은 불알 빠지게 뛰어다녔다.

외신기자 클럽과의 인터뷰도 있고 해서 겸사겸사, 나는 서울의 일급병원 특실로 공수되었다. 열렬한 팬이었던 정 상경이 불지른 덕분에 치료 걱정은커녕 '귀하의 몸'으로 둔갑된 것이다. 혹 다칠세라, 부산의 시립병원 원장은 병원비 일체 면제에다 자기의 승용차로 현 씨와 나를 공항까지 정중하게 배웅해 주었다.

서울 아산병원으로 옮긴 후, 충분한 시설과 적절한 영양 공급은 육체적인 모든 상처를 급속도로 치유시켜 주었다. 정신적인 것에 관계없이 젊은 고깃덩어리는 물리적으로 핏기를 회복하고 있었다. 참패한 것이 도리어 '동정적인 영웅'이 된 것이다. 여론도 인기와 같이 섹스 같은 것이다.

어느 순간에 공중으로 행가래친 몸이 그대로 바닥에 추락될지 모르는 또 다른 긴장이다. 이 화려한 병실과 낯 모르는 방문객들이 순간 순간 한 웅큼씩 그런 불안을 던져준다. 그 언론의 늑대들은 어느 순간에 여우같이 둔갑할지 모른다. 하루 아침에 뒤끓던 여론은 어느 저녁에 수평선 뒤로 함몰될지 모르는 저녁 놀이다.

거의 한달 간을 플래시와 언론의 활자 속에서 구름타고 다니던 나는 스스로 증발해버렸다. 다까시마 브란도와의 대전료보다 몇 배가 넘는 각계의 성금이 포개졌고, 그들의 말을 인용해서 '기구하고 불운한 권투선수'에게 전달하겠다는 통지를 받은 전날, 나는 결국 참지 못하고 탈주한 것이다.

그리하여 우선 지하수 요새를 방문하여, 수림이랑 그의 동생들과 함께 오랜만에 점심을 같이 했다. 여름내 바닥이 드러난 한강물이 뒤늦게 제법 넘실거렸고, 강변 곳곳엔 벌써 가을 김장갈이를 서둘렀다. 하늘을 메우던 숲이 낙엽으로 굴러가면서 하늘에 구멍이 피새나기 시작했다.

낙엽을 뜯어내리는 높새바람이 이 요새도 어김없이 핥고 다녔다. 준설공사의 주인인 '서울시'에서 올 겨울만 넘겨준다는 예비적 추방령에 현 씨는 승복하지 않을 수 없었다. 또 불복한들 어쩔 것인가. 나는 그 길로 여주행 버스에 올랐다. 꼭 여주를 택한 것이 아니고, 체육관계에 뉴스원이 되고 있는 병실을 우선 벗어나고 싶었다.

자살한 어머니 친정이 여주 쪽이라는 걸 막연하게 생각해낸 것이다. 어머니는 밤이면 나를 끌어안고 당신이 유랑극단 곡예사가 되어 한때 인기의 초점이 되었던 일이며, 여주에서의 어린 시절을 옛날 얘기같이 잘쏭거리며 들려 주었었다. 하루종일 말한 마디없이 일에만 쫓겨다니던 어머니는 만약 나라도 없었더라면 생 벙어리가 될 뻔했다.

나는 어머니의 이름도 모르고, 어머니가 자란 마을 이름도 모른다. 그저 옛날 얘기 속에 어렴풋이 재현되는 무대를 찾아가는 것이다. 또 찾아서 어쩌겠다는 생각도 없이 나선 것이다. 탁발승일 때는 도량의 의미가 있었지만 지금은 중도 아니고, 더욱이나 속인도 못 되고 있다.

 땡초! 어감 그대로 내겐 적절한 어휘인 것 같다. 다방 약방 술집 여관이 도열해 있는 읍내를 도망치듯 비켜나와 산줄기를 타고 돌았다. 이제는 시골도 도시풍의 평준화가 되어 시골의 특유한 냄새를 골라내기도 쉽지 않다. 조금은 호젓한 산모퉁이를 돌자 집이 몇 채 나타났다.

 목이라도 축일까하고 가게 앞 의자에 앉았다. 집 뒤꼍으로 돌아나가는 모퉁이엔 개 머리통이 잘려서 버려져 있었다. 무딘 칼로 모가지가 잘려져 있는 크고 작은 개 대갈통은 해골이 된 것도 있었다. 썩어가는 골수 위에는 쇠파리들과 불개미들이 까맣게 덮여 있었다. 멀리에서부터 냄새가 약비나더니 보신탕집이었던 모양이다.

 내가 앉은 긴 의자 다리에는 똥개가 목줄에 매달려 먼 산을 올려다 보고 있었다. 언청이네 뒤꼍이 연상되어 나는 튕기듯 일어났다. 큰 길을 따라 걸으니, 각종 '동물농장'이 산재해 있었다. 사슴이나 노루는 일반적이지만, 오소리 쪽제비 심지어는 멧돼지 곰도 사육했다.

 곰은 시골에선 애완용으로 기른다는 말은 들었지만, 이렇게 기업적이라는 데에 다소 놀랬다. 산모퉁이를 몇 개 돌자 늑대와 여우를 사육하는 곳이 있었다. 닭장같이 축사를 짓고, 칸마다 늑대들이 붉은 눈을 켜고 있었다. 배식 시간인지 주인이 산 닭이나 토끼 등을 던져주자 늑대는 털도 안 뽑고 산 채로 찢어서 먹었다.

꿈틀대는 닭의 심장과 찢어진 토끼의 눈에선 유혈이 낭자했다. 그 곁의 여우축사에선 자기 새끼의 모가지를 한 입에 문 여우가 나를 노려보고 있었다. 아니, 인간을 저주하고 있었다.

"이 녀석들은 피를 억시리 좋아합니다. 그것도 아주 싱싱한 피만 빨아 쳐먹는답니다."

양쪽 귓바퀴가 유난히 올라간 주인이 자랑하듯 내게 설명했다. 그의 양쪽 손에는 요즘 값이 폭락되어 사료로 쓰고 있는 새끼 돼지 서너마리가 뒷다리가 잡힌 채 어기뚱거리고 있었다.

"요 늑대들보다 여우들이 더 교활하지요. 여우들은 죽어서 썩은 고기는 더욱 좋아 한답니다. 요것들은 사람이 죽으면 그 상갓집을 알아두었다가 상여 뒤를 쫓아가 시체를 묻는 그날 밤으로 무덤을 파헤쳐서 사람의 생피를 빨아 마시는 족속이죠."

경기도 본토박이 말씨가 까마득하게 잊혀진 어머니의 시르죽은 억양으로 되살아 났다. 그 음성을 음미하고 싶어서 나는 말을 붙였다.

"이런 야수들은 판로가 따로 있습니까?"

"아, 있다마다요, 없어서 못 팝니다. 고기로도 나가고 가죽으로두 팔지요. 늑대고기는 보신탕보다 훨씬 연하고 맛이 좋지요, 서울 일류 요릿집에 대놓고 나갑니다. 먹어본 사람들은 보신탕보다 정력에 훨씬 좋다고들 합니다. 손님도 한 점 들어보시겠습니까? 우리집에는 장사꾼들이 들끓어서 늘 접대용으로 끓이지요"

"번식률은 어떻습니까?"

"야생의 늑대를 가축용으로 길들인 게 개 아닙니까? 늑대가 개나 결국 이웃사촌이지요, 개들의 번식률과 같이 대개 일년에 두어 번 정도 대여섯 마리씩 낳지요. 그런데, 요놈의 여우 새끼들이 말썽입니다. 요놈 좀 보십시오. 땍! 즤 새끼를 물어죽이는 걸 보십시오. 나에 대한 반항이지요."

주인은 여우를 보고 침을 칵 뱉더니 새끼 도야지 다리를 다시 고쳐잡고 뒤란으로 사라졌다. 나는 늑대 우리를 한 바퀴 돌았다. 서초동 꽃단지의 비닐 하우스만큼 큰 축사 구역에는 벗겨놓은 여우 가죽들을 말리기도 하고 산 밑 구덩이에는 여우와 늑대의 잘린 손목 발목들이 뒹굴었다.

습기찬 그곳에는 독사들의 느린 움직임이 그대로 보였다. 늑대와 여우들은 암·수컷 또는 나이별로 귀쪽에 뻘건 싸인이 되어 진열돼 있었다. 앞가슴이 좁고 앞니빨이 유난히 발달된 늑대는 골격 자체가 공격적이었다. 나는 늑대의 눈을 노려보았다. 이상한 동물도 다 있다는 듯이 같이 노려보던 늑대는 고개를 돌려 다시금 생각난 듯 똑같은 동작을 되풀이했다.

좁은 공간에서 움직여 보았자 한 바퀴 겨우 돌 정도인데, 왼쪽으로 돌아서 부딪친 벽을 핥았다. 앞발톱으로 한 번 핥고는 절망적이라는 듯 다시 돌아 오른쪽 벽을 핥았다. 늑대는 그 급한

성질대로 저돌적이었다. 링에 올라서는 순간 양쪽 코너의 선수들이 의식적으로 한 번 눈도끼가 부딪치는데, 첫 번 눈싸움, 거기에서 이미 승부의 절반은 판가름 난다.

그것이 순전히 심리적인 공포감에서 오는 것이기도 한데, 처음부터 기가 죽으면 자기의 기량을 최대한 발휘할 수가 없다는 데서 연유하는 것이지만, 나의 경우는 한 번도 그런 심리적 부담감을 가진 적이 없는 것 같다. 땅꾼들이 독사를 체포하는 순간 독사와의 눈싸움에서, 지는 쪽이 물리게 된다고 하던가, 그런데 늑대는 먼저 피했다. 내 눈도끼에서 부담을 느낀 것일까, 아니면 가소롭다고 처음부터 상대해 주지 않는 것일까, 늑대에게 천사성이 있다면…….

"햐아, 요놈의 여우 새끼좀 보게. 세 번째 자기 새끼를 아주 찢어 죽이누만, 천하에 몹쓸 새끼 땍!"

주인이 예의 그 우리 안을 들여다 보며 여우 면상에 대고 또, 침을 찍뱉었다. 여우는 골통이 깨져라고 뛰어 덤볐지만 철망에 갇힌 몸이다. 토끼마냥 올라간 귀를 쓸어내리며 주인이 계속 읊었다.

"그래도 세상 여자들은 요놈의 여우 목도리라면 사죽을 못 쓴다니까. 땍! 나도 내 마누라 생일날 제일 좋은 놈으로 내가 직접 목도릴 만들어 주었지요, 집을 나가버린 누이동생 목에도 한 번 감아주고 싶어서 첫 배에서 나온 기똥찬 황금털 여우 가죽을 벗겨 놓았는데 나타나야지요."

"누이동생이 있었던가요?… 언제 나갔습니까?"

나도 모르게 떨리는 목소리로 불쑥 물어 보았다. 해괴한 일이다. 여자로선 유난히 큰 귀를 가졌다고, 어머니를 창피하게 생각했던 기억을 떠올리며 나는 어떤 예감을 떨쳐버리기 위해, 짐짓 피하려고 애썼는데 말려버린 것이다. 주인은 담배를 꺼내 권했다. 아무에게나 스스럼 없이 얘기를 나누는 시골 장사꾼 특유의 붙임성이 드러나 보였다.

"단 하나뿐인 혈육이죠. 열 살 때인가 읍내에 들어온 유랑극단을 따라 갔으니까, 이제 한 사십이 넘었을 겁니다. 나하고 세 살 터울이니까요, 고년이 바람이 나서 가출하지만 않았어도 지금 쯤은……."

나는 귀를 막았다. 처음부터 외삼촌일지도 모른다는 육감이 현실화되자 나는 폭발할 것 같은 심뇌가 되었다. 거의 씻어버린 불알의 통증이 되살아나면서 오히려 유쾌한 통증으로 등뼈를 후벼팠다. 그것은 실제의 통증이 아니고 감각만의 아픔인지도 모른다. 나는 벌떡 일어나 뛰었다.

7. 전국수배령

나는 다시 돌아왔다. 아니 돌아올 수밖에 없었다. 내가 갈 곳은 바이 없었고, 무엇보다도 나로 인해 권 회장과 몇 사람이 오히려 피해 당할지 모르기 때문에 협회에 다시 나타난 것이다. 산으로, 바다로 쏘다니다가 동해안 어느 버스 속에서 나를 수배한다는 뉴스를 들었다.

'전국 지명수배령(?)이 내린 불탄공 선수는 오늘까지 아무런 소식이 없습니다.' 나는 곁의 손님, 신문을 빌어서 읽어보았다. 증발-잠적-자살(?) 한국 권투계의 대명사! 과거 나에 관한 각종 스냅사진이 나열되어 있었다. 거기에는 아버지의 호소문도 우스꽝스럽게 나와 있다. 모를 일이다.

각계에서 답지한 성금, 전달 직전에 증발해 버린 불탄공 선수는 싸나이 중의 싸나이였다. 그를 가장 사랑했던 권 회장의 말을 빌면, 어쩌구 하면서 언청이 매니저, 대머리 매니저까지 동원되었다. 정말 모를 일이다. 인기도, 언론도 섹스와 같은 것이다. 활자의 마력은 마술이다.

……권투협회는 이번 기회에 양심을 물어 총 사퇴해야 할 것이다. 권투는 세계적 경기에서 주요 메달 박스임은 물론 국위선양에 가장 효과적인 개인 종목 가운데 하나가 아닌가. 이미, WBA에서 묵살해 버린 다까시마 브란도 선수와의 오판을 만회하기 위해서라도 불탄공 선수에게 글러브를 다시 끼워주어야 한다. 협회는 자기 몸 보신을 위해 불탄공 선수를 뒤로 빼돌린 것이다. 불탄공 선수를 다시 링에 복귀시키든지, 체육회 집행부까지 책임을 지고 물러나든지, 양자 택일하라, 택일하라…….

요약하면 그런 핏대로 여론이 조작되어 있었다. 다시금 집중된 스포트 라이트에 나는 당혹스러울 뿐이다. 여론은 전혀 외쪽 생각으로 치달았고, 나는 타의에 의해 링에 올라가지 않을 수 없다. 무량암 조실 스님이 백일기도를 다니던 어머니에게 정자를 제공한 생부였고, 이번 환상여행의 늑대 사육장 주인이 외삼촌이었다는 구차한 인연들이 나를 숨막히게 했다.

제발 아니길 바라는 염원을 세상은 오히려 분명하게 확인시켜 주었다. 호텔 연회실에서 성금 전달식을 다시 가졌다. 모금운동을 벌였던 스포츠계 일간지의 발행인 및 대한체육회, 한국복싱협회 등 관계자들이 리셉션에서 축배의 잔을 높이 들었다. 통상적인 대전료의 몇 배가 넘는 거액의 수표를 건네 받았다.

웃어야 할지 울어야 할지 모르겠다. 과연, 권 회장의 말대로 전화위복이란 어휘가, 또는 상처뿐인 영광! 돌아온 한국의 스티븐슨! 일간지 체육면은 다시금 용춤추기 시작했다. 나는 호텔에 감금되다시피 하여 그 동안 비난의 대상이 되었던 권투협회의 나에 대한 몇 가지 일을 놓고, 권 회장을 중심으로 협회 관계자들과 토론을 계속했다.

중요한 것은 성금의 보관방법과 용도, 시기 등이었다.

나는 현실적인 모든 것은 권 회장에게 완전히 위임하는 것으로 하고 건강이 완쾌되어 내가 링에 다시 서겠다는 각오가 설 때 최종적인 관계절차를 결정하기로 했다. 그러나, 시기가 문제이지 어떤 방법으로든 나는 링에 다시 복귀하지 않을 수 없는 조건이다.

전국의 복싱 애호가들이 기꺼이 낸 성금의 목적은 그들의 표현대로 '늪에 빠진 탱크'를 건져내어 재기를 시키고자 함이었기 때문이다. 권 회장 등이 나의 앞으로 일정 등에 대해 일단락을 짓고 돌아간 뒤 현씨네를 찾아보기 위해 옷을 주워입고 나섰다.

잠실대교 쪽으로 가기 위해, 택시 정류장의 승객들 꽁무니에 매달려 있는데. 애야! 하며 누군가 팔꿈치를 잡았다. 맥꼬 모자에 넥타이까지 정장한 노인이었다. 새까만 원숭이에게 양복을 입혀 놓은 것같이 희극적인 아버지가 거기 덴덕지근하게 서 있었다. 나는 근처의 커피숍으로 모시고 들어갔다. 뒤따라 온 모양이다.

"저번 부산에 갔을 때, 네 병원비를 다 준비해 갖고 안 갔드나? 그랬더마는 니는 벌씨로 떠나고 없다 카드라, 고 야시 같은 간호원 가스나가 퇴원비를 갖고 강께네 그랑가, 아주 잘 해주두구만……."

나는 이 노인의 속셈을 탐색했지만, 도시 그의 출현 이유를 모르겠다. 나는 어머니의 자살로 인한 가출 이후, 한 번도 고향엘 가본 적이 없다. 무량암이나 홍제암에 있을 때, 고향 근처에 사는 보살들에게서 아버지에 관한 간접적인 풍문은 들었지만, 그것으로 이내 잊어버렸다. 나는 담배를 하나 꺼내서 천장께로 시선을 돌렸다.

"그래애 말이다. 복싱협회로 연락했더마는 그간의 사정을 자상하게 가르쳐 주드만 잉… 잘 됐지 뭐꼬? 그래에, 다시 생각한 끝에 삼천포로 가서 논밭을 다 정리 안해뿐나, 종가 산 허고, 집만 놔두고 다 팔았뿌웃서."

"예에? 그건 무슨 뜻이죠?"

"으음, …아, 그 안 있나? 여긴 와 이리 답답하노? 어디가서 저녁이라도 같이 묵자. 잉"

나는 청진동 뒷골목 해장국 집으로 아버지를 안내했다. 말 머리를 못 찾고 빈대떡을 찢는 아버지의 젓가락이 이물스럽다.

"나는 돈이 필요없는데요, 처음부터 그럴 이유도 없고요."

"아, 아니 그기 아이고오, 나도 신문에서 안 봤나, 고향에서도 니 이름이 떠들썩 안 항가베? 마을 사람들이 저녁이면 우리 집 마당이 미어지게 들어와 테레비를 보며 법석을 안 떨어쌌나? 읍내에서도 너한테 성금을 무지무지하게 했다이, 거 무슨 스포츠 신문에 말이다."

아버지는 하늘을 한번, 땅을 한번 번갈아 쳐다보더니 계속했다. "나는 니가 세계 챔피언 첫번 도전 때부터, 널 테레비에서 확인했다만, 마을에선 말이 돼기 많은기라…… 어쨌든 이건 내 재산의 전부이니까 네가 보관하고 있어야 쓰것다."

양복 안주머니에서 나이론 끈으로 조심스럽게 맨 저금통장과 함께 도장을 내놓았다. 펼쳐 보니 8자리 숫자까지 나열된 억대의 예금액이었다. 나는 도로 밀쳐 놓으며, 그의 다음 말을 기다렸다.

"삼천포도 인자, 한려수도 개발권 인접지역이라 캐서 땅 값이 폭등하더만 사람들은 더 놔두라 카는데 인자, 나 늙기 시작하고 니가 말이다! 아이 니가 말이다. 대를 이어야 안하겠나 싶어서 말이다. ……그 동안 모은 재산을 마지막으로 니한테 좀 팍 써보고 싶어서 말이다. 이번에 큰 맘 묵고 정리 안 해뿟나, 그렇고 닐로 만날라꼬 해싸도, 높은 양반들이 만나게 해 줘야지, 한 보름 동안 헤매다녔구마 잉……."

나는 벌떡 일어났다. 목 매단 어머니의 얼굴이 아버지의 쌀똥스런 얼굴 위의 그 도끼자국에서 선혈을 흘리고 있었기 때문이다. 나는 테이블이라도 걷어차고 싶었지만 억지차게 참았다. 아버지의 고향 사투리와 거의 15년 동안 잡종화 되어버린 나의 말투가 다르듯이, 이미 아버지와 나의 관계는 변질되어 버린 뒤다.

"야아, 앉아 보그라, 니가 어떡한데두 나는 애비로서 면목이 없다만, 니도 이왕 환속해 뿌렸응께, 집으로 돌아오는 기 안 좋것나 싶어서 말이다. 그렇다고 삼천포에 내려와 살자카는 건 아이고, 어데 살든, 니가 내 대만 이어도라 이기다. 종손인데 대가 끊기몬 우야노 말이다."

어머니의 허연 얼굴이 하늘 끝에서 달려왔다. 아버지는 바튼기침을 참으며 계속했다. "니 큰누나는 소박 맞고 집에 와 있더마는 미쳐서 자빠져 있고, 작은 누나는 시집가서 몇 해만에 죽어삐고, 셋째가 살림한다마는 그기 어디 사람 사는 거냐? 니가 집을 나가고부터는 집안에 되는 기 없다……."

"지금 와서 무슨 얘길 하는 겁니까? 저는 내일이 없는 사람입니다. 이따위 저금통장으로 사람을 어떻게 할 생각은 하지 마십시오."

"그기 아이고, 생각해 봐라, 이왕 지난 일을 어떡하겠노? 나도 느그 어무이 제삿날마다 피눈물을 뿌린다만, 그러나 후회해 본들 우짜겟노? 나도 칵 뒈지고 싶어도 조상들 눈이 무서워 인자까지 매가지가 붙어 있는기라, 느그 어무이 뒤에도 둘이나 여자를 얻었다마는 무슨 놈에 전생의 천벌인지, 아이가 없구만……니 이름은 이미 내 호적에 올라 있응께, 니가 맴 잡고 장가 가서 니 새끼들을 또 내 호적에만 올려달라 이기다."

장가보다는 새끼라는 말에 깜짝 놀랐다. 나는 전혀 남자 구실을 할 수 없는 놈이고, 더구나 결혼이란 것은 한 번도 생각해 본 적이 없었다. 아니, 그럴 이유나 여유가 없는지도 모른다.

"그렇다고, 니가 장가가서 날로 모셔달라카는 건 아이다. 나는 어차피 삼천포 종갓집을 떠날 수 없는 몸이 아이가, 니나 하고 싶은 대로 하고, 또 니 뜻을 이룩할라카몬, 돈이 있어야 안 되것나? 이번 대전료는 내가 지불했으면 했는데, 뭐 우짜노? 그래서 헐 값으로라도 빨리 처분해서 돈을 맹글어 온 거 아이가?……거 소주나 꽉꽉 눌러 주그라……."

"저는 지금 어떻게 해야 좋을지 모르겠습니다. 일단 돌아가십시오. 저에겐 돈도 아버지도 권투도 다 필요없습니다. 이 세상 무엇도 나를 구제할 수는 없습니다. 무엇도 구원이 못 되고 있습니다. 단 하룻밤만이라도 편안하게 실컷 자 보고 싶을 뿐입니다. 일단 내려 가십시오."

식당 안 손님들의 집중돼 있는 시선도 아랑곳 없이 우리는 싸우다시피 떠들었다.

땡! 지옥의 저 소리, 7라운드가 시작 되었다. "이제 그만 귀신을 내주시오!" 어머니의 시체를 어서 내놓으라고, 나지막하면서도 거역할 수 없는 냉강렬한 목소리로 명령하던 상두꾼의 목소리 같은 공울림, 나는 벌떡 일어났다. 이번에는 아예 눕혀놓고 말겠다는 계획으로 권 회장이 직접 끼워주는 마우스 피이스를 질끈 물었다.

물 샐틈 없이 들어찬 붉은 얼굴색의 관중들 속에서 멕시코 교민들이 흔드는 태극기들이 돛단배같이 펄럭거렸다. 더위와 범죄와 환락의 멕시코에서 나는 주먹을 마음껏 휘둘렀다. 상대 피터슨 엘리븐 챔피언은 내가 두 번째의 도전자인 셈이다. 약간 붉은 빛의 백인 선수인 그는 다까시마 브란도보다 훨씬 순발력이 좋았다.

그는 기관총같은 속사포에 한번 잡혔다하면 도리깨 마냥 얻어맞고 눕게 된다. 한 번의 강타보다는 양쪽 손의 빠른 잽이 그의 특기이다. 권 회장의 작전대로 나는 될수록 코너에 몰리지 않고 복판으로 맴돌며 〈보브 웨이브〉식 위장전법을 원용했다.

이미 3라운드에서 따운을 한번 빼앗은 나는 조금은 여유를 찾았다. 중반전에 접어든 그는 이미 눈에 띄게 지쳐가고 있었다. 링 사이드의 백인 노모는 아들이 나에게 피를 흘리며 얻어맞는 것에 풍선이 된 허파가 찢기워 나갈 것이다. 그 노모를 위해서라도 나는 게임을 빨리 끝내야겠다고 작정했다.

나는 급소만 골라가며 어퍼커트를 공격했다. 이미 제공권을 장악한 나는 흰쥐를 놀리는 고양이가 되어 있었다. 될수록 녀석의 안면은 피하고 배꼽의 훅을 공격했다. 가슴 아래로 골고루 찜질당했는데도 녀석은 피근피근 하다. 7라운드도 홀딩으로 연명

할 모양이다. 빠삐용과의 오욕도 있고 해서, 나는 그대로 명치를 확실하게 때렸다.

퍽! 그는 그대로 엎어졌다. 홈런 칠 때의 야구선수와 같은 상승감이다. 약간 위로 오르는 내 주먹의 가운데 봉우리가 녀석의 명치에서 후퇴하는 순간 그 충격이 아주 부드럽게 반동되었다.

실내 체육관은 그대로 열광이다. 투우장만큼이나 큰 소란이다. 멕시코인들은 알다가도 모를 국민성이다. 자기네 챔피언이 따운되었는데도 환호성이다. 피터슨 엘리본이란 이름이 따운과 함께 사라지겠지⋯⋯ 팬들의 속성이란 그런 거니까. 그들은 어느 한 쪽의 연줄을 이은 편들기 응원이 아니라 께임 그 자체를 즐기는지도 모른다.

주심이 카운트를 세는 순간순간 관중들의 환호성이 한 옥타브씩 올라갔다. 번쩍! 내 오른손이 올라가고 작렬하는 플래시 속에 스친 엘리븐 선수의 입에서는 검붉은 핏줄기가 바닥을 그대로 적셨다. 그 노모의 오열하는 이마의 주름살이 망막에 겹쳤다.

노모 곁의 젊은 여인이 나를 증오에 찬 시선으로 노려보았다. 그의 아내일 것이다. 그 여인이 움켜쥔 손목의 양쪽 꼬마들도 울

가망해 앉아 있었다. 어떻게 시상식이 끝났는지 모르게 내려오는 내게, 권 회장이 귀에 가만히 속삭였다. 1억하고도 3천만원 히힛! 우리는 서둘러 숙소로 돌아왔다.

"7라운드 라이트 훅이 클린 히트야, 녀석 사시나무 떨 듯하더니만 그대로 쫙 뻗더구만, 자네 이번의 숄더 브로킹은 일품이야. 언제 그런 기술을 또 개발했나? 좌·우 회전하면서 블로킹 하는 것은 그 회전 속도가 그대로 손 쪽에 가속력을 주게되는 거야."

"가만 있어, 이제부터 시작이야, 뭘 앞으로 한 댓명은 방어를 해야 될꺼 아냐? 최선의 공격이 최선의 방어가 아니란 말씀야. 이번 불탄공의 경기 내용은 이미 다음의 적수들에게 비디오로 찍혀 있다는 사실을 몰라? 전법을 바꾸고 시프트 기술을 꾸준히 개발해야 된다구."

돌아오는 택시 속에서 권 회장과 임원들은 한 마디씩 거들었다. 나의 망막엔 그의 노모와 아내와 꼬마들의 환영이 되풀이 상영되었다. 그리고 수돗물같이 터져나오는 그의 허연 이빨 사이의 검붉은 핏물.

"김태식 선수 그 새끼 이래 통쾌한 한판승이었어!"

"불탄공의 역전 드라마는 한국 권투사에 기록이 될 일이야. 여우 같은 고 게다짝 다까시마만 아니었더라도, 지금쯤 록키마냥 전속악단을 데려다 놓고 스파링 할텐데 말야."

"야, 권투선수는 물새는 천장 밑에서 뛰어야 제 맛이 나는 거야, 뭔 뜻인지 알어? 올림픽에서 동양 최초로 은메달을 획득한

송순천 형님알아? 그 선배는 휴전 직후 진흙을 삶아먹는 배고픔 속에서 은메달을 빼앗은 거야, 그 형님이 그 때 순대만 먹을 수 있었대도 금메달은 따고도 남았어."

"순대를 먹었으면, 금메달이 아니라, 메달도 못 땄을 거야. 어쨌든 불탄공의 쾌거는 박승필이 '유각권 구락부'를 창설한 이후 국민들에게 가장 스릴있는 쇼크야."

"유각권? 아, 단성사 주인이 1912년 창설했다는 권투협회 말이지, 맞았어, 그때 백관수 형님이랑 기라성같은 권투인이 있었지. 그 뒤에 황을수 형님이 로스엔젤레스 올림픽에 출전하고 …… 또 누구더라?……."

나는 싸우나 탕에서 땀과 함께 모든 것을 씻어버렸다. 나는 이번 경기에 관계된 모든 것을 긁어내려고 애썼다. 저녁에 나이트 클럽에 모여서도 임원들은 한국 권투계의 흘러간 야사로 밤새는 줄 몰랐다. 나는 먼저 올라와 침대에 누웠다. 피곤이 한꺼번에 바윗돌로 땅뜀하는 데도 무엇인지 모를 곤혹감으로 잠이 오질 않았다.

이곳 멕시코에 오기 전, 한국에서의 일을 떠올렸다. 아버지를 생각했다. 핏줄이란 무엇인가? 아니, 아버지의 추측대로나, 또 그 보살의 말대로라면 나는 분명 아버지의 핏줄이 아니다. 내 아버지는 홍제암 조실 스님이 아닌가. 그런데 아버지는 지금 와서 딴죽을 걸고 있다.

생판 딴 자식도 양자로 들이는 판국에 옛날엔 왕손도 남의 피가 섞였지 않냐? 하고 신둥부러지게 강요할 정도로 의식이 변화되었다. 아버지를 먼저 내려보낸 후 나는 다시 방황했다. 상좌 말대로 나는 역마살이 껴있는 모양이다. 이번에는 주로 서해안 남해안 쪽 무인도만 골라 다녔다.

풍랑으로 발이 묶이면 며칠이고 그 섬에서 노닥거리다가 떠나곤 했다. 예정이 없다는 것이 얼마나 편한지 모른다. 아주 자유롭고 편안하게 초겨울을 마음껏 낭비시키고 나자, 새로운 의욕과 의지가 가슴 밑바닥에서 응결되기 시작했다.

나는 즉시, 서울에 올라와 어디든 가서 트레이닝에 들어가겠다고 권 회장에게 선언했다. 적당한 곳을 궁리하고 있는데, 며칠 후 권 회장이 부산행 비행기표를 사왔다. 부산에서 일부러 배를 타고 삼천포로 갔다. 차라리 고향으로 가라는 것이다. 그 말을 듣고보니, 굳이 마다할 이유도 없고 해서 집으로 내려가기로 했다.

삼천포의 연안부두엔 낯선 얼굴들만 서성거렸다. 왕년에 흥청거리던 어시장과 들뜬 분위기의 장날같은 추억은 갈매기 날개 끝으로 날아가 버렸다. 낯익은 해변과 농협 창고 면사무소, 지서 등은 그대로이지만 그 속의 주민들은 유령 같은 이방인들 뿐이다.

아버지는 거리에서 아무하고나 악수를 하고, 막걸리 사발을 들추겼다. 아무하고나 알 만큼 아버지는 종손의 큰 어른이었다. 대개가 피붙이들이거나 그 찌꺼기들이 읍내고, 근처 마을에 나비물로 퍼져 있었던 것이다. 행자승 때는 몇 번 무량암을 들르느라고, 시로 승격된 이 해변을 거닌 적이 있었다.

이렇게 변신한 권투선수로서는 실로 십여년 만에 고향 땅을 밟은 셈이다. 감격보다는 회한이 마을로 들어서는 당산나무 입구에 이르자 거의 옛모습 그대로였다. 직선도로와 수로 또는 새마을 주택 등이 다소 나를 배척하는 듯한 생소함을 주었지만 성벽같이 둘러서 있는 밤나무 감나무 방풍림 숲들은 빈 가지에 눈꽃을 피운 채 팔을 벌리고 있었다.

산을 몇 굽이 돌자 불탄공이 아닌 어린 시절 내 이름인 강만칠의 그림자들이 애면글면 뛰어다녔다. 나는 가방을 정자나무 아래에 내려놓고 그 위에 엉덩이를 걸쳤다. 하얗게 깔린 눈 속에서 마을과 마을 사람들은 숨죽이고 있었다. 50여 호 되는 가구가 별로 늘어나지 않았다.

나는 가게로 가서 향과 소주 등 젯물 몇 가지를 샀다. 아까부터 힐끔 거리든 주인이 소리쳤다. "아니?! 만칠이 아닌 가베? 은제 내려왔당가? 어서 들어가게. 자네 땀시로 종가 어른들이 쌈이 나쌌고…… 무시라!" 나는 고개만 잠깐 주억거리고 나왔다. 바로 뒷산에 있는 어머니의 산소로 갔다.

무량암에 들를 적마다 어머니의 무덤을 찾았지만, 그 때와는 달리 이번에는 비석이고 상석까지 정연하게 놓여 있었다. 나는 다소 곤혹스런 감정으로 비문을 읽어 내려갔다. 비석 너머 눈이 허옇게 덮인 산등성이가 달아나고 그 뒤로는 깊은 계곡이 있다. 그 절벽의 군다리보살이 내 이마를 때리듯이 확연하게 나타났다. 나는 나도 모르게 합장을 하고 주문을 외웠다.

……나모 - 라 다나다라야 - 야 나막 알 - 약 바로 기제 새바라 - 야모지 사다바 - 야 마하 사다바 - 야 마하 가 -로 니기야 옴 살바 바예수가 다라 다사명…… (죽음에서 삶을 얻고, 삶에서 죽음을 얻는다는 것은 부처의 극명한 생사관이다. 동서남북이 문인데, 머가 조주요?) 답답한 가슴 뉘 빗장을 열어줄 것인가. 끝없는 쇠뭉치로도 열리지 않는 그 문, 원효가 여기서 통곡했으며, 서산이 여기에서 크게 열렸던 가장 가까운 우리의 내부, 즉 마음이 아닌가.

눈 내리는 한밤중 이곳에서 가출했던 나는, 다시 눈 내리는 저녁 이 산등성이에 되돌아 와 있는 것이다. 바람이 불 적마다 숲에서 소나무들이 눈을 터는 소리와 설해목(雪害木) 부러지는 소리가 눈송이 사이로 들렸다. 멀리 목어소리가 들리는 것도 같고, 거문고의 아스라한 현소리가 울리는 것도 같다.

폐건물 빗속에서 듣던 현 떨림이 눈 속에서도 한결 같이 우레켜는 것이다. 산꿩이 후두둑 에돌아가는 눈보라를 일으키며 숲속으로 사라졌다. 꿩이 날아간 긴 꼬리 끝에 머리를 풀어헤친 여자가 앙감질을 하며 춤을 추었다. 나는 합장한 채 천천히 일어섰다. 천하가 잠든 고요 속에 닫다가 환상적인 승무를 보는 듯한 건혼이다.

내가 다가가는 거리만큼 그 여인은 달아나며 무당 같은 격렬한 율동을 보였다. 갈걍갈걍한 긴 목은 어디서 본듯한 핏줄쓰임이다. 나는 순간적으로 큰 누이일 것이라는 직감이 들었다. 눈에 시퍼런 빛을 뿜으며 그미는 무덤을 중심으로 돌기 시작했다. 그미가 원을 그리며 바퀴 도는 끄트머리엔 가게 주인과 아버지가 애살스럽게 서 있었다. 나는 가방을 들고 내려섰다. 말 없이 앞서 가던 아버지가 대문앞에 이르자 뒤돌아서면서 말했다.

"그랴, 이리와 줘서 고맙구만 잉……."

"곧 떠나야 할 겁니다."

"우쨌던 간에 말이다. 이건 니 집이라 생각하고 말이다. 일년에 한번씩만이라도 내려오라마, 느그 에미 제사도 있고…… 그보다 니는 종손아이가 잉. 요새 테레비에서 떠드는 걸 보이, 아이를 못 낳거나, 아들을 몬 낳는 기 남자에게도 원인이 많다카드라."

"무슨 말씀을 하시는 겁니까, 결국 인연에 따라 살게 되는 겁니다."

나는 무엇인가 다시 날캉 치밀었지만 가슴을 애써 다리미질했다. 아까 그 미친 누이는 창문을 열고 히죽거리고 있었다.

"문중의 반대가 극심하다만…… 칼은 내가 쥐고 있는 거 아이가, 우쨌던, 나는 내 집에서 태어난 아들로, 나는 믿고 싶다면서도 …… 이제 나도 환갑이 넘었고 막내 딸년도 내년이믄 혼사를 치를라카잉께, 당최 허허롭구만 잉, 금년 들어 바짝 불안허고, 초초하구만 잉."

묵은 기와집을 헐어버리고 이층 슬라브로 지은 우리 집은 옛정은 맡아볼 수가 없었다. 새마을 주택 개량자금으로 단장한 새

집은 종갓집답게 대청 하나는 넓게 확보했다. 층층시하로 내려오는 조상 귀신들은 한달에도 두어 번씩 제사 지낼 때도 있어 그것을 고려한 모양이다.

나는 뒷마당에다 쌘드 백 펀칭 백 메디신 보올 등을 매달아 놓고 때렸다. 줄넘기를 하고 쌘드 백을 기둥이 흔들리도록 두들겼다. 나이 많은 할망구들 가운데는 내가 무량암에 있을 때, 자주 보던 보살도 있었다. 같이 신나는 건 동네 꼬마들이었다. 나는 웬 만큼 쓸만한 놈들을 골라서 글러브를 사주었다.

쪼무라기들에겐 축구공이나 자전거 등을 아낌없이 선물했다. 물론 내 앞으로 묻어 놓은 성금에서 쓰는 것이다. 읍내의 술집이나, 슈퍼 가게 목욕탕 등에서도 내 싸인을 종이쪽 아무데나 받았다. 농협에선 금액과 날짜만 우리 집으로 전화 확인하곤, 그대로 신용지불해 주기 때문이다. 군수나 경찰서장도 인사차 아버지에게 방문할 정도였다. 고향에선 내가 보증수표가 되었다. 그러나, 내겐 도시 마뜩찮은 일이다.

8. 다시 삼천포

결국 권 회장에게 멕시코에서 국제전화가 왔다. 3일 첫 번째 월요일날 피터슨 엘리븐과의 계약(옵션)이 확정되었다는 것이다. 성금 전달식이 있은 지 넉달만의 쾌보였다. 성금으로 인한 부담감 때문에 무엇인지 모를 불면의 쇠사슬에 발이 묶여있던 내게 그것은 더 없는 수면제였다.

종회(宗會)겸 신년 대묘제를 치른 후, 친척들 쪽에서 결정이 된 것이 〈불탄공 후원회〉라는 것이다. 그리고 어쩌구 하더니 종회에서는 정말 읍내 변두리에다 권투도장을 하나 마련해 주었다. 주최만 종회에서 했지 지방 유지들이 다투어 기금을 내놓았다.

나의 특설 링이 우리 집 대청에서 사설도장으로 옮긴 것이 좀 아쉬웠지만, 나는 내친 김에 그 일대의 중·고교생 가운데, 어깨 힘이 괜찮은 녀석들을 골라 특별훈련을 시켰다. 협회에서도 나의 코치 겸 스파링 상대를 두 명이나 파견해 주어 제법 제대로 갖춘 도장이 되었다. 나는 권 회장의 전화를 받고는 두 달 남짓 남은 세계적 대결을 앞두고 본격 고강도 훈련에 들어갔다.

되도록 수면을 충분히 소비하면서 체중조절에 신경을 썼다. 아버지는 보약을 정성껏 대주었다. 강화훈련에 들어가면 고기류는 절대 금물이다. 아버지는 꿀, 인삼 등을 먹기 좋게 준비해 오면서 꼭 내가 한 숟갈이라도 떠야 돌아가곤 했다. 당신이 직접 오토바이에 달고 왔다.

그때마다 만칠아? 어쩌구 하면서 희떠운 동네 얘기나 주간지 등에 난 내 기사를 보여주는 것은, 나는 분명히 불탄공이 아니고, 자기의 아들 '강만칠'임에 틀림없다는 것을 강조하고 또한, 스스로를 확인하기 위한 자위였다. 나는 그 애살스런 아버지의 회원을 알면서도 한 번도 만칠이란 이름에 대답한 적이 없고, 일부러 불탄공이는 말입니다! 하고 시작했다.

코치와 스파링을 하고 있는데 스님이 한 분이 들어섰다. 쌘드 백을 한손으로 짚고 이윽고 내려다보고 있는 그 큰 눈망울은 바로 홍제암 상좌스님이었다. 나는 나도 모르게 합장하고 큰 절을 했다. 마주 합장하는 그가 삿갓을 천천히 벗어들고는 예의 말없는 눈빛으로 내 이마를 쏘아보기만 했다.

그의 오른 손에서는 염주알이 천천히 돌고 있었다. 108번? 종아리가 후둘거렸다. 드물게 있는 일이다. 세계적인 대결장인 링 위에서도 과천 경마장 경주마 뒷다리같이 강도있는 내 다리가 떨리다니, 나는 스스로에게 반항하듯 발뒤꿈치를 질끈 누르고 그의 눈을 똑바로 보았다.

"그래에, …… 잘 있었니? 네 소식은 늘 듣고 있었구나."

"어디 좀 앉으시겠습니까?"

그는 펄쩍 바닥에 가부좌로 앉았다. 나도 가부좌로 앉을까 하다가 무릎을 꿇었다. 미소를 지으며 그가 물었다.

"그래, 공부는 많이 했느냐? 불심(佛心)은 어디에도 있는 것이고, 언제고 만날 수 있는 것이란다. 꼭 법당에서만 깨우치는 게 아니지……."

"무슨 말씀입니까. 저는 이미 속인이 아닙니까?"

그가 닫다가 무릎을 치며 빙그레 미소를 띠었다가, 이내 정색을 하며 다가왔다.

"그게 무슨 상관이냐? 어디서든 부처를 만나면 되는 게야, 부처는 대웅전에만 있는 게 아니라니깐, 법(法)이란 글자를 딱 쪼개보려므나, 한자로 물 수에 갈 거 자지? 물이 흐르듯 자연스럽게 흐르고, 흐르다 보면 딱 걸리는 게 있어, 그게 깨달음인데, 그 자연의 순리를 깨닫지 못하고 그냥 흘러서 죽어버리는 사람이 많지……."

"저는 지금 돈과 명예에 가득찬 권투광일 뿐입니다. 늑대 아닙니까, 늑대……."

"너의 욕심은 내가 익히 잘 알지, 삶에의 욕심 말이다. 그런데 네겐 그 삶의 욕심이 왜 사느냐 하는 번뇌에 대한 갈증이었어 …… 오히려 그것이 참다운 부처의 욕심일지도 모른다는 게야."

"그런 식으로 혼란시키지 말아요. 나가 주십시오."

"글쎄다…… 내가 굳이 온 목적은 조실 스님이 열반에 드실 날이 가까웠다. …… 널 좀 한 번 보고 싶어하는 눈치기에 왔다만……."

몰라욧! 그 늑대 애비…… 나에게 피비린내 나는 이 고통의 방법으로 몰아준 저주의 은인, 나가욧 나가! 그리고 그 길로 나는 서울로 와 버렸다. 자칫 혼란에 빠져버릴 나를, 권 회장은 자기집에 묶어두고 정신을 다시금 다스려 주었다.

벌써 클럽에 있던 임원들이 돌아오는 모양이다. 복도가 떠들썩하더니 내 방문을 두드렸다. 그들은 자기들이 챔피언이 된 양 기고만장했다. 호텔 측에서도 꼬레아의 권투왕이라며 특실로 옮겨주고 최대의 서비스를 했다. 싸인을 부탁하는 보이들에게 그들의 수첩에 낙서만 하면 술이고 담배고 상자로 들어왔다.

이제 임무는 시원하게 끝났으니, 미국까지 가서 질탕하게 즐기고 가자는 중론을 뿌리치고 나는 이튿날 혼자라도 가겠다고 우겼다. 밤새도록 이마에 가시가 걸렸고, 챔피언이라는 실감이 나지 않았다. 노모와 아내와 꼬마들에게 아들이자 남편이자 아버지로서의 피터슨 엘리븐!

호텔의 총지배인이 직접 갖다준 멕시코 신문 조간에는 피터슨의 붕대감은 얼굴이 확대되어 있었고, 그 옆에는 예의 노모가 울고 있었다. 나는 어떤 불길한 생각으로 신문지를 들고 임원 방으로 뛰어갔다. 기사를 읽어내려 가던 권 회장의 얼굴이 긴장했다.

"관광이고 나발이고 정말 고향으로 직행해야겠는데?"

아직은 혼수상태인 피터슨은 명치의 치명적인 충격으로 극히 위험하다고 권 회장이 번역해 주었다. 7라운드의 훅이 그를 죽음으로 몰고 간 것이다. 이번 경기가 있기 전까지 생전에 그와 말 한 마디 한 적이 없고, 더구나 싸움 한 번 없었던 관계인데, 나는 그를 때려서 죽이다니, 단지 돈과 명예를 위해서 살인을 하다니, 결국 나는 한 가정에서 꼭 있어야 할 젊은 아버지를 죽인 셈이다.

나는 서둘러 옷을 입었다. 권 회장의 만류를 뿌리치고 그가 입원해 있는 병원으로 달렸다. 눈물과 핏물이 가물거리는 피터슨의 손을 잡았다. 그의 눈 초점이 내게 맞추어지는가 싶더니 그는 희미하게 끄덕였다. 그의 노모가 내 가슴을 치며 통곡했다. 그 아내의 부어버린 눈동자를 나는 끝내 외면 하고 물러났다.

내가 폭음을 하고 숙소로 돌아오자, 권 회장 등은 짐을 아예 현관에 대기시켜 놓고 기다리고 있었다. 현관문을 밀자 그대로 나는 기절해 버렸다. 창 밖으로는 구름이 들판의 양같이 한가롭게 노닐었다. 권 회장이 물수건을 갈아주며 조심스럽게 내려다보고 있었다. 나는 벌떡 일어나 고쳐 앉았다.

다가온 스튜어디스에게 콜라를 한 모금 부탁했다. 눈을 떴을 때는 비행기 안이었다. 홍제암 조실 스님을 뵙고 올 걸 엉뚱한 후회가 떠올랐다. 지금쯤 조실스님도 열반에 들어갔을 것이다. 사리는 몇 개나 나왔을까 닫다가 사리라도 보고 싶었다.

……어느 날 수도승 하나가 한밤중 자기의 불알을 꺼내들고 그 불알을 삭발 칼로 싹둑 자르려고 했지, 그 젊은 중은 불도에 전념하려 해도 순간순간 일어나는 욕정 때문에 마음이 자주 산란해졌던 게지, 그 순간에 부처가 나타났던 게야, 이놈! 너는 지금 무슨 짓을 하고 있는 거냐? 이 어리석은 행자야! 그 물건이 달려 있든 없든 그게 무슨 상관인가? 그것을 제어하고 다스리는 정신이 더 중요한 게야, 넌 아직 덜 여물었구나. 이놈! 그 수도승은 크게 깨닫고 오히려 자연상태로 있는 그대로를 초월할 수 있었던 게야…….

가래 끓는 듯한 목소리로 조실이 어느 날 내 등어리를 대나무 회초리로 때린 뒤 인용하던 말이 생각났다. 어느 곳에 있든 불심을 만날 수 있으면 그것이 정각(正覺)이다. 내가 세계적으로 날고 기어 봐야 손오공의 비행 흉내가 아닌가. 우리 일행이 김포공항에 내리자 밴드까지 동원되었고 서울시에서 제공한 카 퍼레이

249

드가 준비되어 있었다.

　살인자의 대환영? 나는 화장실에 가는 척하고 그대로 도망쳐 나와 혼자 택시에 올랐다. 아니! 불탄공 선수가 아닙니까? 백 미러를 보던 택시기사가 놀래어 급정거했다. 나는 천호동 쪽을 부탁했다. 변두리 여관에서 긴 잠을 자고 이튿날 새벽같이 하수도 보금자리로 내려가 보았다.

　나는 깜짝 놀래어 우뚝섰다. 흔적도 없이 씻겨있었다. 그러고 보니 멕시코에 있을 때 한국 일부 지역에 집중호우가 내려 많은 수재민을 낳았다는 소식을 들었던 것이 생각났다. 즉시 뚝위로 올라와 수재민들이 임시 수용된 성남 쪽 초등학교로 뛰었다.

　택시로 한참 헤매다가 겨우 찾은 수용소는 젖은 눈물과 슬픔이 깔려 있었다. 구석지에 있는 낯익은 천막 쪽에서 나는 아라와 그의 동생 아장을 일으켜 안을 수 있었다. 그 옆의 아줌마가 다가와 경계하듯 말했다.

　"구청 직원과 파출소 직원이 그러는 대유, 얘네들 둘은 고아원에 보내야 헌데유…… 얘들 친척이에요?"

　"아닙니다. 근데, 얘네 아버지와 언니는 어디 갔나요?"

　"죽었대유. 애들 언니가 술에 곯아떨어진 즤 아버지를 끌고 나오다가 물살에 밀려 그냥 떠내려 갔다지 뭐유. 요 꼬마 둘은 지 언니가 뚝 위로 먼저 다 끌어다 놓고 급류가 밀리는 물 속으로 다시 즤 아버지를 끌어 내리고 들어갔다가 변을 당한 거지유……."

"품에 안긴 두 꼬마는 겹겹이 말라 붙어 있는 눈물자국 위에 또 눈물을 흘리고 있었다."

나는 대충 모든 것을 정리했다. 아라와 아장을 데리고 삼천포에 내렸다. 아버지에게 처음이자 마지막일지도 모르는 부탁을 하자. 어떻게 될 지는 모르지만 매달려 보자. 시외버스 정류장 앞 음식점에서 두 꼬마에게 곰탕을 먹이면서 다시금 흔들리는 마음을, 일단은 아버지와 부딪쳐 보기로 작정했다.
"이제 제가 아버님께 부탁드릴 차례인 것 같습니다."
나는 처음으로 아버지에게 큰 절을 한 뒤 조용하게 서두를 꺼냈다.
"이 아이 둘은 갑자기 고아가 되었습니다. 저는 이미 불가와 인연을 맺은 몸, 다시 입산해야 할 것 같습니다. 이번 멕시코에서 나로 인해 죽게 된 한 혼령의 영혼을 위해서라도 효봉 스님과 같이 평생 공덕을 쌓아야 할 것 같습니다."
"글쎄다, 통 어느 장단에 춤 춰야 할지 모르겠구만 잉. 문중 어른들과 한바탕 또 싸워 봐야 안 되것나? 그래싸도 역시 뻔한 일 아이가, 어차피 대는 끊을 수 없는 기고 말이다. 안 글나?"
"핏줄도 중요하지만 그보다 더 중요한 것은 사랑인 것 같습니다. 아무리 진짜 핏줄이라고 해도 애정이 없다면 존속 간의 갈등과 증오만 남는 것 같습니다. 반대로 핏줄이 아니더라도 진정으로 사랑하고 받들어 준다면 그것이 더욱 중요한 세상살이가 아니겠습니까? 우리 집 문중만 해도 보십시오. 내가 알기에도 부모 몰래 땅을 팔아먹고 도망간 자식, 부모를 안모시고 내버린 자식등 적잖게 있습니다. 저도 그 가운데 하나이지만……"

나도 아버지가 하듯이 하늘 한번 보고, 땅을 한번 내려다 보았다. 그러나, 아무리 위 아래 찾아 보아도 부처는 없었다. 그냥 바람 뿐이다. 세상 바람 뿐이다.

"…핏줄이다 아니다가 문제가 아니라, 진실한 애정이 있느냐 없느냐가 더 큰 문제라고 봅니다. 결국 한 여름에 한바탕 쏟아지는 소나기와 같은 것이 인생입니다. 한순간 살다가 죽는 거예요. 그 한순간의 삶이 얼마나 진실하냐 이겁니다. 그 물욕과 무욕의 차이에서 윤회되는 겁니다. 선하게 살면 자꾸 사람으로 태어나지만, 그렇지 못할 땐 개나 소 돼지로 자꾸 태어나는 겁니다. 극락은 바로 내 마음 속에 있는 거지요."

나는 되도록 쉽게 아버지를 설득한다는 것이 의외로 말 수가 많아졌다. 아버지는 자주 헛기침을 하며 천장을 쳐다봤다. 지난 날 줄통뽑던 악매는 주름살과 찔꺽눈으로 잠겨들고, 초라떼는 중풍기만 남았다. 내가 아무리 알기 쉽게 이런 말을 한다고 아버지가 이해할 것인가?

"나는 우쨌던 간에 니만 믿고 있응께네, 니가 허는대로만 따라 하몬 안되것나? 이 아이들은 니가 입적시키고 싶으몬 니가 해뿌라모. 마침 요 애기는 아들잉께네 양자로 들이면 안 좋것나? 니가 절에 가몬 내 불공도 좀 드려도라…… 가만히 생각해

보이, 죄가 엥간히 많아야제, 죽을 때가 되몬 맴이 변한다더만, 내가 금년들어 부쩍 그렇고만 잉……."

"이미 모든 것은 업보에 의한 것입니다. 이 꼬마가 영리합니다. 얘는 아라이고, 요 머스마는 아장입니다. 얘들을 낳고 얼마 있다가 얘 엄마가 도망갔어요. 아직 호적도 없습니다."

"그러나? 그라몬 아예, 이 아아 이름을 만팔이 '강만팔'이라카몬 우떻것노? 니는 이미 불명이 있응께네, 속명은 필요없는 거 아이가?"

"아, 그것 참 좋은 생각입니다. 아장이를 꼭 내 동생같이 생각하면 더욱 의지가 될 겁니다. 아주 좋은 생각하셨어요."

각계에서 거둔 성금이 남아 있는 예금통장과 인감도장 등을 아버지에게 넘겼다. 꼬마들에게 어느 만큼은 양육비 교육비에 보탬이 될 것이다. 피터슨과의 대전료는 전액 모두 그의 유족에게로 보내도록 권 회장에게 위임장을 써 주었다. 챔피언 벨트도 WBA에 반환했다.

빈 손으로 하산했던 나는 빈 손으로 다시 산에 돌아왔다. 아니, 세 사람의 영혼을 가지고 왔다. 현시와 수림이의 시체를 찾아 화장을 해서 홍제암 조실 스님 옆에다 모시기 위해 뼛가루를 가져왔다. 그리고 피터슨 엘리의 사진도…….

……사바 하 마하라 구타 다라야 사바 하 바마사가타이사 시체다 가릿나 이나야 사바 하 마가라 잘마 이바 사나야 사바 하 나모 - 라 다나다라 야야 나막 알 - 야 바로 기제 새바 라야 사바

253

하…….

 '언제나 자기 자기 자신의 바라봄이 문제가 된다. 진리에 대한 이름은 무수히 많다. 밑없는 배, 줄없는 거문고, 무늬없는 나무, 바른 눈 등 이루 헤아릴 수 없이 많다. 그러나 흔들리지 않는 견해를 갖고 있는 사람은 이 이름들에 걸리지 않는다. 베푸는 것은 집착하지 않는 것 다시 말해서 어떤 것에도 집착하지 않는 것만이 진정 베푸는 것이다…….'

 계곡의 솔바람 소리에 거문고의 거미줄 늘이는 현소리가 청아하게 들렸다. 대웅전의 목어를 배경으로 머리 끝에서 발 끝까지 전율되는 그 소리는 내가 하산하면서부터 척추에 찔린 바늘 끝에서 나는 내 안의 소리였다. 나는 온몸이 분노하는 주먹으로 세상을 때려도 남은 것은 줄 없는 거문고 소리밖에 없었다.

 그것은 내 발 끝이 부딪히는 데마다 그림자같이 따라다녔다. 풍납동에서 병원에서 어머니 무덤에서 들리던 그 소리는 바로 이 계곡에서 비롯된 소리였다. 나는 오랜 방황 끝에 비로소 그 소리의 고향을 찾은 셈이다. 영혼이 떠돌아다니는 것은 늘 불안하다. 그 영혼이 제 자리에 뉘일 때 비로소 근원적 휴식이 되는 것이다.

 그것은 어머니가 남사당 패거리에서 외줄을 탈 때 배경음으로 들려주던 딴따라들의 그 한 맺힌 소리일지도 모른다. 이 생에서 단 한 사람의 생명만 구해도 최고의 보시라고 했는데, 나는 거꾸로 한 사람을 죽였다. 무서운 인연이다. '깨달음'이란 이렇게 길고, 멀고 어두운 것인가.

분명한 것은 내가 복수의 이빨을 갈던 늑대 그것이 바로 '내가' 아니었을까? 라는 깨달음이다. 높고 높은 조실 스님의 침묵, 낮고 낮은 해암의 목소리…… 내가 사바에서 내내 척추에 꽂고 다니던 바늘은 '나 아닌 나'에 대한 강박관념인지도 모른다. 멀리서 무량암의 새벽 예불 소리가 이제 끝나는 듯하다.

나는 벌떡 일어났다. 새벽 3시 목어소리와 함께 집을 나섰으니까 거의 세 시간 동안을 이 바위 위에 앉아 있었던 셈이다. 마을에선 아침 짓는 연기가 오르기 시작했다. 새마을 개량주택이어서 대부분 연탄을 피우지만 몇 군데 농가에선 소여물을 끓이기 위해 낙엽송을 태우고 있었다.

현씨와 수림의 뼛가루가 봉송된 흰 문창호지에 싸인 상자를 다시금 확인하고는 바랑을 한 번 추슬렸다. 일단은 홍제암으로 가보자 피터슨 엘리븐의 사망이 신문에 보도되던 날, 나는 글러브를 벗어버리기로 작정했다. 효봉 스님마냥 나도 평생 그의 영혼을 위해 다시 목어를 들 수 있을까.

새벽달이 비수같이 발 끝에 꽂히는 오솔길을 천천히 내려왔다. …..내가 이제껏 목숨을 걸고 기다려 온 것은 여우일까, 늑대일까, 아니면 바람일까.

(끝)

신상성 문학론/ 일본 문학평론가

신상성의 치열한 게임과 또스토예프스키적 삶

고노에이찌(鴻農映二) (아사히신문 전 한국특파원)

1. 광주사태와 '와세다문학' (早稻田文學)

신상성申相星은 치열한 서바이벌 게임을 이겨온 사람이다. 나는 그의 독특한 문체가 무엇보다도 그 사실을 증명한다고 느낀다. 나는 그와 같이 동국대(東國大) 대학원에서 수학修學했던 80년대 초 한국의 군사정권 시절 혹독하게 겪었던 '문학적 고난'을 여기에 얘기하려고 한다. 나는 '들어가는 말'로 먼저 나의 수난에 대해서 이야기 하도록 하겠다.

때는 1980년대 전반, 그때 나는 대학원 학생으로서 유학생활을 유지하는데 필요한 경비로서 마침 한국소설을 번역하는 아르바이트를 하고 있었다. '이 소설도 일본어로 번역해보면 어떨까요?' 하면서 한국인 친구는 나에게 [월간문학](한국문인협회 발행) 잡지를 한권 주었다. 거기에 〈원위치〉元位置 라는 단편소설이 실려있었다. 월남전 종군從軍 이야기로서 신상성의 자전적 체험 소설이었다. 그 당시 일본에서는 월남전쟁에 참전한 한국을 좋게 보지 않았었다.

그래서 나는 일본사람들에게 한국도 고뇌하고 있다는 것을 알리고 싶었다. 신상성의 작품은 그러한 목적에 딱 어울리는 작품이었다. 단편소설이라 며칠 안에 번역작업은 끝났다. 그런데 그때부터 나의 수난이 시작되었다. 내가 이 〈원위치〉를 번역한 작품을 발표한 잡지는 그 당시 한국정부가 돈을 대고 일본 국내 판매용으로서 일본사람들에게 읽히는 일종의 국제정치적 공보公報 잡지였다. 문학(특히 소설중심) 작품만을 소개하는 잡지였다.

'전옥숙'이라는 50대의 보기만 해도 요염한 여성이 사장이었다. 그녀는 처음 사회에 나갔을 때부터 회사 사장으로 출발했다며 본인의 자랑이 대단한 여자였다. 그전에 주머니에 들어갈 정도의 [소설문예]라는 작은잡지를 '이청준' 주간으로 내고 있었다고 들었다. 나도 나중에 이 사무실에서 이청준 씨를 만났는데 그때는 사장, 여직원 한 사람, 그리고 월급은 받지 않지만, 매일 와서 무슨 연예계 일로 전화를 사용하는 중년 남자 한 사람이 식구의 전부였다.

나는 책상 하나 빌리고 전화를 받는 여직원과 수상한 중년 남자가 있는 방에서 일했다. 사장실에는 일본인 특파원도 오고, 윤흥길 한승원 최창학 한용환 임종국 그리고 일본의 아쿠타가와상 수상자 후루야마 고마오, 나카가미 겐지도 찾아왔다. 가끔 김지하 어머니도 와서 사장과 함께 화투를 치고 갔다. 이 화투는 약간 의미가 있었다. 가끔 감시하러 오는 경찰관을 달래기 위해 즐기는 면도 있었던 모양이다.

소공동 입구에 있던 '대한일보사' 건물 5층에 [소설문예사]가 있었다. 나는 한 달에 3편 정도의 소설을 번역했다. 점점 발표선정도 손수 하게 되었다. 신상성의 〈원위치〉도 그러니까 사장의 체크 없이 내가 스스로 선정하여 인쇄되고 나중에 당국의 검열을 받게 됐다. 그런데, 이때는 어떤 시대였을까? 바로 광주사태 직후, 그러니까 민주화 운동이 극심하게 탄압 당했던 시기였다.

군인주도의 서슬 퍼런 검열기관은 〈원위치〉에 나온 전략 용어에 먼저 신경이 날카로워졌고, 그 다음엔 한국군대를 풍자하는 듯한 그 내용에 화를 내었다. 그리고 계엄사령부에서는 '이런 내용을 해외로 알리려고 한 이런 잡지는 폐간시키고 번역자는 국외로 추방하라'는 의견까지 나왔다고 한다. 사장이 대통령 비서실과 가깝고, 작품을 게재 안 하는 것으로 이 문제가 극적으로 일단 수습이 되었다.

그러나 그때까지 한 나라의 청년으로서 나의 양심적 고민은 극심했다. 외국이지만 국가권력과 처음으로 대치한 경험이었다. 그런데 국가권력과 처음 대치해 본 나는 그만큼 복수심리도 오래 가지고 있었다. 나는 이미 인쇄된 교정지를 간직하고 나중에 일본에 귀국한 후 '와세다문학'(早稲田文學) 잡지에 이 작품을 발표했다. 지금까지 일본 순수문학지에 한국소설이 소개된 일은 거의 없었다. 〈원위치〉는 나의 오기로 소개된 아주 드문 예라고 할 수 있다.

지금은 월남전 〈하얀전쟁〉 같은 책도 일역(日譯) 되어 나왔지만, 내가 좀 선구적인 역할을 한 자부심은 당시의 불안했던 마음과 함께 지금도 가지고 있다. 그리고 그 체험을 나는 '젊은 번역가의 우울'이라는 제목의 소설로 발표하기도 했다. 원고지로 약 180매, 주인공(즉, 나 자신)은 가명이지만 '신상성' 이름은 그대로 썼다. 기회를 봐서 한국어로 옮기고 한국 잡지에도 발표할 생각이었다. 다시 말하자면. 신상성은 '치열한 서바이벌 게임'을 이겨온 사람이다.

우리가 그의 소설에서 배워야 할 내용은 거기에 있다. 국가라는 것은 너무 무책임한 조직이며 그 국가는 그 안에서 기계적으로 일하는 무표정한 관료들처럼 국민에게 냉정하고 무서운 존재는 없다. 그래서 국가도 관료도 국민에게 강제로 충성을 요구한다. 충성을 받기 어려운 입장, 특히 무리한 군사정권 같은 상황에 서 있는 자기들의 상황을 잘 알고 있기 때문이다. 법을 지키라고 강요한다. 그런데 그 법은 오히려 그들이 제멋대로 고친다. 국민은 헛수고만 당하게 마련이다.

그러나 이 지구상 어느 나라 국민도 때로 그런 국가 안에서 살아야 한다는 것이 운명이다. 어떤 잘못한 정책에도 철저하게 대응하고 이겨내는 힘, 우리는 그것을 〈원위치〉 뿐만 아니라, 신상성의 약70여 편에 작품 전체에서 읽고 자기 것으로 키워야 한다. 이 말이 뭐니 뭐니 해도 신상성 문학을 읽는 의의가 될 것이다.

2. 신상성, 또스토엡스키와 같은 치열한 삶

여기서 더 한마디, 그의 '2000년도 제1회 중국 장백산 국제문학상 수상작'인 〈인도향〉에 대해서 언급하고 싶다. 이 작품은 또스토예프스키의 〈지하실의 수기〉가 러시아 대문호 작품의 과도기였던 것처럼 신상성문학의 과도기 역할을 하고 있는것 같이 느꼈기 때문이다. 과도기를 알면 그 전반기 작품들 이해하기도 쉽다. 신상성문학을 구성하는 여러가지 요소들이 이 작품에 응축되고 있는것 같다. 먼저 알기 쉽게 연극무대식으로 이 작품을 풀어볼까 한다. 그래야만 이 작품을 잘 정리할 수 있을 것 같다.

등장인물
나: 북경에서 일하는 한국신문사 특파원
그미: 조선족 가정부
뚜오썅: '나'의 딸. 초등학교 2학년(7살)
털보: 홍커우虹口 공원의 괸리인
주인공: 상하이上海 공안국장의 아내
푸냐: '나'의 아내

제1막- 북경에 있는 특파원의 아파트 거실. 사무실을 겸한다. 딸이 좋아하는 잉꼬를, 가정부가 그 새장을 베란다에 내놓는 바람에 어느 날 새가 얼어서 동태가 됐다. 그 사실을 안 딸이 울상이 된다. 가정부는 월급의 6분의 1을 부담하고 그 딸에게 켄터키 프라이드 치킨을 사준다. 그 때 마침, 그 특파원은 옛 친구 죽음을 전화로 듣고, '인도향'印度香을 피워 그 영혼을 달랜다.

제2막- 훙커우 공원관리인의 집. 털보 관리인이 불륜을 들킨 공안국장의 아내를 협박한다. 그 아내는 털보가 화장실에 간 사이에 농약을 양주병에 쏟아 부어 털보를 독살한다. 나중에 체포되어 재판을 받는다. 그 공안국장 아내는 남편에게 사랑받지 못했던 과거, 우연히 옛 애인이 중학교 교장으로 가까이에 전근 와 있었던 것을 알게 된 일, 그리고 교장과의 밀회를 털보가 알고 협박해온 일들을 진술한다.

제3막- 다시 특파원의 거실. 미국으로 유학갔다가 배신한 아내가 다시 돌아온다. '나'는 딸과 밖으로 나간다. 무대 한구석에서 둘이 거리를 헤매는 모습. 다시 거실로 돌아와 셋이서 살기로 결심한다.

인간이 행복을 찾는 일이 얼마나 힘든가를 생각하지 않을 수 없는 작품이다. '행복'이란 행복할 때는 별로 못 느끼고, 행복이 사라진 후에야 그걸 안타깝게 자각하게 된다. 그리고 행복해질 기회는 많지 않다. 서로 사랑하는 사이의 연인들은 주위의 장벽 때문에 쉽게 헤어지게 되고, 다시 만났을 때는 결정적으로 조건이 안 되는 상태이기 일쑤이다. 행복도 사랑도 그때 그때 만끽해야 하는 것이며 미래를 약속하면 안 되는 것이다.

미련스러워도 할 수 없다. 〈인도향〉에서는 특파원 부부, 공안국장 부인과 그 애인이 오버 랩하는 식으로 묘사되었다. 한쪽은 재판받고 한쪽은 다시 함께 살게 되었는데 과연 어느 쪽이 속이 시원할까? 나는 아무래도 공안국장 부인 쪽이 낫다고 느낀다. 일단 망가진 가정을 형식적으로 회복시켜 봤자, 지옥은 지옥이다. 특파원에게 행복을 가져다 줄 사람은 옛 아내 말고, 또 다른 여인일 것이다. 그것이 진실한 애정조화이다

신상성의 문학은 인간이, 그것도 알몸이 된 인간이 진지하게 자신이 놓여있는 상황과 대치하는 현실적이면서도 형이상학적인 세계다. 그러니, 그의 문체는 헤밍웨이로부터 시작된 미국의 하드보일드 터치의 스타일이 될 수 밖에 없다. 사태를 간결하게 파악하면서 다음 행동을 결정해야 하는 허겁지겁 여유 없는 현대인의 생리 그대로의 모습이다. 우리는 신상성 소설에 서정抒情이 희박하다는 것을 안타깝게 여기지 말고 마른 땅에서 조금이나마 획득한 그 성과를보다 더 무겁게 여겨야 하지 않을까?

3. 〈이방인〉과 같은 심층적 주제성

앞에서 나는 신상성의 문학에는 서정抒情이 희박하다는 말을 했다. 이점에 대해서는 좀 설명을 더 할 필요가 있다. 알베르 카뮈의 〈이방인〉을 여러분은 어떻게 읽었을까? 주인공 뫼르소는 사랑을 느끼지 못하는 듯이 그려져 있다. 그런데 이 소설을 다시

읽으면 사실은 그와 반대이며 뫼르소는 사랑의 감정이 넘치는 사람인 것을 알 수 있다. 특히 그 어머니에 대한 애정이 그렇다. 나는 〈이방인〉을 다섯 번 정도 읽었지만 현대 애정소설의 대표작이 아닐까, 하는 생각까지 들었다.

주인공은 자신의 무력감(특히 경제면에서)에 절망하고 '잘 사는 꿈'을 체념하고 있다. 그 대신 아주 사소한 행복을 마음껏 즐기려고 하는 것이다. 그래서 큰소리치는 사람이 아니다. 마음에 없는 연기도 못한다. 어쩌다 섹스 관계가 된 여자에게 '당신을 사랑한다'는 상투적인 말을 하고 싶지 않는 것이다. 어머니의 죽음에 대해서 눈물을 안 흘렸다고 주위사람들이 손가락질 했지만, 어머니를 보살필 능력이 없고 양로원으로 보낼 때 벌써 그의 눈물은 다 흘렸던 것이다.

어려운 현실은 뫼르소를 압박하고 뫼르소에게 허가된 행복은 적다. 쉬는 날 창가에 의자를 놓고 거기서 밖의 풍경을 보는 정도 밖에 안 된다. 이미 희망을 잃은 상태이며 아랍인을 죽이고 사형당하게 됐다 하더라도 희망이 없는 현실과 별 다름이 없는 것이다. 서정을 발휘할 부분이 현실의 무게로 압박 받아 제대로 안 된다.

그런 관계는 신상성소설에도 통한다. 내가 신상성소설엔 서정이 희박하다고 말한 것은 그런 의미이며 서정이 없다는 것과 다르다. 언뜻 보기에는 서정이 말라버린 것같아 보이면서 서정이 넘치는 소설을 완성시킨 게 카뮈인데, 그 방법의 후계자들은 '카뮈의 집' 앞까지 와 있었다고 해도 좋을 것이다.

(1) 신상성 소설의 공통 구조망

신상성 소설에서는 다음과 같은 구조망이 각 작품들의 공통된 요소로 성립되어 있다.

사 건	제3층
서민의 애감	제2층
학생 운동의 체험	제1층

이 중에서 맨 위의 제3층은 편의적으로 만든 이야기다. 이 부분은 아무 이야기라도 좋다. 예를 들면, 소설 〈고압선〉의 경우는 명절날 당직걸린 변전소 공무원이 목숨을 걸고 끊어진 고압선을 연결하러 나간다. 소설 〈봄이 오면 산에 들에〉는 정신 병원에 입원한 아내가 애기를 출산하는 이야기다.

〈행복을 팝니다〉는 아내를 잃고 허무한 나날을 보내는 사진작가가 제2회 사진전시회를 위해 그 예술적 피사체를 찾아 다닌다. 〈김해 평야에 부는 바람〉은 파출소 경찰관이 남자의 왼쪽 발목뼈가 관할지역 쓰레기통에서 발견되자 수사에 착수하는 이야기이다. 그리고 〈석굴〉石窟은 산골짜기에 사는 스님을, 수녀 일행이 찾아오면서 첫사랑이 회상된다.

제2층은 이들 사건을 뒷받침 해주는 등장인물의 개성이 명확하게 나타난다. 그 등장 인물들은 대개 서민계급이며 가난한 사람들 등 소외계층이다. 제1층은 의미나 설명, 배경으로 쓰인다. 학생운동 체험은 뭐니 뭐니해도 작가 자신의 원형이기 때문에 행동원리의 열쇠가 된다. 군사정권 등 독재세력에 대한 저항심, 억울한 상황에 대한 분노, 힘이 없는 자신에 대한 자학 등의 형태로 나타난다.

　이러한 소설의 취약계층 주인공들은 쓰라린 고뇌 끝에 내일을 향해 다시 출발할 것을 결심한다. 그 결심의 색채는 니힐리즘의 색채이며 무슨 오락영화의 마지막 장면과는 거리가 멀다. '아, 그래도 살아야지……. 아직 목숨이 남아있는데…….'이런 형식이다. 작가의 입장으로서는 다음과 같이 자신을 고무하고 있을 것이다. '좀더 써 봐야지……. 아직 목숨이 남아있는데……'

월남 전쟁에서 살아 돌아온 신상성은 살아 있다는 것만도 '감동적인 현실'임을 잘 알고 있다. 그의 작품 주인공들이 현실을 응시하는 것은 그런 이유들 때문이다. 죽음의 사선을 넘는다는 체험은 이러한 눈을 갖게 한다. 그것은 이제 표현이 아니라 몸으로 느끼는 절망이다. 극한 상황을 체험한 사람만이 절감하는 것이다. 문학은 어떻게 보면 인생이 불행하면 불행할수록 더 깊이 알게 된다. 그런 의미에서 나는 문학을 깊이 알고 싶은 마음은 없다.

　나는 이혼을 경험했으므로 이혼문제를 그린 작품은 뼈 아프게 이해한다. 그런데 이혼을 안 했다면 '이혼은 그런 것이구나…….' 정도로 넘어갔을 것이다. 문학은 눈으로 읽고 있을 때가 가장 행복하다. 몸으로 읽게 되면 깊이 이해해 봤자 뭐가 돼? 라는 생각이 든다. 문학은 정사情死할 상대가 아니다. 문학은 심심풀이여야 한다. 다시 말한다. 문학은 어디까지나 심심풀이어야 한다. 그리고 일반사람, 독자들은 그 문학을 그냥 넘고 살아남아야 한다.

(2) 주제의 철학적 의미망

일본의 데카탕 작가 다자이 오사무는 다음과 같이 말했다.

"예술적이라는 애매한 장식의 관념을 버리면 됩니다. 사는 것은 예술이 아닙니다. 자연도 예술이 아닙니다. 그리고 극단적으로 말하면 소설도 예술이 아닙니다. 소설을 예술로 생각하려고 한 것에 소설의 타락이 배태하고 있었다는 말은 들었지만, 나는 그것을 지지합니다. 창작에 있어 당연히 노력해야 하는 것은 정확하게 표현해야 한다는 것입니다. 그 이외엔 아무것도 없습니다. 풍차가 악마로 보일 때는 주저하지 말고 악마의 묘사를 해야 합니다. 또 풍차가 역시 풍차로밖에 안보일 때는 그대로 풍차를 묘사하면 됩니다. 풍차가 실은 풍차로 보이는데도 그것을 악마같이 묘사하지 않으면 예술적이 아니라고 생각하고 여러 가지 빤히 들여다보이는 궁리를 하고 로맨틱을 흉내 내는 바보 같은 작가도 있습니다만 그런 것은 평생 걸려도 아무것도 못 잡습니다. 소설에 있어서는 절대 예술적 분위기를 노리면 안됩니다. 그것은 누님이 그린 그림 위에 얇은 종이를 놓고 떨리는 손으로 연필로 본떠 우습고 유치한 놀이입니다."

이 글을 읽고 생각나는 것이 있다. 신상성이가 1980년대 초 구파발 초가집에서 살았을 때, 동국대 대학원 친구와 함께 그의 집을 찾아간 적이 있다. 그의 집 뒤에는 딸기밭이 있었고 거기서 신선한 딸기를 대접받았다. 그 시골 딸기밭 주인에게 신상성에 대해 자세한 부분까지 질문을 던졌다. 그 친구는 나한테 오히려 반문했다.
'거짓을 취재하고 있어요?'
그때 나는 딸기 먹는 일에만 급해서 별 관심이 없었는데 지금 생각하니, 그러한 반어적 노력이 이른바 붕어빵 틀 형식에서 좀 어딘가 벗어난 느낌을 주는 그의 소설 작품의 특징적 요소가 되어있는 것 같다. 논픽션의 '취재' 까지는 못 미치지만 그냥 서재에 앉아 책상 위에서 쓴 작품과는 확실히 다른 현장감을 느끼게 해주는 것이다. 더 정확한 표현을 하기 위해서는 먼저 '취재'가 필요했다.
나는 '취재'라는 것은 상대방에게 전혀 '취재'라고 못 느끼게 하는 것이 가장 바람직하다 고 생각했는데, 어떤 면에서는 서민에게도 취재 받고 있다는 만족감도 줘야 한다. 그 딸기밭 주인은 외국인 작가한테 질문을 받는 명예와 긴장감을 그 얼굴에 나타내고 있었다. 그 주인은 과연 이런 시간을 평생에 몇 번 가질 수 있을까? 단 한번일지도 모른다. 그러나 한번도 못 갖고 끝나는 사람과는 전혀 다르다. 그는 임종의 순간 그 추억을 기쁘게 머릿속에 떠올릴 지도 모른다.

여기서는 소설 〈고압선〉에 한해서 잠깐 이야기할까 한다. 거기에는 마치 딸기밭 주인 같은 조연 등이 등장하는 것이다. 그 사람 별명이 '발바닥'이다. '발바닥'의 약력 같은 것에 대한 설명은 안 나오는데, 마음이 따뜻한 사람인 것은 그 행동으로 이야기된다. 즉, 그는 먼저 근처 가게 집 소주가 동이 나는 바람에 역까지 사러 간다. 그리고 거기서 청소부 아줌마가 교통사고로 죽은 것을 알자, 그 집에 들러서 벽에 걸린 청소복을 깨끗이 빨아준 것이다. 수의 대신으로 입혀주라는 의미였다. '발바닥'의 인간성은 벼락 때문에 불이 나간 집에서 걸려오는 전화를 받는 태도에도 나타나 있다.

'인자아, 고치는 중이라 안 카요. 선상님요, 쪼매 참아 보이소. 참아서 남 주나요? 바람이 되기 붑니데이, 아이들 꼭 붙잡고 있으라요.'

이렇게 설득하는 '발바닥'은 그냥 서민이다. 결코 영웅주의자가 아니다. 그런데 끊어진 고압선을 주인공 '나'가 고치러 나간다고 하자, '발바닥'도 행동을 함께 하는 것이다. '사람이 좋아서

…… 그렇다' 궂은 일을 못 본체 못하는 것이다.

"나도 고압선 고치러 갈랍니더. 까짓 사람이 사람이 한번 뒈지지, 두번 뻗는 기 아이지예……. 잠깐, 기다려보이소. 비상 라이트와 밧줄을 더 가져와야 할 끼라예. 비가 오면 되기 미끄럽지요."
"야,야, 관둬라. 아가야, 다칠라. 이건 아주 위험한 일이랑게. 니는 세수대야에 물 떠놓고 염주나 세고 있어."
"고 계장은 자는 척하고 코만 시끄럽게 고는데요. 그런데 가는 건 좋지만 내가 죽으삐모 짤순이가 일수놀이 하던 거 다 소용없이 되뿌는데? 그게 끝나면 우리 둘이 살 셋방 얻을 긴데……. 셋방 얻을 긴데……."

결국 주인공은 목숨을 걸고 철탑을 기어 오르고 '발바닥'은 아래서 전지 비춰주는 역할을 맡았다. 그리고 수선작업이 겨우 끝나 탈진상태에 빠진 주인공의 허리를 끌어안고 '발바닥'이 땅에 눕게 해주는 것이다. 양심적인 '발바닥'과 대조적인 사람이 '고 계장'이다. 그는 3급 행정고시 준비를 하고 있다. 4급을 딴 지 얼마 안 되는데 월급봉투의 두께 때문이었다. 학벌 없이, 밑천 없이 돈 벌 수 있는 것을 오직 공무원 시험밖에 없었던 것이다.
고 계장은 고아원 출신이었다. 그 고아원 원장은 기독교 단체 등에서 보내오는 구호물자나 성금을 뭉청뭉청 잘라먹는 사람이었다. 고 계장은 그 원장이 자는 방에 큰 돌멩이를 집어던지고 도망 나온 사람이었다. 돈과 출세밖에 모르는 사람이 고 계장인데 그 주인공의 과거도 역경의 연속이었다. 어부였던 아버지는 바다에서 돌아오지 않았다. 큰 형은 인민군에 끌려갔다.

작은 형은 월남전에서 전사했다. 누나는 평생 해녀가 되어 손바닥은 소금물로 쫙쫙 갈라져 있는 상태였다. 그리고 겨우겨우 취직한 주인공도 '임시직'에 불과했던 것이다. 그런 임시직의 주인공이 목숨을 걸고 고압선 수선에 나선 것은 다음과 같은 마음에서였다.

나는 생각했다. 지금 송전送電을 안 하면 떡이며, 추석 명절준비를 못할 거고, 그러면 내일 새벽에 제사를 지내야 하는 대부분의 가정에선 탑새기 주는 일일 것이다. 모처럼의 명절기분이 잡칠 것이다. 이깐 전깃불 하나로 많은 백성들이 우울하게 지내야 한다고 생각하니 불안해졌다.

(3) 신상성의 목숨 건 문학성

말하자면 서민들의 사소한 기쁨을 절실히 알기 때문에 그 기쁨을 지켜주려고 목숨을 거는 것이다. 이 일은 충분히 목숨을 걸 만한 가치가 있지 않았을까? 흔히 목숨을 건다는 것은 전투에서나 일어나는 일이고 용감하다는 평가를 받는다. 그러나 실은 전쟁이란 서로 죽이는 일밖에 되지 않는다. 우리는 그런 국가 대 국가, 이데올로기 대 이데올로기의 함정에 빠지기 쉽지만, 정말 목숨을 걸 보람이 있는 것은 이렇게 사소하지만 일반사람들을 행복하게 만드는 일이다. 〈고압선〉 소설의 마지막 장면은 그런 행동의 전범을 이야기하고 있다.

"아이구, 우씨요! 이게 무슨 똥딴지 같은 위험한 짓이요." 나는 고 계장 응답을 듣고 아, 이제 두 명 다 죽었구나! 하고, 그러면 시체나 거두어 가자며 올라올 생각을 한 것이다. 변전소 소장이 내 어깨를 잡고 흔들었다. 배전配電 사령실의 당직사령이며, 공무과장도 고 계장도 어깨를 치며 한숨을 내쉬었다. 고 계장은 부족한 잠에 정말 곯아 떨어졌을 것이다.

"아야, 내다. 니 에미다. 아무래도 어제 밤 불길한 꿈에 안절부절해서 저녁 차를 타고 왔더니만,……어이구우, 이 자식아. 낼로 우얄라꼬, 니가 그런 위험한 짓을 자청해서 할 끼 머꼬 이잉? 배 안고프나? 그제 밤 꿈이 하도 이상하더라카이.'

"우씨! 만세! 만세!"

"우씨, 아니몬 추석명절을 우에 쉬었을 끼고 잉. 제사는 우예 지내고 말이다. 안글나 잉."

"하모,……하아모." 어느 새 마을사람들이 삥 둘러싸며 환호성을 질렀다.

"바닥, 바닥, 발바닥도 만세!" 우리들은 법석을 떠는 마을 사람들의 머리 위에 얹힌 채 둥둥 마을로 내려갔다. 비바람은 더욱 세차게 우리들 일행을 때렸지만, 우리들 마음을 더욱 뜨겁게 흘러 내렸다.

4. 새로운 발견과 새로운 감동

이런 해피 엔드로 결론을 맺고자 한다. 신상성의 쑥스러워 하는 얼굴이 떠오른다. 빨개진 얼굴도 보인다. 아마 '자기답지 않다는 결말' 이라고 느꼈을 것이다. 이 작품은 마치 그의 특유한 니힐리즘을 극복한 것이 아닐까?

이러한 결말은 아무래도 신상성 문학작품론 전개도중에 액션 영화 같은 장면이 나왔기 때문에 영화의 드라마에 따르게 됐다고 본다. 순수소설로서의 전개라면, 주인공은 실패하고 그의 시체를 내려다보면서 주위 사람들이 '이 사람은 왜 이런 짓을 했을까?' 라고 의문을 던지고 끝을 맺을 것이다. 의문의 폭은 넓으면 넓을수록 좋다. 이 〈고압선〉 작품은 단편이라 그의 문학성이 더욱 날카롭게 됐을 것이다.
작가라는 존재는 어떤 존재일까? 그것은 의미를 묻고 또 묻고 끝까지 묻는 사람이다. 그리고 그 과정과 답을 작품 속에서 실현하는 사람이다. 그래서 독자들은 새로운 작품을 읽고 새로운 발견과 만난다. 우리는 남다른 체험을 많이 한 신상성 소설에서 '새로운 발견, 새로운 감동'과 늘 접할 수 있을 것이다.

***

신상성 작가연보

1. (수필집)	[계절을 앓는 흰칼라],	동호서관,	1979.12.	pp.292.
2. (제1소설집)	[처용의 웃음소리],	동호서관,	1981.12.	pp.275.
3. (평론집)	[한국명작의 영원한 향기],	동호서관,	1982.06.	pp.229.
4. (평론집)	[한국문학의 공간구조],	형설출판사,	1986.03.	pp.430.
5. (제2소설집)	[늑대를 기다립니다],	경운출판사,	1987.05.	pp.317.
6. (평론집)	[한국 근대소설론],	경운출판사,	1987.08.	pp.250.
7. (시집)	[당신의 눈을 들여다보면],	경운출판사,	1988.02.	pp.113.
8. (평론집)	[한국소설사의 재인식],	경운출판사,	1988.03.	pp.552.
9. (평론집)	[문학의 이해],	경운출판사,	1988.03.	pp.437.
10. (편저)	[국어국문학 총자료집],	경운출판사,	1988.05.	pp.250.
11. (공저)	[한국태권도사],	경운출판사,	1988.08.	pp.432.
12. (공저)	[논문작성법],	경운출판사,	1989.09.	pp.328.
13. (제3소설집)	[행촌동 패랭이 꽃],	경운출판사,	1990.01.	pp.351.
14. (중편소설집)	[목숨의 끝],	고려원,	1990.02.	pp.155.
15. (평론집)	[김남천연구(전2권)],	경운출판사,	1990.05.	pp.(각)553.
16. (장편소설)	[늑대와 달빛],	성현출판사,	1991.01.	pp.209.
17. (수필집)	[내일은 내일의 바람이]],	경운출판사,	1992.01.	pp.285.
18. (편저)	[문학과 인생],	대한체대,	1992.02.	pp.422.
19. (편저)	[문장과 언어],	대한체대,	1992.02.	pp.242.
20. (평론집)	[한국가족사소설연구],	경운출판사,	1992.03.	pp.269.
21. (수필집)	[잠자는 사자의 콧수염],	경운출판사,	1992.05.	pp.286.
22. (편저)	[스포츠와 비평(전2권)],	대한체대,	1992.07.	pp.(각)227.
23. (韓譯)	[여행건강 기공술],	아사달의 꽃,	1992.11.	pp.190.
24. (편저)	[한국 단편명작선(전3권)],	아사달의 꽃,	1993.02.	pp.(각)410.

25. (시집/공저)	[모닥불],	자유지성사,	1993.04.	pp.136.
26. (평론집)	[한국통일문학사론],	아사달의 꽃,	1993.08.	pp.662.
27. (편저)	[스포츠미학론],	가람출판사,	1993.09.	pp.333.
28. (저서)	[소설창작론],	아사달의 꽃,	1993.10.	pp.366.
29. (장편소설)	[나무보다 태양을 향한화살],	술래출판사,	1993.10.	pp.350.
30. (中譯)	[한국태권도사],	중국청뚜과기대,	1994.04.	pp.115.
31. (편저)	[세계명작 읽기],	아사달의 꽃,	1994.04.	pp.402.
32. (제4소설집)	[거북이는 토끼와 경주-].	명동비지니스,	1997.12.	pp.319.
33. (중편소설집)	[멀리서 만나는 평행선],	태학사,	1998.11.	pp.486.
34. (저서)	[글쓰기 어떻게 할까],	태학사,	1999.03.	pp.323.
36. (저서)	[문예창작입문],	태학사,	1999.04.	pp.886.
37. (공저)	[북한소설의 이해],	두남출판사,	2001.06.	pp.252.
38. (저서)	[세계문화유산답사기],	두남출판사,	2001.11.	pp.308.
39. (英韓譯)	[가난한아빠, 부자아들]	동서문화(전3권),	2002.01.pp.(각)350.	
40. (전자책)	[처용의 웃음소리]	한국문학도서관,	2004.06.pp.285.	
41. (전자책)	[멀리서 만나는 평행선]	한국문학도서관,	2004.07.pp.486.	
42. (수필집)	[시간도 머물다 넘는 고갯길]	창조문학사,	2006.03.PP.425.	
43. (대표작선집)	[내 마음 속의 들쥐]	온북스,	2008.03.25. pp.413.	
44. (정년기념문집)	[시간도 흘러드는 고갯마루] 정년기념		2009.02.20. pp.388.	
45. (국제교류) 신상성 편 [한중대표소설선집]			2016.09.01. pp.534	
46. (국제교류) 신상성 편 [跳舞的時裝](중국어, 북경중역출판사			2016.12.01. pp.484.	
47. (문학전문지) 신상성 편 [통일문학](제1집) 한중문예출판사			2016.12.01. pp.266.	
48. (문학전문지) 신상성 편 [한반도문학](제2/3집)한중문예출판사			매년 11월 발간. pp.302.	

***

소설집/ 한중문학대표선집 6

목불 木佛

- 인쇄 : 2018년 08월 05일
- 발행 : 2018년 08월 15일

- 지은이 : 신 상 성
- 펴낸이 : 신 경 환
- 펴낸곳 : 한중문화예술콘텐츠출판사
- 인쇄처 : 영성커뮤니케이션즈

- 등록번호 : 제2015-000153
- 주소 : 서울시 서초구 효령로55길 45-8, 청어2층(서초동)
- 입금처 : 농협(신상성) 356 0950 0176 03
- 표지사진 : 사진작가 임헌수(베트남)

- 연락처 : 010 2422 5258 writer119@naver.com

정가 14,000 원